AF306849

Gisela B. Schmidt ist 1984 in Ravensburg geboren und aufgewachsen. Nachdem sie sich im Kindergartenalter das Lesen selbst beigebracht hatte, waren Bücher aus ihrem Leben nicht mehr wegzudenken. Durch ihre Studienwahl sicherte sich die energiegeladene Optimistin das Privileg, sich auch beruflich mit Büchern umgeben zu können, und unterrichtet bis heute leidenschaftlich gerne an einem Baden-Württemberger Gymnasium. Ihre schriftstellerische Kreativität lebte sie zunächst nur zum privaten Vergnügen aus, entschied sich 2020 dann aber für eine Veröffentlichung. Der große Erfolg ihres Debütromans *Vermächtnis mit Lavendelhauch* motivierte sie zu weiteren Romanen, sodass innerhalb von nur zwei Jahren mehr als neun Romane in Rohfassung entstanden. Von Psychothrillern über Familiengeheimnisromane bis Cosy Crime fühlt sich die Autorin in allen Genres wohl, die von Spannung und gesellschaftlichen Abgründen leben. 2022 erschien dann *Das Geheimnis der Seerosenvilla* im dp Verlag, mit dem sie momentan auch eine Cosy Crime-Reihe veröffentlicht.

GISELA B. SCHMIDT

Erstausgabe Dezember 2022

Copyright © 2022 dp Verlag, ein Imprint der
dp DIGITAL PUBLISHERS GmbH
Made in Stuttgart with ♥
Alle Rechte vorbehalten

Mia Midway Mysteries
ISBN 978-3-98637-987-2
E-Book-ISBN 978-3-98637-903-2

Covergestaltung: ARTC.ore Design
Umschlaggestaltung: ARTC.ore Design
Unter Verwendung von Abbildungen von
shutterstock.com: © Pablo77, © Byjeng, © Konmac, © Patryk,
© biplane_desire, © Stsvirkun
Lektorat: Astrid Rahlfs
Satz: dp DIGITAL PUBLISHERS GmbH
Druck und Bindung: Books on Demand GmbH, Norderstedt

I

Es gab keinen Ort auf der Welt, an dem Mia in diesem Moment lieber gewesen wäre als genau hier: zwischen den Regalen der Bibliothek von Pennygrave.

Sie liebte den Anblick der dicht aneinandergedrängten Buchrücken in den Regalen. Während die Krimis und Thriller sich förmlich aneinander festklammerten, um vor Spannung nicht aus den Regalen zu fallen, kuschelten die Buchdeckel und Schutzumschläge der Liebesromane so innig miteinander, dass es fast unangenehm war, einen herauszunehmen und von seinem Partner zu trennen.

Zärtlich strich Mia über das Buch in ihren Händen, während sie in einem der Regale nach der passenden Lücke für das neue Schätzchen suchte. Alle Titel waren streng alphabetisch sortiert und mittlerweile kannte sie deren Standorte, als hätte sie jedes eigenhändig ins Regal gestellt. In den vergangenen vier Wochen hatte sie sich mit den Vorgängen und Räumlichkeiten der Bibliothek so vertraut gemacht, dass es ihr inzwischen nicht nur leichtfiel, sondern auch Freude bereitete, den Neuankömmlingen ihren würdigen Platz zuzuweisen. Lady Sophie brauchte diese Aufgabe nicht länger für sie zu übernehmen. Zudem war Mia viel besser zu Fuß als die achtundsechzigjährige Kollegin, die ihr in den vergangenen Wochen eine gute Freundin geworden war. In gleichem Maße wie ihre Freundschaft war auch ihre Teamarbeit in der Bibliothek fortgeschritten und so hatten sie die Arbeitsabläufe nach und nach optimiert. Lady Sophie entpackte die neu gelieferten Bücher und trug sie am PC in das System ein, woraufhin Mia sie anschließend in die Regale einsortierte. In effektiver Zusammenarbeit waren die beiden Bibliothekarinnen unschlagbar. Sowohl bei der Aufnahme neuer Bücher in die Pennygraver Bibliothek als auch beim Lösen eines Kriminalfalls.

Verträumt hob Mia das neue Buch vor ihr Gesicht und öffnete es. Als ihre Nase fast die Seite berührte, atmete sie tief ein. Sie liebte den Geruch druckfrischer Seiten, den vielversprechenden Duft einer nicht erzählten Geschichte, die noch unberührt ins Regal wanderte und ungeduldig auf den ersten Leser wartete, der sie herauszog.

Immer freitags, wenn die Neuankömmlinge geliefert, entpackt und einsortiert wurden, mischte sich der Geruch der neuen Bücher mit dem der alten, dem Duft von vergilbtem Papier, das von so vielen verschiedenen Fingern umgeblättert worden war. »Seid lieb zueinander«, mahnte sie leise, bevor sie das neue Stück Lesevergnügen zwischen die beiden älteren Titel schob, die sich vertrauensvoll an den Neuankömmling schmiegten.

Ja, nirgends hätte sie sich wohler fühlen können als genau hier. Zufrieden entfuhr ihr ein wohliger Seufzer. Dann griff sie nach dem nächsten Buch und suchte nach einem passenden Regalplatz.

Gerade mal einen Monat war es her, dass sie die Leitung der Pennygraver Bibliothek von Tante Lena übernommen hatte. Damals war sie vollkommen überstürzt von Deutschland nach Cornwall gereist und hatte noch nicht einmal den Hauch einer Ahnung gehabt, was sie in dem vermeintlich verschlafenen Nest alles erwarten würde. Erhofft hatte sie sich Ruhe, Abstand von ihren eigenen Problemen, um sich zu erden, eine Auszeit. Stattdessen war sie direkt in einen Mordfall verwickelt worden, hatte in Lady Sophie eine gute Freundin gefunden und in deren Sohn Sir William sowie dem hiesigen Detective Inspector Mellony zwei glühende Verehrer. Durch die enge Freundschaft mit Lady Sophie war Mia außerdem ein häufiger Gast im Anwesen der Gellams, dessen schiere Größe sie noch immer in fassungsloses Staunen versetzte. In dem imposanten Herrenhaus begegnete sie Sir William regelmäßig und konnte eine spürbare Anziehungskraft zwischen ihnen nicht leugnen. Lady Sophie sah es leider nicht besonders gern, wenn sich die beiden intensivere Blicke zuwarfen, aber das ignorierte Mia geflissentlich. Ab einem gewissen Alter hatte man durchaus das Recht, in manchen Dingen etwas eigen zu sein. Und da die meisten Mütter sowieso eigen waren, was die Damenwahl ihrer Söhne anbelangte, konnte sie Lady Sophie ihr seltsames Verhalten in dieser Beziehung nicht verdenken. Dafür behandelte Walter, der Butler der Gellams, sie nicht als den lästigen Dauergast, der sie de facto war, sondern schien sie direkt als neues Familienmitglied ins Herz geschlossen zu haben. Penibel achtete er darauf, dass das Veilchenzimmer jederzeit für Mia hergerichtet war, falls ihre Abende mit Lady Sophie wieder einmal ausuferten und sie spontan übernachten wollte – ein Fall, der bereits mehrfach eingetreten war. Und ja, die Gästezimmer im Herrenhaus der Gellams waren nach ihrem jeweiligen Tapetenmuster benannt. Schließlich gab es an die fünfzig davon und anders hätte man sie wohl kaum auseinanderhalten können. Gut, mit Nummern vielleicht, aber wenn Mia eines verstanden hatte, dann die Tatsache, dass Lady Sophie erheblich mehr an Wörtern lag als an Zahlen.

»Mia?« Der laute Ruf Lady Sophies riss sie so unerwartet aus ihren Gedanken, dass sie kurz zusammenschreckte. Ein verzücktes Lächeln im Gesicht eilte sie zurück zur Theke, wo die adrette alte Dame hinter mehreren Bücherstapeln kaum mehr zu erahnen war.

»Was ist denn los?«, fragte Mia freundlich.

Lady Sophies Scheitel erhob sich hinter der Büchermauer. Dann die zarten Augenbrauen, unter denen zwei wache Augen blitzten und schließlich die Nasenspitze. Zu mehr reichte es nicht. Um ihren Mund hinter den Stapeln auftauchen zu lassen, hätte sie wohl aufstehen müssen.

»Hier herrscht Stau.« Nun schnellte Lady Sophies rechte Hand hinter den Büchern in die Höhe und landete mit der Handfläche auf dem ersten und höchsten der Papiertürme. »Wo bleibst du denn so lange? Ich hatte schon befürchtet, du bist entführt worden.«

»Das hättest du wohl gerne. Nur damit du wieder einen neuen Fall bekommst, Lady Schnüffelnase.«

Mia lachte über die gespielte Empörung, die sich sofort auf dem Gesicht der Freundin abzeichnete. Es war nun wirklich kein Geheimnis, dass Kriminalfälle der adligen Dame das größte Vergnügen bereiteten. Dabei waren ihr die realen noch viel lieber als die literarischen, welche sie bändeweise verschlang.

Lady Sophie schnaubte und klopfte nachdrücklich auf die Stapel vor sich. »Im Moment wäre es mir am liebsten, wenn du deinen Teil der Aufgabe erledigen und die Bücher einsortieren würdest. Du brauchst doch sonst nicht so lange.«

»Tut mir leid.« Mit einem entschuldigenden Lächeln nahm Mia gleich den gesamten vorderen Stapel vom Tisch und stellte ihn auf dem Boden ab. »Ich werde jetzt in Rekordgeschwindigkeit arbeiten«, versprach sie, griff das erste Buch vom Stapel, rannte zum entsprechenden Regal, sortierte es ein und raste wieder zurück.

Grinsend betrachtete Lady Sophie den Vorgang einen Augenblick, bevor sie sich wieder dem Entpacken und Digitalisieren weiterer Bücher zuwandte.

Ehrgeizig zog Mia ihren Vorsatz durch und schaffte es innerhalb kürzester Zeit, die ersten beiden Stapel abzutragen und zu verräumen. Bald konnte sie Lady Sophie damit aufziehen, dass diese zu langsam katalogisierte.

Erneut flitzte Mia zurück in Richtung Verleihtresen. Da trat vollkommen unerwartet Clara Clottingham aus einem der Gänge. Zu spät setzte Mia den Bremsvorgang ein und prallte mit voller Wucht gegen die stattliche Dame. Glücklicherweise dämpfte deren üppiger Vorbau den Aufprall etwas ab, was den Zusammenstoß aber für Mia umso peinlicher machte, die ihr Gesicht mit geröteten Wangen aus der weichen Brust der Kundin schälte.

»Müssen Sie denn wie eine Verrückte durch die Gänge rennen?«, keifte Mrs Clottingham sofort los. »Ich dachte, das ist eine Bibliothek und kein Sportplatz. Wenn ich Lust auf ein paar Knochenbrüche habe, dann stelle ich mich bei einbrechender Dunkelheit auf eine Autobahn, wenn es recht ist.«

»Es tut mir unglaublich leid, Mrs Clottingham«, entschuldigte Mia sich schnell. »Ich habe Sie einfach nicht gesehen.«

»Vielleicht sollten Sie dann mal über den Gebrauch einer Brille nachdenken«, zeterte Mrs Clottingham weiter. »In manch einem Gesicht soll eine solche nicht nur im Hinblick auf die Sehkraft wahre Wunder wirken.«

Höflich überging Mia die eindeutige Beleidigung. Sie war Mrs Clottingham nicht böse, niemand war dieser Frau wegen einer Beleidung böse. Bissige Kommentare gehörten bei ihr zum guten Ton. Erst wenn man von Clara Clottingham einmal ausgiebig beleidigt worden war, galt man als von ihr akzeptiert.

»Es tut mir wirklich leid«, entschuldigte sich Mia erneut. »Kann ich Ihnen dafür vielleicht bei irgendetwas behilflich sein, Mrs Clottingham?«

»Sie könnten mir diese Rezeptbücher nach Hause tragen, wenn Sie es schon anbieten.« Mit diesen Worten deutete Clara Clottingham auf vier dicke Backbücher, die bei dem Zusammenprall aus ihren Armen zu Boden gepurzelt waren.

Schnell bückte sich Mia, hob die Werke auf und stapelte sie auf ihrem Arm. »Es wäre mir eine wahre Freude, Mrs Clottingham«, sagte sie freundlich, obwohl sie das Gewicht der vier dicken Wälzer bereits jetzt deutlich spürte. Glücklicherweise lag Mrs Clottinghams Cottage nicht allzu weit von der Bibliothek entfernt, sonst würde der Transport zu Fuß eine ganz schöne Herausforderung.

»Planen Sie für ein Fest? Oder haben Sie Ihre Liebe zum Backen entdeckt?«

Verächtlich rollte Mrs Clottingham mit den Augen. »Es geht Sie zwar überhaupt nichts an, aber ich bin auf der Suche nach dem perfekten Rezept für den Backwettbewerb am kommenden Wochenende.«

»Ach, Clara, da brauchst du dir gar keine Mühe zu geben, Cleopatra gewinnt doch sowieso.« Die durchdringende Stimme gehörte zu Melody Clearmont, einer zweiundsiebzigjährigen Dame, die in diesem Moment den Kopf zwischen zwei Regalen hervorstreckte und anschließend zielstrebig aus der Regalreihe hervortrat. Ihre körperlich nachlassenden Kräfte machte sie durch ihren wachen Verstand und durch ihr aktives Mundwerk hundertfach wett. Als *Melodys Melodien* wurde der als Geschichten getarnte Klatsch und Tratsch gerne bezeichnet, den die alte Dame mit größter Leidenschaft in Pennygrave verbreitete. Ebenso, wie man einmal von Mrs Clottingham beleidigt worden sein musste, war man erst dann ein vollwertiges Mitglied der Pennygraver Gesellschaft, wenn Melody Clearmont mindestens ein Gerücht über einen verbreitet hatte.

»Vielleicht ist es endlich an der Zeit, dass unsere liebe Cleopatra vom Thron gestoßen wird«, keifte Mrs Clottingham selbstbewusst in Miss Clearmonts Richtung.

»Ach, das glaubst du ja wohl selbst nicht«, winkte diese ab.

Auch Mia konnte sich kaum vorstellen, dass irgendjemand in der Lage wäre, bessere Kuchen zu backen als Cleopatra Fairwell, die Inhaberin der örtlichen Bäckerei. Die Kuchen und Torten, die es dort täglich gab, waren ein Gedicht. In Deutschland hatte Mia gerne mal ein bisschen gebacken, rein zum Vergnügen und zur Entspannung nach einem anstrengenden Arbeitstag, doch seit sie ein Stück von Cleopatra Fairwells Schokoladentorte probiert hatte, hatte sie sich regelrecht durch deren Sortiment gefressen, was es vollkommen unnötig gemacht hatte, selbst eine Rührschüssel zur Hand zu nehmen.

»Wollen Sie auch am Wettbewerb teilnehmen?«, wandte sich Miss Clearmont nun an Mia.

»Oh nein, auf keinen Fall.« Mia lachte. »Gegen Mrs Fairwells Backkünste bin ich gänzlich chancenlos.«

»Kluges Mädchen.«

»Staaaaaaau!«, brüllte Lady Sophie vom Verleihtresen aus.

»Ich komme«, brüllte Mia zurück und wandte sich dann zerknirscht an die Kundinnen. »Entschuldigen Sie bitte, meine Damen, wir haben noch ordentlich zu tun. Mrs Clottingham, die Kochbücher bringe ich Ihnen heute direkt nach Feierabend nach Hause, versprochen.«

Mit diesen Worten raste Mia zurück zu Lady Sophie, die bereits ungeduldig mit den Fingern auf einen der Bücherstapel trommelte, welcher zwischenzeitlich schon wieder eine bedenkliche Höhe erreicht hatte.

»Tut mir leid, ich war gewissermaßen in einem Kundengespräch«, entschuldigte sie sich schnell.

»Ja«, setzte Lady Sophie an, doch da kamen Mrs Clottingham und Miss Clearmont auch schon hereingestürmt und bauten sich genau vor dem Verleihtresen auf. Letztere legte zwei Romane auf dem Tresen ab und reichte Lady Sophie ihren Bibliotheksausweis, damit diese sie darauf verbuchen konnte.

Während Lady Sophie mit wenigen Klicks die Datenbank wechselte, linste Miss Clearmont neugierig auf die Backbücher, die Mia noch immer bei sich trug.

»Ach Clara«, seufzte sie dann, als tadle sie ein kleines Kind und keine erwachsene Frau von fast fünfzig Jahren. »Als ob dir diese Backbücher irgendwie helfen könnten. Sieh es doch ein: Cleopatra ist nicht nur mit den Rezepten ihrer Großmutter, sondern auch mit einem unglaublichen Talent gesegnet. Beidem hast du absolut nichts entgegenzusetzen.«

Clara schnaubte vor Wut. »Das wollen wir doch erst einmal sehen! Ihr haltet Cleopatra für die perfekte Bäckerin, ja? Aber wer seid ihr schon? Hausfrauen vom Dorf, ohne Sinn und Geschmack für das Außergewöhnliche. Zufällig habe ich aber erfahren, dass Theresa Morten es geschafft hat, Patrick Gloster erneut für die Jury zu gewinnen. Ich bin sicher, im Gegensatz zu euch wird er einen langweiligen Landkuchen von einer kulinarischen Delikatesse unterscheiden können.«

»Nein«, entfuhr es Lady Sophie ungläubig, während Mia ein staunendes »Das gibt es doch nicht« von sich gab und Melody Clearmont überrascht nach Luft schnappte.

Der Fernsehkoch Patrick Gloster war bereits bei einem früheren Wettbewerb in die Jury eingeladen worden, hatte sich damals aber nicht gerade mit Ruhm bekleckert, weil er sich von den weiblichen Reizen einer Teilnehmerin derart hatte betören lassen, dass er sie unrechtmäßig zur Siegerin ernannt hatte.

Melody Clearmont malmte so fest ihre Zähne aufeinander, dass es knirschte. Wie ein Raubtier fixierte sie Clara Clottingham. »Ach, das habe ich längst gewusst.

Ich dachte nur, es verdirbt euch die Überraschung, wenn ich euch von unserem prominenten Gast schon vorab erzähle.«

»Pah, das kannst du ja gar nicht gewusst haben. Ich habe es eben erst von Theresa erfahren und diese hatte gerade erst die Zusage erhalten«, feixte Mrs Clottingham.

Offenbar war die Bloßstellung die Retourkutsche für die Beleidigung, die sie von Miss Clearmont bezüglich ihrer Backkünste hatte dulden müssen. Jeder wusste, wie sehr Melody es hasste, nicht als Erste über Neuigkeiten informiert zu sein.

Verächtlich verzog diese das Gesicht. »Ja und? Vielleicht hat sie die Zusage eben erst bekommen, aber ich wusste lange vor dir, meine liebe Clara, dass Theresa diesen Gloster erneut gefragt hat. Und jeder mit auch nur ein bisschen Verstand weiß ja wohl, dass er eine solche Möglichkeit niemals ablehnen würde. Immerhin gibt ihm das die Möglichkeit, seinen Ruf zu rehabilitieren. Zumindest vor den Bürgern von Pennygrave. Obwohl ... wenn ich so darüber nachdenke ... vielleicht ist er ja nur auf den Geschmack gekommen und lässt sich erneut auf eine Bestechung ein. Vielleicht ist es an der Zeit, sich neue Unterwäsche zuzulegen. Ich empfehle rote Seide. Nein, warte, Mr Gloster ist sicherlich eher der Lack- und Leder-Typ.« Sie lachte hämisch.

Clara Clottingham rollte genervt mit den Augen. »Dir wird das Lachen schon noch vergehen, Melody. Die Torte, die ich plane, wird spektakulär. Dagegen wird Cleopatras Backwerk wie banales Brot erscheinen.«

»Überrasch mich«, provozierte Melody Clearmont schnippisch, packte die Romane in ihren Korb und verabschiedete sich mit einem würdevollen Nicken. Ein letztes Grinsen in Clara Clottinghams Richtung verkniff sie sich dann aber doch nicht.

Diese kochte derart vor Wut, dass man fast erwartete, kleine Dampfwölkchen aus ihren Ohren quellen zu sehen. Dann riss sie Mia die Backbücher mit einem Ruck aus den Händen.

»Ach geben Sie schon her, ich mache das selbst«, schimpfte sie, knallte die Bücher Lady Sophie vor die Nase, die sie hastig im System registrierte, klemmte sie sich dann unter den Arm und rauschte grußlos davon.

»Da nimmt aber jemand diesen Wettbewerb ziemlich ernst«, murmelte Mia, die Mrs Clottingham verwundert hinterher sah.

»Na?« Lady Sophie grinste schelmisch. »Willst du vielleicht doch mitmachen?«

»Bei einem Backwettbewerb?« Lachend schüttelte Mia den Kopf. »Niemals. Und schon gar nicht, wenn ich mit solchen Furien als Konkurrenz rechnen muss.« In einer spontanen Idee sog sie scharf die Luft ein. »Aber du! Du solltest mitmachen. Du erzählst mir doch immer, wie schwer es dir fällt, dich bei den Menschen hier zu integrieren. Ich bin mir sicher, wenn du dich an ihrem Backwettbewerb beteiligst, werden sie dich als eine von ihnen anerkennen.«

Nun war es an Lady Sophie, kopfschüttelnd zu lachen. »Ganz sicher nicht. Du warst doch bei mir zu Hause. Ich wurde Zeit meines Lebens von Personal bekocht. Ich weiß ja nicht mal, wie man einen Teig anrührt.«

Daran hatte Mia tatsächlich nicht gedacht. »Okay, dann lass uns wenigstens zusammen hingehen. Wird bestimmt lustig.« Grinsend dachte sie an den Schlagabtausch zwischen Miss Clearmont und Mrs Clottingham.

Lady Sophie reckte zustimmend den Daumen in die Luft. »Geht klar. Aber zuerst sortieren wir unsere Babys hier ein.« Mit wild fuchtelnder Geste deutete sie auf die hohen Bücherstapel, die noch immer auf dem Verleihtresen ihrem Schicksal harrten. »Staaaaaaaaaaaau!«

»Geht ebenfalls klar«, antwortete Mia und salutierte, bevor sie sich das nächste Buch griff, um es seinem vorgesehenen Platz zuzuführen.

2

Es klingelte. Theresa Morten seufzte. »Ach Mann, nicht mal beim Frühstück hat man seine Ruhe.«

»Gottes Gnade kennt keine Uhrzeit«, belehrte Reverend Martin Morten seine Frau.

»Mein Magen aber sehr wohl«, erwiderte diese angefressen. Theresa Morten liebte ihren Mann aufrichtig und sie bewunderte ihn dafür, wie aufopferungsvoll er sich um die Mitglieder dieser verrückten Gemeinde kümmerte. Doch manchmal war es wirklich zu viel des Guten. Sie hatte von Anfang an ein schlechtes Gefühl bei diesem Pennygrave gehabt. Die Menschen hier hatten auf sie sofort den Eindruck gemacht, als hätten sie jede Menge zu beichten. Doch dass sie Martin in dieser hohen Frequenz behelligten und dabei keinerlei Rücksicht auf dessen Familienleben nahmen, das ging ihr schon seit Jahren gegen den Strich. Ja, sie hatte Verständnis für die emotionalen Wehwehchen der Pennygraver. Ja, sie tat alles, um von den Bürgerinnen und Bürgern gemocht zu werden. Schließlich lag es auch in ihrer Verantwortung, ihrem Mann den Rücken zu stärken und einen guten Eindruck zu hinterlassen. Doch bei manchen Gemeindemitgliedern war es wirklich eine Herausforderung, ihr überschäumendes Temperament zu zügeln.

Lächelnd erschien Martin Morten wieder in der Tür. »Ist für dich, mein Schatz.«

»Für mich?« Verwundert stellte Theresa die Kaffeetasse ab und blickte erwartungsvoll zur Tür, durch die nun Melanie McTrout und Cleopatra Fairwell eintraten.

»Oh, Melanie, Cleopatra, das ist ja eine Überraschung! Wollt ihr euch nicht setzen und mit uns frühstücken?«

Melanie McTrout war eine der wenigen Frauen hier in Pennygrave, die Theresa von Anfang an gemocht hatte. Sie war so bodenständig. So ehrlich und normal.

»Danke, das ist wirklich nett, aber wir möchten gar nicht lange stören«, entschuldigte sich Melanie, der ihr Eindringen sichtlich unangenehm war. »Es tut mir auch wirklich leid, dass wir zu dieser unchristlichen Uhrzeit hier hereinplatzen, aber wir sind gerade Melody auf dem Dorfplatz begegnet. Stimmt ihre neueste Melodie, die sie singt? Hast du Patrick Gloster wieder in die Jury geholt?«

»Ja, allerdings.« Theresa nickte stolz. Dann hielt sie erstaunt inne. Cleopatras Gesichtsausdruck zufolge war diese nicht hier, um sie für diesen Erfolg zu beglückwünschen. Sie wirkte eher zerknirscht als dankbar.

»Gibt es ein Problem?«

»Ehrlich gesagt finde ich nicht, dass das eine gute Idee ist«, sagte Melanie McTrout leise. »Ich meine ... sieh mal, Theresa, das letzte Mal, als er in der Jury war, hat er sich von Miss Meil bestechen lassen. Die ist jetzt tot. Dass sie ermordet wurde, ist gerade mal einen Monat her. Findest du nicht, dass das alles irgendwie eine schlechte Atmosphäre erzeugt?«

»Hm, so habe ich das noch gar nicht gesehen ...«, gestand die Pfarrersfrau nachdenklich.

»Aber so ist es doch. Die Leute werden reden. Vermutlich wird man sich nicht nur in Pennygrave das Maul über den Backwettbewerb zerreißen, sondern auch darüber hinaus.«

Theresas Augen strahlten. »Das wiederum wäre doch ganz hervorragend. Publicity tut nicht nur dem Wettbewerb gut, sondern dem gesamten Ort.«

»Negative Publicity?«

»Egal welche. Aufmerksamkeit ist Aufmerksamkeit.«

»Das sehe ich anders, Theresa«, wandte Cleopatra Fairwell ein und verzog säuerlich das Gesicht. »Diesem Mann ist nicht zu trauen. Ich sage dir, er führt irgendetwas im Schilde. Was für einen Grund hätte er sonst, noch einmal hierherzukommen? Als ob sein Verhalten nicht Schande genug war, um ihn für immer vor den Bewohnern dieses Ortes lächerlich zu machen. Ich bitte dich, Theresa, sag ihm ab. Nimm jemand anderen in die Jury, aber nicht diesen Lügner.«

Theresa Morten schüttelte den Kopf. »Das kann ich nicht. Ihm jetzt noch abzusagen, wäre wirklich peinlich.«

»Ich kann das gerne für dich übernehmen.« Selbstbewusst verschränkte Cleopatra die Arme vor der Brust.

Kurz zögerte Theresa Morton, als würde sie sich auf den Vorschlag einlassen. Doch dann schüttelte sie erneut den Kopf.

»Das kann ich wirklich nicht machen. Ich verspreche euch aber, ein besonderes Augenmerk darauf zu haben, dass Mr Gloster sich an die Regeln hält.«

Cleopatra Fairwell schnaubte verächtlich.

»Mehr kann ich nicht für euch tun, es tut mir leid.« Entschuldigend, aber selbstbewusst hob Theresa die Hände. »Die Fernsehteams sind bereits informiert und

Pennygrave hat ein bisschen Aufmerksamkeit dringend nötig.«

»Pennygrave oder du?«, murmelte Melanie McTrout leise, doch Theresa ging gar nicht weiter darauf ein.

»Ich danke euch für den Besuch und ich respektiere eure Beweggründe, aber ich bin mir sicher, Patrick Glosters Teilnahme war eine hervorragende Idee und daran werde ich auch nicht rütteln lassen.«

Während Melanie McTrout resigniert die Schultern hängen ließ, funkelten Cleopatra Fairwells Augen vor Wut. »Dann hoffe ich für dich, meine Liebe, dass du deine Entscheidung nicht bereuen wirst«, knurrte sie.

Melanie McTrout legte der Freundin beschwichtigend die Hand auf den Arm. »Im Endeffekt ist es deine Entscheidung, Theresa«, versuchte sie zu schlichten. »Wir wollten zumindest mal unsere Bedenken äußern.«

»Und das habt ihr ja jetzt auch.«

Da war wirklich nichts zu machen.

Nachdenklich sah Theresa Morten ihren Freundinnen dabei zu, wie diese das Grundstück verließen.

Als sie eine sanfte Berührung an ihrer Schulter spürte, wusste sie, dass Martin hinter sie getreten war.

»Was war denn los, meine Liebe?«

»Ach, Melanie und Cleopatra haben Bedenken, dass Gloster wieder irgendein Ding drehen will.«

»Ja ja.« Der Reverend atmete tief und hörbar ein. »Vertrauen zu können, ist ein wahrer Segen.«

Theresa wagte es nicht, ihm in die Augen zu sehen.

3

Schon von Weitem konnte Mia Lady Sophie erkennen, die wild mit den Armen fuchtelte, um auf sich aufmerksam zu machen. Wenn sie richtig sah, hatte die resolute Frau es sogar geschafft, ihren Sohn Sir William sowie ihren neuen Lebensgefährten Mr Meil mitzuschleppen. Schnell winkte Mia zurück und bahnte sich dann den Weg durch die vielen Menschen. Wo kamen die denn auf einmal alle her? Verglichen mit der Größe Pennygraves mussten mehr Menschen anwesend sein, als der Ort überhaupt Einwohner zählte. Die vor dem Bühnenrand eigens aufgestellten Stuhlreihen waren komplett besetzt. Gespannt verfolgten die Zuschauer das Geschehen auf der Bühne. Dort war eine Art langer Tresen aufgebaut, der die komplette vordere Bühnenhälfte von links nach rechts einnahm. Hinter dem langen Tisch standen in markierten Abständen die Teilnehmerinnen und Teilnehmer des Backwettbewerbs und arbeiteten bereits fleißig an ihren süßen Köstlichkeiten. Immer wieder hörte man leises Gemurmel, laute Kommentare, Gelächter und vereinzelt sogar Applaus, wenn einem der Teilnehmer etwas besonders Beeindruckendes gelungen war.

Mia musste sich mehrfach unter blinkenden Fernsehkameras hinwegducken, bis sie sich endlich zu Lady Sophie und ihren Begleitern durchgedrückt hatte.

»Da bist du ja endlich! Ich dachte schon, du hättest es vergessen«, wurde sie von der Freundin begrüßt.

»Hallo zusammen«, grüßte Mia ihrerseits. »Nein, vergessen nicht. Ich habe den neuen Thriller gelesen, den ich mir gestern aus der Bibliothek mit nach Hause genommen habe und bin darüber eingeschlafen.«

»Was nicht gerade für den Thriller spricht.« Lady Sophie lachte.

»Nein, leider nicht«, bestätigte Mia leise. Es war immer wieder traurig, wenn ein Buch nicht halten konnte, was der erste Eindruck versprach.

»Miss Midway, wie schön, Sie wiederzusehen.« Lächelnd trat Sir William einen Schritt nach vorn und hauchte Mia einen Handkuss auf den Handrücken. Bei jedem anderen hätte diese Geste übertrieben angemutet, doch bei ihm wirkte sie vollkommen authentisch und zauberte Mia noch immer diese leichte Röte auf die Wangen. Eines Tages würde dieser Mann sie noch um den Verstand bringen. Als ob es nicht genügte, dass er Sir William hieß und ein Adliger war. Musste er auch noch aussehen wie ein Märchenprinz? Manchen Menschen lachte die Sonne einfach aus dem Allerwertesten.

Gewaltsam riss Mia ihren Blick von ihm los und betrachtete das Treiben auf der Bühne. »Was habe ich verpasst? Ich wusste gar nicht, dass es so viele Menschen gibt, die sich fürs Backen interessieren.«

»Fürs Backen vielleicht nicht unbedingt, aber dafür, das eigene Gesicht mal im Fernsehen zu sehen.« Augenrollend wies Lady Sophie auf die Kameras, die an mehreren abgesperrten Fleckchen aufgebaut waren.

»Ach stimmt ja, Patrick Gloster ist hier. Wo ist er denn?«

»Na da oben, der Kobold mit der roten Haarpracht. Brauchst du eine Brille? Dieses künstliche Rot lässt einen doch aus mehreren Meilen Entfernung erblinden.«

»Ich sehe wunderbar. Ich hatte nur keine Ahnung, wie dieser Patrick Gloster aussieht.«

»Ist das dein Ernst?«

Mia zuckte gleichgültig mit den Schultern. »Mit Fernsehen habe ich nicht viel am Hut. Bücher sind mir lieber. Ich weiß, dass er ein berühmter Fernsehkoch ist, ja, aber ich habe nie eine Sendung mit ihm gesehen. Sir William hat mir zwar davon erzählt, dass dieser Gloster schon mal in Pennygrave gewesen ist, aber damals habe ich ja noch nicht hier gelebt. Was ist denn da hinten los?« Stirnrunzelnd deutete sie nach vorn, wo Cleopatra Fairwell mit scheinbar unkontrollierten Bewegungen über die Bühne wuselte. Aufgebracht fuchtelte sie mit den Armen und zwängte sich gerade zwischen Mrs Clottingham und Lucas Harrison durch, die gleichermaßen versuchten, den unerwarteten Eindringling mit den Ellenbogen wieder zurückzudrängen. Doch Mrs Fairwell ließ sich nicht beirren. Mit einem gezielten Ellenbogenrempler stieß sie Mrs Clottingham zur Seite, verpasste Lucas Harrison einen Kinnhaken und baute sich dann wutschnaubend zwischen den Arbeitsflächen der beiden auf. Mit beeindruckender Geschwindigkeit bohrte sie ihren linken und rechten Zeigefinger abwechselnd in verschiedene Zutatenschüsselchen, welche die jeweilige Konkurrenz an ihrem Arbeitsplatz aufgebaut hatte, schleckte sie ab, hielt kurz inne und runzelte die Stirn. Dann schüttelte sie den Kopf, trat einen Schritt nach links und walzte dabei

fast Melanie McTrout über den Haufen, die ihren Back-
platz neben dem Clara Clottinghams hatte. Im letzten
Moment sprang Melanie McTrout mit einem Aufschrei
zur Seite, doch davon ließ sich Mrs Fairwell nicht beirren. Wie von Sinnen steckte sie auch hier ihren Finger
in verschiedene Schüsselchen, kostete, hielt inne,
schüttelte den Kopf und trat neben die nächste Teilnehmerin, welche das Geschehen entsetzt beobachtet hatte
und schon von selbst zur Seite wich, bevor Mrs Fairwell
Hand an sie legen konnte. Auf diese Weise arbeitete
sich Cleopatra Fairwell noch zwei weitere Plätze durch
die Reihe, bevor Patrick Koboldfrisur als Erster zu sich
kam und zwei Sicherheitsbeamten winkte, die sich sofort vom Getränkestand in Richtung Bühne aufmach-
ten.

Interessiert verfolgte Mia das Geschehen. »Was
macht sie denn da? Probiert sie die Zutaten der anderen
Teilnehmer?«

»Sieht ganz so aus«, antwortete Lady Sophie nachdenklich.

»Sie wirkt ein bisschen wie ein Drogenspürhund bei
einer Razzia«, kicherte Mia, obwohl ihr die von Mrs
Fairwells Verhalten betroffenen Teilnehmer leidtaten.

Lady Sophie schirmte mit der Hand die Sonne von ihren Augen ab, als könne sie so genauer sehen. »Wenn
du mich fragst, wirkt sie eher, als sei sie selbst auf Drogen.«

Inzwischen hatten die Sicherheitsbeamten die Bühne
erklommen und unternahmen den Versuch, Mrs Fairwell festzuhalten. Wahrlich eine Herausforderung, da
diese ganz und gar nicht die Absicht hatte, ihr wüten-
des Vorgehen zu unterbrechen. Immer wieder riss sie

sich los, raste wie ein Brummkreisel über die Bühne, attackierte verschiedenste Schüsselchen und bohrte ihre Zeigefinger tief in jegliche Substanzen. Hoffentlich hatte sie vor dem Wettbewerb nicht in der Nase gebohrt. Das könnte eine ganz schön eklige Angelegenheit für die Jury werden ...

Zu allem Übel schlug Mrs Fairwell nach jedem, der sie festhalten wollte. Schließlich eilten zwei weitere Sicherheitskräfte hinzu. Zu viert gelang es ihnen endlich, die aufgebrachte Cleopatra Fairwell zu bändigen.

»Mein Zucker!«, brüllte sie außer sich. »Wer von euch Bastarden hat meinen Zucker gestohlen?«

Ängstliche Verunsicherung spiegelte sich in den Gesichtern der Wettbewerbsteilnehmer. Erst als die Furie unter Treten und Keifen von der Bühne geführt wurde, gingen sie nach und nach wieder an ihre Arbeitsflächen.

Patrick Gloster wirkte, ebenso wie die anderen Jurymitglieder, angesichts dieses Szenarios vollkommen hilflos. Theresa Morten erlangte als Erste die Fassung zurück, trat nach vorne an den Bühnenrand und räusperte sich vernehmlich. Sofort richteten sich sämtliche Kameras auf sie.

»Liebes Publikum, ich möchte mich in aller Form für diesen unerfreulichen Zwischenfall entschuldigen.« Das Lächeln, mit dem die Pfarrersfrau direkt in die Kamera blickte, wirkte so erfrischend, als wäre das Showbusiness alltäglich für sie. »Mrs Fairwell ist eine geschätzte Bürgerin dieser Stadt, wir werden im Anschluss an den Wettbewerb mit ihr besprechen, was sie denn so aufgebracht hat und ich bin mir sicher, es werden sich alle Missverständnisse in Wohlgefallen auflösen.«

»Oh je, das gibt gewaltigen Ärger.«

Melody Clearmont! Es hätte keinen besseren Zeitpunkt für eine Begegnung mit der Frau, die sich damit rühmte, immer über alles Bescheid zu wissen, geben können. Sofort drängte sich Mia neben die verbale Klatschpresse und schenkte ihr ein gewinnendes Lächeln. »Sagen Sie, Miss Clearmont, haben Sie zufällig eine Ahnung, was da los ist?«

Die alte Dame kniff die Augen zusammen und schüttelte den Kopf. »Noch nicht, Schätzchen, aber gleich.« Mit diesen Worten fuhr sie die Ellenbogen zu beiden Seiten aus und bahnte sich zielstrebig ihren Weg durch die Menge. Womöglich wollte sie versuchen, zu Mrs Fairwell durchzudringen, die noch immer von den Sicherheitskräften festgehalten wurde, sich aber allmählich zu beruhigen schien. Mit Sicherheit war Melody Clearmont die Einzige, die sich freiwillig in die Nähe einer Frau wagte, die sich eben derart rasend benommen hatte, aber wenn es um Informationen aus erster Hand ging, kannte die ortseigene Express-Info keine Gnade.

»Hoffentlich findet sie schnell heraus, um was es ging«, raunte Mia. »Ich platze vor Neugier.«

Grinsend warf sich Lady Sophie in die Brust und ließ zweimal neckisch ihre Augenbrauen zucken. »Jemand hat Cleopatra Fairwells Zuckermischung gestohlen, um sie beim Wettbewerb zu sabotieren.«

Schlagartig hatte sie die volle Aufmerksamkeit aller Umstehenden.

»Woher wollen Sie denn das wissen?«, fragte ein Mann, den Mia noch nie zuvor gesehen hatte.

Verzückt über die plötzliche Macht, die das Wissen ihr verlieh, erstreckte sich das Grinsen der Adligen noch etwas mehr in die Breite. »Ach, das ist doch nicht schwierig. Eine gute Beobachtungsgabe, ein bisschen Kombinationsfähigkeit und siehe da ...«

»Aber warum rastet sie denn dann so aus?«, unterbrach Mia stirnrunzelnd. Sie kann doch einfach neuen Zucker nehmen. Meines Wissens nach steht es jedem Teilnehmer frei, sich an den Zutaten zu bedienen.«

»Das könnte sie, würde sie aber niemals.« Lady Sophie machte eine längere Pause und genoss es sichtlich, die Anwesenden auf die Folter zu spannen. Dass sich inzwischen ein kleiner Kreis aus Neugierigen um sie gebildet hatte, stachelte sie nur noch weiter an. »Wer in Pennygrave ein bisschen die Augen offen hält, bekommt so einiges mit«, erklärte sie triumphierend. »Unter anderem zum Beispiel, dass Cleopatra Fairwell für all ihre Backwaren eine ganz bestimmte Zuckermischung nach dem Rezept ihrer Urgroßmutter verwendet. Deshalb gelingt es auch niemandem, ihre Leckereien nachzubacken. Nicht einmal, wenn er das übrige Rezept hat. Selbstverständlich hütet sie die Zusammensetzung dieser Zucker-Spezialmischung wie einen Schatz, nicht einmal ihrem eigenen Mann hat sie das Rezept verraten. Diese Mischung hat sie in einem Schüsselchen mitgebracht. Ich habe es vor Beginn des Wettbewerbs noch auf ihrem Platz stehen sehen. Es ist neonpink, kaum zu übersehen. Da es aber jetzt nirgends mehr steht und Mrs Fairwell ihre Finger nahezu panisch in die Zutatenschüsseln der Konkurrenz gesteckt hat, ist es ja wohl klar, dass sie diese verdächtigt, ihre Mischung gestohlen zu haben. Sabotage. Ganz ehrlich, da würde ich auch ausrasten.« Lady Sophie badete förmlich in den bewundernden Blicken.

Mia hingegen presste sich kichernd die Hand vor den Mund. »Und die gute Melody hat sich extra auf den Weg gemacht, um diese Informationen zu beschaffen. Sie wird kochen, wenn sie erfährt, dass du vor ihr weißt, was los ist.«

Das Lächeln in Lady Sophies Gesicht wurde noch etwas breiter.

»Meine Uhr! Hilfe, Diebe!«, brüllte auf einmal Mrs Lampert los.

Sofort richtete sich die Aufmerksamkeit auf sie. Sie tastete hektisch ihr Handgelenk ab und begann dann jämmerlich zu weinen. »Oh nein, meine Uhr! Sie war ein Erbstück meines verstorbenen Mannes. Jemand muss sie mir gestohlen haben. Ach, ich weiß schon, warum ich keine Menschenmengen mag.«

»Jetzt beruhigen Sie sich doch erst einmal.« Tröstend legte Mia den Arm auf Mrs Lamperts Schultern. »Vielleicht haben Sie die Uhr ja nur im Gedränge verloren und jemand hat sie längst gefunden und abgegeben.«

»Sie ist etwas ganz Besonderes. Ach, mein armer Joseph, er wäre so böse auf mich, wenn er wüsste, dass ich sie verloren habe.«

»Ein Glück ist er ja tot und wird es niemals erfahren«, missglückte Lady Sophie ein Tröstungsversuch, woraufhin sie prompt mit einem strengen Blick von Mia bedacht wurde. Das Verhältnis zwischen Mrs Lampert und Lady Sophie war seit jeher ein sehr angespanntes.

Gott allein wusste wieso, aber dies war sicherlich kein geeigneter Zeitpunkt, die arme Mrs Lampert das spüren zu lassen, die sich bereits die Tränen der Verzweiflung von den Wangen wischte.

»Mrs Lampert«, sagte Mia liebevoll. »Sie beruhigen sich jetzt erst einmal und ich bringe Sie sofort zu den Organisatoren dieser Veranstaltung. Mit Sicherheit gibt es einen Ort, an dem die Fundsachen gesammelt werden. Lassen Sie uns dort erst einmal nachsehen. Bestimmt findet sich Ihre Uhr wieder an.«

»Das wäre wirklich nett, Miss Midway. Ich hänge sehr daran.«

»Ja, das haben wir jetzt alle begriffen«, presste Lady Sophie zwischen den Zähnen hervor, wofür sie diesmal einen Ellenbogenstoß in die Seite kassierte. Nicht von Mia, sondern von ihrem eigenen Sohn.

»Ich werde Sie begleiten«, verkündete Sir William laut und bot der erschütterten Mrs Lampert seinen Arm an. Sofort begann diese zu strahlen und hängte sich dankbar ein.

»Das ist wirklich nicht nötig«, lehnte Mia ab, doch Mrs Lampert reagierte gar nicht auf sie. Natürlich. Die Gelegenheit, diesen attraktiven, freundlichen und dazu noch unverschämt reichen Adligen zu berühren, würde sich keine Frau entgehen lassen. Moment mal, war sie wirklich eifersüchtig auf eine zweiundachtzigjährige Dame, der die Uhr gestohlen worden war? Erbärmlicher ging es ja wohl nicht mehr.

Ihre Gefühle krampfhaft unterdrückend folgte sie dem ungleichen Paar in Richtung Bühne, neben der eine Art Informationsstand aufgebaut war. Im gleichen Moment vermeldete ein schrilles Läuten das Ende der

Backzeit für die Wettbewerbsteilnehmer. Gleichzeitig nahmen alle ihre Hände von den entstandenen Kuchen und Torten: wahrlich allesamt kulinarische Kunstwerke. Wenn sie nur halb so gut schmeckten, wie sie aussahen, war die Jury zu beneiden.

Während Sir William schon bemüht war, einem freundlichen Mitarbeiter des Informationsstandes den Verlust von Mrs Lamperts Uhr darzulegen, beobachtete Mia, wie die Kuchen und Torten nummeriert und in kleine Probierhäppchen zerteilt wurden. Auf fünf Tellern wurden sie für die Jurymitglieder angeordnet. Kurz sah Mia hinüber zu Sir William und Mrs Lampert, aber die alte Dame himmelte ihren jungen Begleiter noch immer offenherzig an. Sir William schien die Situation bestens im Griff zu haben. Keiner der beiden interessierte sich dafür, wo Mia sich aufhielt oder was sie tat. Sie war vollkommen überflüssig. Beleidigt widmete sie ihre Aufmerksamkeit den Vorgängen auf der Bühne, wo die Jurymitglieder inzwischen vollkommen verzückt und unter Ausstoßung von Begeisterungslauten die verschiedenen Häppchen probierten und auf kleinen Kärtchen bewerteten. Hanna Healy – mit erst vierundzwanzig Jahren jüngsten Mitglied des Hausfrauenverbandes – wurde schließlich die Ehre zuteil, die verschiedenen Bewertungszettel einzusammeln und den Sieger zu ermitteln.

Mit einem Mal lag eine derartige Spannung in der Luft, dass sich sogar Mia dem aufregenden Gefühl nicht entziehen konnte, obwohl sie sich nach wie vor weder aus Backen noch aus Wettbewerben etwas machte. Eigentlich war sie nur mitgekommen, weil sie sich von einem Ereignis, bei dem Clara Clottingham, Lady Sophie und Melody Clearmont gleichzeitig anwesend waren, einen sehr lustigen Nachmittag erhofft hatte. Okay … und ein bisschen, weil sie darauf spekuliert hatte, dass Sir William seine Mutter begleiten würde und sie ein bisschen Zeit mit ihm verbringen konnte. Aber das hatte sich dank Mrs Lamperts Aufstand ja nun erledigt. Im Prinzip war es Mia vollkommen egal, wer gewann, aber die Aufregung der Teilnehmerinnen und Teilnehmer schwebte derart durch die Luft, dass man sie förmlich einatmete. Mit großen Augen warteten sie auf die Verkündung des Ergebnisses.

Endlich trat Hanna Healy zu Theresa Morten und überreichte ihr einen Umschlag. Als Organisatorin und Hauptverantwortliche für den Wettbewerb stand es ihr zu, die Siegerin oder den Sieger zu verkünden. Theresa Morten öffnete den Umschlag nicht. Stattdessen gab sie ihn lächelnd an Patrick Gloster weiter. Was für ein Ritterschlag!

Gerührt nahm dieser ihn entgegen, öffnete, las und trat dann mit großer Geste nach vorn an den Bühnenrand. Dass er nicht direkt in die Kameras hineinsprang, war alles.

Unsanft stieß Lady Sophie Mia in die Seite. »Geh mal einen Schritt nach links. Nicht dass er noch stagediven will. Mein Körper ist zwar nicht mehr der jüngste, aber um ihn von einem Typen wie diesem Gloster plätten zu lassen, ist er mir dann doch zu schade.«

Kichernd presste sich Mia die Hand vor den Mund.

Im gleichen Moment begann Gloster zu sprechen. »Ladys und Gentlemen, sehr verehrte Zuschauer, es ist mir eine große Ehre und ein außerordentliches Vergnügen, Ihnen den Gewinner des diesjährigen Pennygraver Backwettbewerbs mitteilen zu dürfen. Ja, Sie haben richtig gehört: Es handelt sich tatsächlich um einen männlichen Gewinner. Wenn ich richtig informiert bin, erst den zweiten Gewinner in dessen Geschichte überhaupt.«

»Nun sag schon, wer es ist«, ertönte ein ungeduldiger Zwischenruf aus dem Publikum.

Wie bei den meisten Zuschauern wanderte auch Mias Blick zu den Teilnehmerinnen und Teilnehmern, die hübsch aufgereiht am hinteren Rand der Bühne standen, sodass sie für das Publikum perfekt sichtbar waren. Die Ankündigung Patrick Glosters zeichnete den Frauen direkt die Enttäuschung ins Gesicht, besonders Clara Clottingham zog eine Miene, als hätte sie auf eine Zitrone gebissen. Bei den einzigen beiden männlichen Teilnehmern dagegen wuchs die Aufregung verständlicherweise, als ihnen klar wurde, dass die Wahrscheinlichkeit, als Sieger aus dem Wettbewerb hervorzugehen, nun bei fünfzig Prozent lag. Lucas Harrison knetete ungeduldig seine Finger, während Clark Winters nervös von einem Fuß auf den anderen trippelte.

»Der zweite Gewinner in der Geschichte des Pennygraver Backwettbewerbs und damit diesjähriger Sieger ist ...«

Wenn er nicht bald den Namen rausrückte, würde die Meute sicher anfangen zu randalieren.

»... Lucas Harrison! Herzlichen Glückwunsch! Mr Harrison, kommen Sie bitte zu mir nach vorn.«

Von tosendem Applaus begleitet, trat der Gewinner vor und baute sich mit stolz geschwellter Brust neben dem Moderator auf. Der Triumph war ihm förmlich ins Gesicht gemeißelt, während er darauf wartete, die traditionellen Siegesinsignien in Form von Schärpe, Pokal und den Sieges-Champagner überreicht zu bekommen.

In den Reihen der Jury wurde es indes unruhig. Patrick Gloster umklammerte mit steifen Fingern den Pokal, Theresa Morten nestelte nervös an der Schärpe herum und die anderen drei Jurymitglieder sahen sich suchend um. Während sich mit fortschreitenden Sekunden die Panik auf den Gesichtern der Organisatoren ausbreitete, nahm Theresa Morten dem aufgelösten Patrick Gloster schließlich das Mikrofon aus der Hand.

»Ladys und Gentlemen, sehr verehrtes Publikum. Wir bedauern es unendlich, aber wir müssen vor der Siegerehrung noch eine kleine Pause einlegen. Bitte nutzen Sie gerne die Möglichkeit, sich an den aufgebauten Ständen mit Erfrischungen und kleinen Naschereien zu versorgen. In zehn bis fünfzehn Minuten werden wir mit dem schönsten Teil des Wettbewerbs fortfahren und würden uns freuen, Sie auch dann noch im Publikum begrüßen zu dürfen. Vielen Dank.«

Hochprofessionell gab sie Patrick Gloster das Mikrofon zurück und wandte sich dann hinter vorgehaltener Hand an ihre Jurykollegen.

»Wo zum Teufel ist diese verdammte Siegesflasche?«, zischte sie.

Hanna Healy riss beim doppelten Fluch der Pfarrersfrau erschrocken die Augen auf, klaubte aber dann schnell die Worte zusammen, die mitzuteilen sie für notwendig erachtete: »Theresa, ich sage es ungern, aber ich glaube, ich habe Mrs Fairwell vorhin mit der Flasche in der Hand gesehen.«

»Was? Und da bist du nicht auf die Idee gekommen, sie aufzuhalten?«

»Ich dachte, sie nimmt die Flasche schon einmal an sich, um sie dem Sieger später zu überreichen. Es ist doch Tradition, dass die Flasche dem Sieger immer vom Sieger des Vorjahres überreicht wird.«

Arme Hanna. Sie war zwar mit vielem gesegnet, aber ein wacher Verstand gehörte leider nicht dazu.

»Und wohin ist Cleopatra mit der verfluchten Flasche verschwunden?«

Hanna zuckte konsterniert die Schultern.

Suchend ließ Mia ihren Blick durch die Menge schweifen. Hoffentlich machte Cleopatra Fairwell keinen Unsinn. Sicherlich war sie enttäuscht und wütend über ihre Disqualifikation und ganz bestimmt war sie noch immer außer sich vor Wut, weil jemand ihren Spezialzucker gestohlen hatte. Wer weiß, vielleicht gab es ja noch eine Möglichkeit, herauszufinden, wer ihr das angetan hatte und ob es sich nur um einen dummen Scherz oder um bewusste Sabotage handelte. In erstem Fall ließe sich Mrs Fairwell vielleicht mit einer aufrichtigen Entschuldigung besänftigen. Immerhin war es nur ein Backwettbewerb. Im nächsten Jahr gab es eine neue Chance, ihn zu gewinnen.

»Da ist sie ja!« Caroline Sanders, ebenfalls geschätztes Mitglied des Hausfrauenverbands zeigte nach rechts, wo Cleopatra Fairwell tatsächlich mit der kleinen Champagnerflasche in der Hand zu sehen war. Bedenklich schwankend steuerte sie auf die Bühne zu.

»Schnell, schnappt sie euch und schleift sie hier hoch«, raunte Theresa einem der Sicherheitsbeamten zu, gerade so laut, dass es die Aufnahmen der Kameras nicht erfassen konnten.

Wie geheißen stürmten zwei Security-Männer los und hatten die grinsende Cleopatra Fairwell innerhalb kürzester Zeit zwischen sich eingeklemmt.

»Ist ja gut, ich komme ja schon. Es tut mir leid, das war dumm von mir. Ich habe mich wieder beruhigt, alles gut.«

War sie betrunken? Ihr unkontrolliertes Grinsen, in Verbindung mit dem sichtbaren Mangel an Gleichgewicht, ließ eigentlich nur diesen einen Schluss zu. Umso fester packten die beiden vom Sicherheitsdienst nun zu, während sie Cleopatra Fairwell samt der Piccolo-Siegesflasche in ihrer Hand auf die Bühne hoben.

»Ladys und Gentlemen, meine sehr verehrten Zuschauer, wir können nun mit der Siegerehrung fortfahren«, verkündete ein sichtlich erleichterter Patrick Gloster. Ganz der Showman wartete er einen Moment ab, bis die Kameraleute ihre Gerätschaften wieder eingeschaltet und in Position gebracht hatten. Dann fuhr er mit lauter Stimme fort: »Lucas Harrison, ich gratuliere Ihnen von Herzen zum Gewinn des diesjährigen Pennygraver Backwettbewerbs.«

Würdevoll überreichte er ihm den Pokal. Theresa Morten hängte dem strahlenden Sieger die begehrte Schleife um und Cleopatra Fairwell überreichte ihm schließlich die bereits geöffnete Piccolo Champagnerflasche mit dem flimmernden Goldstaub darin.

»Verreck dran, du dreckiger kleiner Dieb«, presste sie dabei zwischen den Zähnen hervor.

Trotz Mrs Fairwells offen zur Schau gestellter Feindseligkeit lächelte Lucas Harrison tapfer weiter und nahm einen großen Schluck aus der Flasche, um sie dann, wie es die Tradition verlangte, auf einen Rutsch auszutrinken. Nach dem ersten Schluck setzte er die Flasche ab, runzelte die Stirn, verzog das Gesicht und wischte sich mit dem Ärmel über die Lippen. Ein Raunen ging durch das Publikum. Fotoapparate klickten. Da schien Lucas Harrison bewusst zu werden, dass nicht nur sämtliche Augenpaare der Pennygraver auf ihn gerichtet waren, sondern außerdem einige Fernsehkameras, die seinen triumphalen Sieg live auf die Bildschirme eines Millionenpublikums übertragen sollten. Gezwungen lächelte er weiter, schloss die Augen und trank die Flasche in einem Zug leer. Der Tradition hatte er damit Genüge getan.

4

Aus reiner Höflichkeit stimmte Noah McCann in den Applaus der Zuschauer ein, als Lucas Harrison die leere Siegesflasche durch die Luft schwenkte und breit in die Kamera lachte. Er war kein Fan davon, Alkohol auf diese Weise zu trinken. Der lange Prozess, der hinter der Herstellung der verschiedenen Spirituosen steckte, hatte ihn über die Jahre ehrfürchtig werden lassen. Wenn man schon Alkohol trank, dann mit Zeit, Genuss und dem nötigen Respekt. In der Flasche, die extra für den Sieger des Backwettbewerbs hergestellt worden war, steckte jede Menge Arbeit, Zeit und Konzentration. Mit der Beigabe einer besonderen Zuckermischung, die Cleopatra Fairwell Ihnen in geringer Menge zur Verfügung gestellt hatte, hatten sie den Champagner besonders gesüßt. Außerdem waren die kleinen Goldpartikel, die der Flüssigkeit ihren besonderen Glamour verliehen, nicht gerade billig gewesen. Dennoch hatte die Familie McCann, wie in jedem Jahr, den Siegeschampagner kostenlos zur Verfügung gestellt.

Mit einem Mal zog eine Bewegung am Rand der Menschenmenge seinen Blick auf sich. Sissi Ratherford hatte sich aus der Menge gelöst, rannte zu einem Busch und erbrach sich geräuschvoll.

»Unglaublich«, hörte Noah Clara Clottinghams Stimme keifen. »Am helllichten Tag betrunken. Und sowas hat Kinder.«

»Vielleicht hat sie nur etwas Falsches gegessen«, wandte Noah ein.

Mrs Clottingham hielt es nicht einmal für nötig, ihn anzusehen. Stattdessen beobachtete sie lieber, wie der Körper der armen Sissi sich unter dem ständig wiederkehrenden Würgereiz verkrampfte. »Nein nein, die war längst betrunken, noch bevor der Wettbewerb begonnen hat. Schon um halb zwölf hat sie sich dort hinten im Gebüsch übergeben.« Sie wies mit dem Finger in die entgegengesetzte Richtung des jetzigen Ortes des Erbrechens.

Noah beschloss, nicht näher auf Mrs Clottinghams Gemeinheiten einzugehen und Sissi lieber zu helfen. Zielstrebig marschierte er in ihre Richtung, sah dann aber, wie Tristan Ratherford, Sissis Mann, sich ebenfalls auf seine Frau zubewegte und sie deutlich schneller erreichte. Dezent hielt sich Noah zurück, während Tristan Sissi das Haar aus dem Gesicht fischte und ihr mit kreisenden Bewegungen den Rücken streichelte.

Nach ein paar Minuten richtete sich die gebeutelte Frau auf und nahm dankbar einen Becher mit Wasser entgegen, den ihr eine mitleidig dreinblickende Frau entgegenstreckte. Tristan bedankte sich an Sissis Stelle, während diese ihren Mund ausspülte und dann vorsichtig einige Schlucke trank. Die Frau nickte verständnisvoll und ging weiter. Noah hatte sie noch nie zuvor hier gesehen. Vermutlich stammte sie aus einem der Nachbarorte. Dann bemerkte er mit Erstaunen, wie Sissis Mann die Gesichtszüge entgleisten.

»Oh mein Gott, Sissi«, rief Tristan Ratherford und packte seine Frau bei den Schultern. »Du bist schwanger.«

Sissi lachte kurz, aber laut auf. »Ich bin achtundvierzig Jahre alt, Tristan, natürlich bin ich nicht schwanger.«

»Doch, bist du. Du hast mir vier Kinder geboren, Sissi, ich erkenne, wenn du schwanger bist.«

»Aber das kann doch gar nicht sein.« Tränen sammelten sich in ihren hübschen Augen, während sie eine Hand auf ihren Bauch legte. »Tristan, ich will kein weiteres Kind. Wir sind zu alt für ein Baby.«

»Sieh es doch mal so, mein Herz: Es ist ein Gottesgeschenk. Offenbar sind wir so gute Eltern, dass der Herr möchte, dass wir noch einem weiteren Kind das Leben schenken, es großziehen. Es lieben. Das ist doch schön.«

»Für dich vielleicht. Ich stehe keine Schwangerschaft mehr durch, Tristan, das schaffe ich nicht.«

»Ich werde dich unterstützen, wo ich kann«, versprach er schnell. »Ich werde alles tun, um dir die kommenden Monate so angenehm wie möglich zu machen, versprochen. Und wenn das Kleine da ist, dann werden wir es lieben, da bin ich mir ganz sicher. Wir mögen schon ein bisschen älter sein, aber wir sind gute Eltern, Sissi, das weißt du. Ich liebe dich, meine wundervolle Frau.« Er nahm sie fest in den Arm. Sie weinte in seine Schulter.

Noah McCann stürzte den Sekt in seinem Glas in einem Zug hinunter.

5

Noch immer standen Sir William und Mrs Lampert an dem kleinen Informationsstand. Der unerwartete Zwischenfall auf der Bühne hatte auch ihre Aufmerksamkeit beansprucht, sodass sie sich erst jetzt wieder dem eigentlichen Problem von Mrs Lamperts verschwundener Uhr zuwandten. Noch immer verspürte Mia einen leichten Stich der Eifersucht. Sir William kümmerte sich so liebevoll um die Lady, dass sie wünschte, sie selbst hätte ihre Uhr verloren und nicht die alte Dame. Wie er dort neben ihr stand, den Arm fürsorglich um ihre Schultern gelegt, und dem jungen Mitarbeiter die Situation darzulegen versuchte, kam seine edle, würdevolle, so verdammt attraktive Ausstrahlung wieder einmal voll zur Geltung. Bereits bei ihrem ersten Aufeinandertreffen hatte Sir William sie an den jungen Brad Pitt erinnert. Das tat er noch immer. Selbst neben einer alten Dame, bei einem lächerlichen Backwettbewerb, wirkte er wie ein Model auf dem Laufsteg. Sie musste sich ordentlich zusammenreißen, um ihn nicht verzückt anzuschwärmen wie ein junges, dummes Groupie. Wenn Melody sie dabei ertappte, wie fasziniert sie ihn anhimmelte, würde es mit Sicherheit Gerede geben.

Plötzlich wandte sich Sir William um und ließ seinen Blick suchend durch die Menge schweifen. Er wurde bei Mia fündig, lächelte und hob die Hand, um ihr zu bedeuten, dass sie zu ihnen herüberkommen sollte. Obwohl ihr Herz nichts lieber gewollt hätte, als auf ihn zuzustürmen und sich ihm willig zu Füßen zu werfen, hätte sie lieber eine Flasche Brandweinessig ausgetrunken, als seiner Aufforderung nachzukommen. Sie verlangte ja nun wirklich nicht viel, aber zumindest die gleiche Behandlung, die er Mrs Lampert hatte angedeihen lassen. Die hatte er ja auch nicht einfach zu sich gewinkt, sondern ihr seinen Arm angeboten, an dem er sie dann edelmütig weggeführt hatte. Eine Frau musste ihre Ansprüche haben. Was sollte denn sonst als Nächstes kommen? Wollte er sie ranpfeifen wie einen Hund? Nein, danke.

Beleidigt tat sie so, als hätte sie sein Winken nicht gesehen und drehte sich weg, sodass sie die Geste wirklich nicht mehr sehen konnte. Es war blöd, sich wie ein kleines Kind zu benehmen, aber was blieb ihr denn anderes übrig?

Die Sturheit zahlte sich aus. Sir William kam zu ihr herüber.

»Na, haben Sie die Uhr wiederbekommen?«, fragte Mia patzig.

Er konnte den Unterton ihrer Frage nicht einordnen, das konnte sie an seinem Gesichtsausdruck ablesen. Dennoch blieb er höflich.

»Nein, leider nicht. Aber Mrs Lampert möchte mich zum Dank für den Versuch trotzdem auf ein Stück Kuchen einladen. Kommen Sie mit? Ich teile mein Stück gerne mit Ihnen.«

Ach wie nett von ihm! Nett am Allerwertesten! Sie wollte umschmeichelt werden, gebeten. Nein, angefleht. Sie wollte eine Einladung, keine höfliche Frage.

Abweisend verschränkte Mia die Arme vor der Brust. »Nein, danke. Genießen Sie nur Ihr Date mit der alten Lady. Wer weiß, ob es nicht ihr letztes ist.«

Sir William runzelte die Stirn.

»Tut mir leid, das war blöd.« Schnell versuchte Mia ein entschuldigendes Lächeln. »Vergessen Sie bitte einfach, was ich da gesagt habe. Ich wünsche Ihnen viel Spaß und guten Appetit.«

Und wer wäre Sir William, wenn er diesen Fauxpas nicht mit einem gewinnenden Lächeln übergehen würde. »Bis später Miss Midway«, sagte er höflich.

Wie bedauerlich, dass sie noch immer bei der unpersönlichen Höflichkeitsform verharrten. Mehrfach hatte sie in den vergangenen Wochen versucht, darauf anzuspielen, dass sie sich ja auch langsam beim Vornamen nennen könnten, doch da Sir William der Inbegriff der gelebten Etikette und sie mit ihren vierunddreißig Jahren die um vier Jahre Jüngere von ihnen beiden war, hatte sie sich bisher nicht getraut, ihm das Duzen vorzuschlagen.

Nachdenklich sah sie ihm hinterher, während Mrs Lampert sich strahlend bei ihm unterhakte und sie gemeinsam zu einem der Stände gingen, an denen Selbstgebackenes von Hausfrauen aus dem Dorf verkauft wurde. Mrs Lampert hatte sicherlich auch einen Kuchen gespendet. Vielleicht war ihr die Uhr ja beim Backen in den Teig gefallen, ohne dass sie es bemerkt hatte. In dem Alter konnte so etwas schon mal passieren. Sir William sollte ihr das nächste Mal vielleicht in der Küche assistieren, wenn sie sich doch so gut verstanden ... Oh nein, jetzt wurde sie schon in Gedanken fies.

Ein schriller Schrei riss Mia aus ihren eifersüchtigen Vorstellungen. Erschrocken wandte sie ihren Blick von dem ungleichen Paar ab, wieder in Richtung Bühne, von der Lucas Harrison eben schwankend herabstürzte. Wie in Zeitlupe sah Mia den Gewinner des Backwettbewerbs über die Kante taumeln und auf dem Rasen vor der Bühne aufschlagen, wo sein Körper regungslos liegen blieb.

Noch ehe sie richtig aus ihrer Starre erwachte, hatte sich ein Pulk aus Menschen gebildet, die den am Boden Liegenden umringten. Ungläubig, als sähe sie lediglich einen Film, beobachtete Mia, wie Doctor Kenzo, der örtliche Arzt und Gerichtsmediziner, in diesem Moment auf den Pulk zulief und ihn mit einer stummen Geste teilte, um zu dem armen Mr Harrison zu gelangen. Widerstandslos gaben die Schaulustigen den Weg frei, sodass ein kurzer Blick auf den Gestürzten möglich wurde. Doc Kenzo drehte ihn gerade vom Bauch auf den Rücken und überprüfte seine Vitalfunktionen: Herzschlag und Atmung. Dann begann er unverzüglich mit einer Herzdruckmassage, während er die Umstehenden ruhig, aber bestimmt anwies, einen Krankenwagen zu rufen.

Immer mehr Schaulustige versammelten sich jetzt in respektvollem Abstand zu Doc Kenzo, der mit seinem ganzen Gewicht in gleichmäßigen Abständen auf Mr Harrisons Brustkorb drückte. Von Mal zu Mal hielt er kurz inne und überprüfte dessen Atmung, doch Mr Harrison Gesicht war bereits blau angelaufen. Als der Krankenwagen eintraf und zwei Sanitäter mit einer Trage auf den pumpenden Doc Kenzo zuliefen, ließ er von Mr Harrison ab, stützte erschöpft seine Arme auf die Knie und sah die beiden ernst an.

»Ich denke, die Mühe können Sie sich sparen, meine Herren«, sagte er resigniert. Schweißperlen standen ihm auf der Stirn. Bisher hatte Mia nie darüber nachgedacht, was für eine Anstrengung es bedeutete, jemanden über mehrere Minuten hinweg wiederbeleben zu wollen. Der sonst so sarkastische Doc Kenzo wirkte vollkommen erschöpft. Nun eilte endlich auch der Notarzt herbei, den Kenzo mit gerunzelter Stirn betrachtete. »Wer hat den denn gerufen?«

Niemand von den Umstehenden antwortete. Zwei Ärzte waren tausendmal besser als keiner. Jeder schien froh, die Verantwortung auf diese Weise in kompetente Hände abgeben zu können. Doc Kenzo hingegen machte ein Gesicht, als habe er auf eine Zitrone gebissen. Mit wilder Geste zeigte er in Richtung der Fressbuden.

»Setzen Sie sich, trinken Sie einen Kaffee, genießen Sie ein Stück Kuchen und rufen Sie einen Bestatter an«, kommandierte er seinen Fachkollegen, der sich eben neben ihn kniete, um einen Blick auf den noch immer am Boden liegenden Lucas Harrison zu werfen.

Jetzt erst kam das optisch Offensichtliche auch in Mias Verstand an: Lucas Harrison war tot! Schlagartig wurde ihr furchtbar schwindelig.

»Hilfe, einen Arzt, noch Eine, schnell!«, hörte sie eine schrille Stimme rufen. Dann dumpfes Gemurmel, das in ihren Ohren ein Echo bildete. Drehte sie sich im Kreis oder drehte der Mann sie im Kreis, der sie fest am Arm packte und auf den Boden drückte? Warum war alles so schwarz? Eine Sonnenfinsternis?

»Miss Midway? Miss Midway, hören Sie mich?«

Mia schlug die Augen auf und blickte in die grünsten grünen Augen, die es auf der Welt gab.

»Ich habe gerade ein ganz krasses Déjà-vu«, stammelte sie kraftlos.

Natürlich wusste sie, wem diese einzigartigen Augen gehörten: Detective Inspector Adam Mellony, den sie vor wenigen Wochen in derselben Position zum ersten Mal gesehen hatte. Auch damals war sie beim Anblick einer Leiche ohnmächtig geworden. Auch damals hatte sie direkt in diese faszinierenden Augen geblickt.

»Bin ich tot?«, fragte sie leise.

»Wenn Sie es wären, würde ich persönlich dafür sorgen, dass ich Forschung an Ihnen betreiben darf«, verkündete Doc Kenzo und lachte lauthals. Offenbar hatte er die Zeit ihrer Bewusstlosigkeit genutzt, um wieder zu Kräften zu kommen. »Der Tag, an dem eine Tote mit den Lebenden kommuniziert, wird das Highlight meines Medizinerlebens, das können Sie mir glauben. Ich kann Sie beruhigen, Sie waren lediglich ohnmächtig. Aber ich warne Sie: Kommen Sie bloß niemals auf die Idee, sich bei uns in der Gerichtsmedizin zu bewerben. Jemanden, der beim Anblick jeder Leiche in Ohnmacht fällt, können wir dort wirklich nicht gebrauchen.« Da war er wieder. Der sarkastische Doc Kenzo mit seinen unangebrachten, geschmacklosen Witzen.

»Hatte ich nicht vor«, versprach Mia.

»Na dann ist ja gut.«

»Können Sie aufstehen?«, fragte Inspector Mellony freundlich und hielt ihr die Hand entgegen.

»Natürlich.« Mit einem dankbaren Lächeln reichte sie ihm die Hand und ließ sich wieder auf die Beine helfen.

Der Inspector hielt sie fest, als befürchte er, sie könne erneut jeden Moment das Gleichgewicht verlieren.

»Was ist mit Mr Harrison?«, fragte Mia leise, obwohl sie sich nicht sicher war, ob sie die Antwort hören wollte. »Ist er tot?«

»Mausetot«, bestätigte Doc Kenzo. »Atemstillstand. Vermutlich ein Herzinfarkt. Der Sieg und die damit verbundene Aufregung waren wohl zu viel für sein schwaches Herz. War ja schon immer ein bisschen schwach auf der Brust, der Junge. Aber dass es ihn so erwischt ... also damit hätte ich wirklich nicht gerechnet.«

»Oh, hier bist du, was für ein Glück!« Mit einer erstaunlichen Geschwindigkeit stürmte Lady Sophie herbei, fiel Mia um den Hals und drückte sie an sich, als sähe sie sie zum ersten Mal nach Jahren wieder.

»Sophie, du ... zerquetscht mich«, presste diese mühsam hervor.

Sofort ließ die aufgebrachte Freundin sie los, schob sie auf Armeslänge von sich, musterte sie eingehend und nickte dann zufrieden. »Du bist unverletzt?«

»Selbstverständlich, warum sollte ich verletzt sein?«

»Na ... das Aufgebot: Krankenwagen, Polizei, Doc Kenzo.«

»Aber die sind doch nicht meinetwegen hier.«
»Nicht?«

»Nein. Wie kommst du denn darauf?«

Lady Sophie hob ein wenig Schultern. »Also sei mir bitte nicht böse, aber du hast schon das Talent dazu, dich in Schwierigkeiten zu bringen.«

»Ach und du hast das Talent, die Augen vor dem Offensichtlichen zu verschließen, wenn dir entgangen ist, was hier passiert ist.«

Verlegen senkte Lady Sophie den Kopf und blickte grinsend zu Mr Meil, ihrem neuen Verehrer. »Ehrlich gesagt waren meine Augen tatsächlich geschlossen. Peter und ich haben ... na sagen wir mal, wir waren gerade beschäftigt. Auf einmal höre ich diesen Tumult aus Stimmen und einen Schrei und als ich die Augen öffne, sehe ich dich am Boden liegen, daneben Inspector Mellony und Doc Kenzo. Natürlich habe ich da gedacht, es hätte dich erwischt.«

»Ein Irrtum«, klärte Doc Kenzo auf. »Erwischt hat es den guten Lucas Harrison. Sein Herz hat wohl den Sieg nicht so gut verkraftet.«

»Oh nein!«, klagte Lady Sophie. »Wie traurig. Und wie furchtbar tragisch. Armer Mr Harrison. Na ja, wenigstens ist er mit einem Knall aus dem Leben getreten.«

»Genau genommen ist er aus dem Leben gefallen. Als sein Herz versagt hat, ist er von der Bühne geplumpst wie ein Sack Mehl«, berichtigte Doc Kenzo.

»Ach, das ist ja tragisch«, klagte Lady Sophie. Und das so kurz nach seinem triumphalen Sieg. Der zweite Gewinner in der Geschichte des Backwettbewerbs ... damit geht er wirklich in die Pennygraver Geschichte ein. Wobei ... als erster toter Sieger sicherlich auch. Aber er wusste doch, dass er Herzprobleme hatte. Jeder wusste das. Hat er denn seine Tabletten nicht genommen?«

Doc Kenzo hob entschuldigend die Hände. »Das kann ich Ihnen leider nicht sagen, gnädige Frau.«

»Ach wie schade um den kleinen Kerl«, seufzte Lady Sophie. »Ich habe ihn wirklich gern gemocht. So lieb und zurückhaltend. Hat sich häufig Liebesromane in der Bibliothek ausgeliehen. Tragische, schöne Geschichten fürs Herz. Und dann lässt ihn ausgerechnet seines im Stich. Das Leben kann grausam sein.«

»Das Leben oder jemand anderes«, entfuhr es Mia.

Sofort wandten sich ihr alle Blicke zu.

»Nun ja ...«, erklärte sie nachdenklich und tippte mit dem Zeigefinger auf ihre Unterlippe. »Ich glaube, dass mit dem Tod von Lucas Harrison irgendetwas nicht stimmt. Fragt mich nicht was, aber irgendetwas passt da nicht zusammen. Irgendwas war da komisch.«

»Oh nein, bitte nicht«, ächzte Inspector Mellony, während Lady Sophie freudig in die Hände klatschte: »Oh doch, bitte Mia, sag es.«

»Ich glaube, Mr Harrison wurde ermordet«, vollendete Mia ihren Gedanken.

»Das darf doch nicht wahr sein.« Inspector Mellony seufzte lautstark und setzte dann eine strenge Miene auf. »Miss Midway, ich warne Sie: Wenn Sie wieder einen Mordfall wittern, nehme ich das gern zur Kenntnis, aber halten Sie sich um Himmels Willen da raus. Wir können der Sache polizeilich nachgehen.«

»Ach, da schau her!«, unterbrach ihn Lady Sophie erstaunt. »Das können Sie? Das ist ja mal ganz was Neues.«

»Ja, das können wir«, erwiderte der Inspector angesäuert. »Und das werden wir auch, zumindest bevor Sie beide wieder Anstalten machen, auf eigene Faust irgendwelche Ermittlungsversuche zu unternehmen. Es ist mir immer noch lieber, einen vermeintlichen Mordfall zu untersuchen, der sich am Ende als Unfall herausstellt, als Miss Midway wegen ihrer eigenen Ermittlungen wieder aus irgendeiner brenzligen Situation retten zu müssen. Ich denke, auf diese Weise ist es uns beiden lieber, nicht wahr, Miss Midway?«

Mia errötete. Äußerst ungern erinnerte sie sich daran, dass sie bereits tot wäre, wenn Inspector Mellony sie vor wenigen Wochen nicht durch sein beherztes Eingreifen gerettet hätte.

»Vielleicht können wir uns darauf verständigen, dass Sie Ihre neugierige Nase zumindest aus der Angelegenheit heraushalten, bis wir von polizeilicher Seite aus die Möglichkeit hatten, die näheren Umstände zu klären.«

Mia nickte vorsichtig. Sie war sich ganz und gar nicht sicher, ob sie ihren Teil der Abmachung einhalten würde, aber es konnte nicht schaden, zumindest guten Willen zu zeigen.

»Selbiges gilt auch für Sie, verehrte Lady Gellam, wenn es recht ist.«

Die Angesprochene zuckte mit den Schultern. »Ich kann Ihnen wirklich nichts versprechen, Inspector. Wenn wir nun plötzlich mit Informationen konfrontiert werden, die ...«

»... dann werden Sie die schnellstmöglich der zuständigen Polizeibehörde zukommen lassen, damit diese sie bewerten und in ihre Ermittlungen mit einbeziehen kann, nicht wahr?«

»Aber sicher, Inspectorchen.«

»Vorzüglich.« Zufrieden tippte sich Inspector Mellony zum Gruß an seinen Hut, um sich zu verabschieden. »Dann werde ich mich gleich an die Arbeit machen. Ich werde Sie schnellstmöglich über die Ergebnisse informieren – obwohl ich dazu in keinster Weise verpflichtet bin, das möchte ich nachdrücklich klarstellen. Ich hoffe, Sie wissen mein Entgegenkommen in dieser Angelegenheit zu schätzen und verhalten sich entsprechend ... na, zurückhaltend eben.«

Gerade wollte er losgehen, da trat Sir William wie aus dem Nichts neben Mia und legte flüchtig einen Arm um sie. »Was ist denn hier los, habe ich etwas verpasst?«

»Lucas Harrison ist tot«, klärte ihn Lady Sophie sichtlich gerne auf.

Sir William nickte. »Wir haben gesehen, wie er von der Bühne gestürzt ist. Das war zu viel für die arme Mrs Lampert, deshalb habe ich sie nach Hause gebracht. Ich meine ... habe ich danach irgendwas verpasst? Habt ihr den Mörder schon gefasst? Oder zumindest einen Verdacht, wer es gewesen sein könnte?«

Die bereits sichtbare Ader am Hals des Inspectors trat noch etwas stärker hervor. »Wir wissen ja noch nicht einmal, ob es überhaupt ein Mord war«, knirschte er missmutig. »Nach aktuellem Kenntnisstand war es ein herkömmlicher Unfall. Lucas Harrison hatte einen Herzfehler und sollte jegliche Aufregung vermeiden. Die Aufregung, die der Backwettbewerb mit sich brachte und dann auch noch der Sieg, bewirkten jedoch das komplette Gegenteil.«

»Aber verehrter Herr Inspector ...«, begann Sir William eine Spur zu provokant, um noch höflich zu klingen, »... es ist doch ebenso allgemein ersichtlich, dass es unwahrscheinlich ist, dass Lucas Harrison plötzlich stirbt, ausgerechnet kurz nachdem er den Backwettbewerb gewonnen hat.«

»Der Apfel fällt nicht weit vom Stamm«, knurrte Inspector Mellony.

»Jetzt weiß ich, was mir komisch vorkam«, rief Mia plötzlich so laut, dass die anderen zusammenzuckten. »Es war Mr Harrisons Gesicht, als er den ersten Schluck aus der Flasche genommen hatte. Er hat fürchterlich das Gesicht verzogen, als befände sich in der Flasche kein Champagner, sondern irgendetwas furchtbar Ekelerregendes. Er musste sich regelrecht dazu überwinden, den Rest auszutrinken. Ich wette, der Siegeschampagner war vergiftet.«

»Ist sie nicht unglaublich?«, rief Lady Sophie stolz.

Sir William legte erneut seinen Arm um Mias Schultern und zog sie fest an sich.

Inspector Mellonys Gesichtszüge verhärteten sich. »Ich werde die Flasche konfiszieren und labortechnisch untersuchen lassen«, versprach er trocken.

»Tun Sie das, Inspector, tun Sie das«, ermutigte ihn Sir William.

Vorsichtig wand sich Mia aus seiner Umarmung. Es war noch nicht lange her, dass sie sich nach seiner Nähe und Aufmerksamkeit gesehnt hatte, aber wenn sein Verhalten lediglich dazu dienen sollte, Inspector Mellony zu provozieren, würde sie sich das nicht gefallen lassen. Sie mochte den Inspector und dass dieser gewissermaßen mit Sir William um ihre Gunst konkurrierte, war ein offenes Geheimnis. Trotzdem war die Nähe, die Sir William in diesem Moment zwischen ihnen vorzutäuschen versuchte, eine Lüge. Wenn er den Inspector provozieren wollte, konnte er das gerne tun, aber sie würde sich sicher nicht für solch billige Spielchen missbrauchen lassen.

Glücklicherweise ließ sich auch Mellony nicht darauf ein, sondern nickte den Anwesenden lediglich einmal kurz zu und machte sich dann auf die Suche nach der Siegesflasche. Mia folgte ihm mit den Augen und sah, wie er überraschend schnell auf dem Boden vor der Bühne fündig wurde. Lucas Harrison hatte die Flasche bei seinem Fall noch in der Hand gehalten. Mit ernster Miene hob der Inspector die Flasche auf und überreichte sie Doc Kenzo, der sie seinerseits in eine Tüte packte. Nun konnte es sich nur noch um Stunden handeln, bis der Gerichtsmediziner ihre Annahme bestätigte.

Mias Verstand lief auch Hochtouren. Lucas Harrison war keines natürlichen Todes gestorben. So viel war klar. Und ebenso klar war, dass sie alles daran setzten würde, um herauszufinden, wieso.

6

Mit düsterem Blick scannte Vincent Clottingham die Umgebung ab. Er wusste genau, dass es nicht in Ordnung war, was er tat. Doch es war das Einzige, was seinem Leben einen Sinn gab. Eines Tages würde er seine Frau verlassen. Still und heimlich würde er seine Sachen packen und in einer Nacht- und Nebelaktion verschwinden. Niemand würde ihn finden. Seit Jahren fieberte er diesem Zeitpunkt entgegen. Was er dafür in Kauf nehmen musste, um den finanziellen Zugewinn zu beschleunigen, war ein akzeptables Übel. Aber das ging nun zu weit.

Suchend ließ er seinen Blick durch die Menge schweifen. Ah, da war er ja: Theodor Lawson. Der Siebzehnjährige lungerte mit seinen Kumpels neben einer der Verkaufsbuden, die Hände in den Hosentaschen vergraben und in seinem Mundwinkel lässig einen Zahnstocher balancierend. Welcher alte Western hatte ihn denn in den Glauben versetzt, dass das cool war? Okay, es war cool, aber nur bei einem durchtrainierten Cowboy mit Sporen, Schlapphut und Waffe im Halfter, aber ganz sicher nicht bei einem siebzehnjährigen Milchbubi, der so schlaksig war, dass das einzig Cowboyhafte an ihm sein Ledergürtel war, der verhinderte, dass ihm die Hose über den platten Hintern rutschte.

Oh nein. Vinnie schluckte trocken. Woher kamen nur auf einmal all diese gehässigen Gedanken? Bestimmt waren sie das Ergebnis seiner Ehe mit Clara, diesem Drachen. Doch während sie sich wie ein Parasit an frisch verwesendem Aas regelrecht von Boshaftigkeiten gegen ihre Mitbürger ernährte , hatte er selbst ursprünglich ein ruhiges und freundliches Gemüt in die Ehe eingebracht. Niemals hatte er zulassen wollen, dass Claras Gift auf ihn abfärbte – im Gegenteil. Er war von Beginn an der Meinung gewesen, sie ändern zu können. Er leugnete ja gar nicht, dass er in vollem Bewusstsein eine Giftspritze geheiratet hatte, doch dies hatte er in der aufrichtigen Überzeugung getan, ihre Bitterkeit durch die Macht seiner Liebe süßen zu können. Dreiundzwanzig Jahre war das nun her. Gott, war er naiv gewesen. Es war höchste Zeit, dass er diese Frau loswurde, wenn er nicht auch seine nächsten zwanzig Lebensjahre unter der Fuchtel einer keifenden Furie verbringen wollte. Und wenn das gelingen sollte, dann durfte nichts schiefgehen.

Mit einer lässigen Geste winkte er zu Theodor hinüber, um dessen Aufmerksamkeit zu gewinnen. Dieser sah ihn sofort. Natürlich, er war regelrecht darauf trainiert, seine Umgebung wie ein Radar mit eingebautem Frühwarnsystem im Auge zu behalten. Deshalb begriff er auch sofort, dass Vinnie ihn allein sprechen wollte. Mit wenigen Worten machte er sich von seinen Freunden los und schlenderte lässig in die Richtung, die Vinnie ihm gewiesen hatte. Kluger Junge. Wenig später standen sich die beiden Männer hinter dem schützenden Häuschen einer Bushaltestelle gegenüber.

»Theodor, bitte sag, dass du damit nichts zu tun hast«, fiel Vinnie direkt mit der Tür ins Haus.

»Aber womit denn?«

»Na, mit Lucas Harrison. Er ist tot, hast du das mitbekommen? Weißt du, dass du dafür in den Knast gehst?«

»Ich?«

War er so erstaunt oder tat er nur so?

»Ich habe nicht das Geringste mit Mr Harrisons Tod zu tun. Ich war ja nicht einmal in seiner Nähe.«

Vinnie kniff die Augen zusammen und musterte den Jungen eindringlich. »Lucas hat aus einer Flasche getrunken. Danach ist er zusammengebrochen. Verstehst du, dass der Verdacht naheliegend ist, dass du ...«

»Dass ich ihm etwas in die Flasche getan habe?« Theodors Augen weiteten sich. »Aber Mr Clottingham, so etwas würde ich niemals tun.« Er begann zu lachen. Hämisch. Triumphierend. Eine so offensichtliche Lüge war wirklich der Gipfel der Dreistigkeit, aber es brachte Vinnie keinen Schritt weiter. Zornig packte er Theodor am Kragen und hob ihn etwas in die Höhe, sodass ihm sogar der Zahnstocher aus dem Mund fiel, doch der Junge grinste nur und zeigte sich vollkommen unbeeindruckt.

»Ich denke nicht, dass es eine gute Idee ist, wenn Sie mich schlagen«, sagte er dann vollkommen ruhig. »Es wird Aufsehen erregen. Können Sie das wirklich gebrauchen?«

Dieser kleine Mistköter! Vinnie hatte von Anfang an Bedenken gehabt, ihm zu vertrauen. Er war zu nett gewesen, zu perfekt. Und siehe da, wenige Tage nachdem er sich auf ihn eingelassen hatte, hatte Theodor Lawson sein wahres Gesicht gezeigt. Dieser Junge konnte ihn in null Komma nichts an die Polizei verraten. Oder schlimmer noch – an Clara. Es mochte vieles besser sein als eine Ehe mit Clara, doch das Gefängnis war es sicherlich nicht.

Einen Seufzer unterdrückend ließ Vinnie den Jungen los, brachte dessen Kragen wieder in Ordnung und versuchte, irgendetwas an seiner Mimik ablesen zu können, doch der Mistkäfer grinste nur.

»Schwöre, dass du keinerlei Berührungspunkte zum Mord an Lucas Harrison hast«, forderte Vinnie.

»Wer weiß das schon«, sagte Theodor gleichgültig und zuckte bedauernd mit den Schultern. »Wussten Sie, dass die Beziehungen der Menschen viel enger sind, als viele glauben? Wissenschaftler haben sogar herausgefunden, dass jeder Mensch jeden anderen über sechs bis sieben Ecken kennt. Ist das nicht erstaunlich?«

Vinnie spuckte aus. Eine Unart, die er sich in seiner Jugend abgewöhnt hatte, doch dieser Theodor Lawson brachte das Schlimmste in ihm zum Vorschein.

»Sind wir fertig?«, fragte der Junge nur, nahm einen neuen Zahnstocher aus seiner Jackentasche und steckte ihn in den Mundwinkel.

Vinnie nickte. Es hatte keinen Sinn. Selbst wenn der Junge Lucas Harrison vergiftet hatte, würde er kein Geständnis aus ihm herausbekommen.

»Gut.« Theodor streckte ihm die Hand entgegen. »Dann nichts für ungut, alter Freund. Heute Abend um neun an der Hecke?«

Vinnie nickte und senkte den Kopf. Was blieb ihm auch anderes übrig. Bereits beim allerersten Kontakt mit Theodor hatte er sich erpressbar gemacht.

7

»Ich könnte mich wirklich dafür ohrfeigen, dass ich unsere Ermittlungszentrale von der Bibliothek in mein Haus verlegt habe«, schimpfte Lady Sophie, während sie sich mit dem Scanner an einem Stapel zurückgegebener Bücher zu schaffen machte. Da für viele Leser der Sonntagsspaziergang eine gute Möglichkeit war, um ihre ausgelesenen Bücher zurückzubringen, die Bibliothek aber sonntags geschlossen war, hatte Mia die Idee gehabt, einen Bücherbriefkasten anzubringen, in den die zurückzugebenden Medien einfach eingeworfen werden konnten. Dieser bestand im Wesentlichen aus einem breiten Schlitz in der Eingangstür sowie einem großen Korb, in den die Bücher bei Einwurf hineinfielen. Bereits am ersten Sonntag hatten viele Pennygraver von dieser Rückgabemöglichkeit Gebrauch gemacht und vereinzelt sogar Briefe beigelegt, in denen sie schrieben, wie toll sie diese Neuerung fanden. Obwohl Lady Sophie und Mia auf diese Weise montags meist einen ganzen Haufen Bücher vorfanden, wenn sie die Bibliothek betraten, hatten sie sich deshalb dazu entschieden, die Aktion beizubehalten. Das bedeutete allerdings auch, dass der Montag jeweils zu einem sehr arbeitsreichen Wochentag ausartete.

Die Ermittlungszentrale, deren Verlegung Lady Sophie nun bedauerte, beinhaltete im Wesentlichen ein Sammelsurium von Fotos der Pennygraver Bürger sowie alle möglichen Utensilien, um einzelne Ermittlungsschritte und Erkenntnisse optisch darstellen zu können. Zu Beginn des ersten Falls hatten sie dies im Archiv der Bibliothek vorgenommen, bis Lady Sophie beschlossen hatte, dass es in ihrem Haus weitaus komfortabler zuginge, allein schon deshalb, weil ihr Butler Walter sich während ihrer ermittlungstechnischen Überlegungen unermüdlich um eine kulinarische Rundumversorgung kümmerte.

»Sophie, du weißt genau, dass es gute Gründe gab, alles in dein Haus zu bringen«, versuchte Mia zu trösten.

»Ja«, pflichtete Lady Sophie bei. »Aber im Gegenzug für eine kleine Lohnerhöhung hätte sich Walter sicherlich auch bereiterklärt, die Häppchen hier in der Bibliothek zu servieren.«

Okay, das war wirklich keine schlechte Idee.

»Außerdem haben wir überhaupt keine Zeit für Ermittlungen, solange diese Bücherstapel noch nicht abgearbeitet sind«, wandte Mia schnell ein.

»Stimmt auch wieder.« Missmutig scannte Lady Sophie den dritten Band einer Krimireihe. »Seit wann lesen die Pennygraver denn so unglaublich viel?«

»Schon immer, dachte ich? Hast du mir nicht bei meiner Ankunft hier ganz stolz erklärt, dass in Pennygrave besonders viel gelesen werde, weil es eine willkommene Abwechslung zum langweiligen Leben sei?«

»Ja.« Lady Sophie grinste. »Und dann hatten wir einen Mordfall zu klären. Das war aufregend.«

Ihr Grinsen reichte bis über beide Ohren. Sie scannte ein weiteres Buch ein, hielt inne und hob nachdenklich den Kopf. »Aber kaum war der Fall aufgeklärt, wurde es wieder besonders langweilig, oder meine ich das nur?«

Mia zuckte mit den Schultern. »Wäre eine Erklärung für die Bücherstapel.«

»Ohohoho.« Mit einem schelmischen Grinsen rieb Lady Sophie die Handflächen aneinander. »Ich kann nur hoffen, dass du recht hast und Lucas Harrison wirklich ermordet wurde.«

»Sophie! So etwas sagt man doch nicht. Du darfst dir nicht wünschen, dass jemand ermordet wird.«

»Das tue ich doch überhaupt nicht. Tot ist er so oder so. Ich wünsche mir lediglich, dass es ein Mord war und nicht nur die Folge seines Herzfehlers.«

»Sophie!«

»Ja ja, schon gut, ich bin ein ganz schrecklicher Mensch. Ich sag' gar nichts mehr.«

»Du brauchst jetzt wirklich nicht zu schmollen.«

»Tu ich gar nicht.«

»Also wirklich, manchmal benimmst du dich wie ein kleines Kind.«

»Tschuldigung.«

»Schon gut.« Mia trat neben ihre Freundin und tätschelte ihr mütterlich den Kopf. »Und jetzt mach endlich deine Hausaufgaben zu Ende, sonst gibt es Zimmerarrest.«

»Ja, Mama.«

Wie auf Kommando brachen beide in schallendes Gelächter aus.

»Na, die Damen, ich wünschte, meine Arbeit wäre nur halb so vergnüglich wie die Ihre.«

»Inspector Mellony, hallo.« Schlagartig begann Mias Herz schneller zu klopfen. Hoffentlich hatte sie nicht auch einen Herzfehler, ohne es zu wissen. Die Anwesenheit dieses Mannes löste regelmäßig körperliche Reaktionen in ihr aus, die sich ihrer Kontrolle entzogen.

Auch Lady Sophie strahlte. »Inspectorchen! Gerade haben wir von Ihnen gesprochen. Bitte sagen Sie uns, dass Mia recht hatte und Lucas Harrison vergiftet worden ist.« Den Blick, mit dem sie den Inspector förmlich um Informationen anflehte, musste sie sich bei einem nach Wurst bettelnden Hund abgeschaut haben. Fehlte nur noch, dass sie ihm Pfötchen gab und anfing zu hecheln.

Mellony lächelte gequält. »Meine Damen, nur zu gern würde ich Ihnen etwas anderes verkünden, aber: ja. Leider hat sich Miss Midways Verdacht im Labor bestätigt.«

Er machte eine lange Pause. Sollte es das etwa schon gewesen sein mit den Informationen? Immerhin hatte er sein Versprechen, ihnen das Ergebnis der Untersuchungen mitzuteilen, damit erfüllt. Aber da musste doch noch mehr sein ...

»Und wie – wenn ich fragen darf – wurde das genau bewerkstelligt?«, fragte Lady Sophie und kämpfte um den letzten Rest an Höflichkeit, den sie trotz ihrer inneren Anspannung aufzubringen im Stande war.

»Sie dürfen fragen. Allerdings muss ich Ihnen darauf nicht antworten.«

Er warf ihr einen Blick zu, als sei er ein gestrenger Lehrer, der seine vorlaute Schülerin in die Schranken weisen wollte. Doch wenn jemand sich nicht in ebensolche verweisen ließ, dann unter Garantie Lady Sophie.

»Ach kommen sie schon, Inspectorchen«, bettelte die alte Dame. »Sie und ich, wir wissen genau, dass wir es ohnehin herausfinden werden, mit oder ohne Ihre Hilfe. Wollen Sie sich nicht den Kummer ersparen, der Sie zweifelsohne heimsuchen würde, wenn ich wieder einmal gegen Ihre Regeln verstoßen müsste?«

»Sie *müssen* gegen meine Regeln verstoßen?«

»Ja.« Lady Sophie nickte ernst. »Es ist wie ein innerer Zwang, verstehen Sie?«

»Ach kommen Sie schon, was ist denn dabei, wenn Sie uns sagen, womit Mr Harrison vergiftet wurde?«, kam Mia ihrer Freundin zur Hilfe.

Inspector Mellony sah ernst zu Mia, doch in seinen Mundwinkeln zuckte es verräterisch. »Ach, und der innere Zwang von Lady Sophie ist ansteckend?«

»Gewissermaßen«, bestätigte Mia frech. »Außerdem, verehrter Inspector Mellony, wollen wir doch nicht vergessen, dass ich es war, die Sie überhaupt erst auf die Idee gebracht hat, dass Lucas Harrison keines natürlichen Todes gestorben ist, oder? Ich finde, da könnten Sie im Gegenzug schon ein paar Details herausrücken. Und wie Lady Sophie schon sagte: Herausfinden tun wir es so oder so.«

»Lady Sophies Einfluss auf Sie ist nicht gerade erquicklich«, tadelte der Inspector streng.

»Sie werden noch ganz andere Dinge nicht erquicklich finden, wenn Sie nicht augenblicklich ein paar Informationen rüberwachsen lassen.« Jetzt stemmte Lady Sophie tatsächlich die Hände in die Hüften.

Der Inspector zog den Kopf ein, als könne er sich vor eventuellen Mithörenden verstecken. Dann hüstelte er: »Eine enorm hohe Dosis GBL. Auch bekannt als Liquid

Ecstasy oder K.-o.-Tropfen. Aber das haben Sie nicht von mir.«

»Aha«, sagte Lady Sophie.

Mia hingegen runzelte die Stirn. »K.-o.-Tropfen? Nimmt man die nicht eher, um Frauen gefügig zu machen? Warum sollte denn jemand diese Tropfen in den Siegeschampagner geben?«

»Vielleicht wollte jemand Lucas Harrison gefügig machen«, ergänzte Lady Sophie Mias Gedanken taktlos. »Wobei ich glaube, dass das bei dem ewigen Junggesellen wesentlich einfacher gegangen wäre. Lasst uns nachdenken: Welche unserer geschätzten Mitbürgerinnen könnte Interesse an Lucas gehabt haben?«

Vehement schüttelte Inspector Mellony den Kopf. »Nein nein, meine Damen, das haben Sie falsch verstanden. Es ist zwar richtig, dass K.-o.-Tropfen häufig benutzt werden, um vor allem Frauen willenlos zu machen. Aber in diesem Fall ging es wohl tatsächlich darum, Mr Harrison zu vergiften. Für jemanden mit einem Herzfehler führt die Einnahme dieser Tropfen nämlich mit ziemlich großer Wahrscheinlichkeit zum Tod. Vor allem in größeren Mengen, wie sie wohl in dem Getränk vorhanden waren.«

»Dann hatte es also jemand gezielt auf den armen Mr Harrison abgesehen?«, fragte Mia entsetzt.

Inspector Mellony nickte zögerlich. »Danach sieht es allem Anschein nach aus.«

Noch immer war ihm sichtlich unwohl dabei, die Ermittlungsergebnisse oder auch Verdachtsmomente mit den beiden schnüffelnden Frauen zu teilen.

»Zum aktuellen Zeitpunkt gehe ich davon aus, dass jemand Lucas Harrison ganz gezielt umbringen wollte«, bestätigte er dann Mias Annahme.

»Hm.« Nachdenklich tippte sie sich mit dem Zeigefinger gegen die Unterlippe. »Hätte die Dosis denn auch einen Menschen getötet, der keinen Herzfehler hat? Ich meine ... wenn jetzt jemand anderes gewonnen hätte als Lucas Harrison. Wäre der oder die andere dann auch daran gestorben oder nur kurzfristig außer Gefecht gewesen?«

»Das weiß ich nicht, da müssten Sie Doc Kenzo fragen. Aber so, wie ich ihn verstanden habe, ist Lucas Harrison aufgrund der hohen Dosierung der Tropfen in Kombination mit seinem Herzfehler gestorben. Ob ein gesunder Mensch die Menge überlebt hätte, kann ich Ihnen als medizinischer Laie nicht mit Sicherheit sagen.«

»Dann hätte es theoretisch aber jeden treffen können. Und dann muss es nicht einmal sein, dass Harrison absichtlich umgebracht werden sollte, nicht wahr?«

»Theoretisch«, gab Mellony zu. »Aber wie immer habe ich Ihnen bereits viel zu viel gesagt. Was Sie wissen sollten, ist lediglich, dass Mr Harrison an einer Überdosis dieser Tropfen im Siegeschampagner verstorben ist. Punkt.«

»Und für diese Information sind wir Ihnen wirklich dankbar«, schmeichelte Mia.

Lady Sophie dagegen rollte lediglich genervt mit den Augen. »Haben Sie denn Cleopatra Fairwell schon verhaftet?«

Inspector Mellony runzelte fragend die Stirn.

»Na, die Sache liegt doch klar auf der Hand«, erklärte Lady Sophie und ihre Augen blitzten. »Rekapitulieren wir das Geschehen: Der Backwettbewerb ist in vollem Gange. Jedem ist klar, dass Cleopatra Fairwell wie jedes Jahr gewinnen wird, die außer in jenem, in dem die Jury bestochen war, aber das lassen wir jetzt mal außen vor. Plötzlich verschwindet ihre Spezial-Zuckermischung, die sie geerbt und monatelang perfektioniert hat. Das hat sie ja auch jedem Kunden in der Bäckerei großzügig auf die Nase gebunden. Allen Teilnehmern war folglich klar, dass sie – solange Mrs Fairwell über die entsprechende Zuckermischung verfügt – im Wettbewerb chancenlos sind. Um überhaupt Gewinnchancen zu haben, musste man also diese Zuckermischung verschwinden lassen. Das hat dann ja auch jemand getan. Mit Erfolg: Mrs Fairwell rastet aus und wird disqualifiziert. Sie schnappt sich den Siegeschampagner und haut damit ab. Aus Wut und weil sie niemand anderem den Sieg gönnt, versetzt sie das Getränk mit K.-o.-Tropfen. Der arme Mr Harrison gewinnt den Wettbewerb, trinkt und stirbt daran. Ich denke, der Fall ist gelöst. Gern geschehen.«

Inspector Mellonys Augen verengten sich zu Schlitzen. Wider Erwarten schwieg er. Dann tippte er sich mit dem Finger an den Hut. »Ich denke, ich habe meinen Teil der Absprache mehr als hinreichend erfüllt und hoffe, damit ist Ihre Neugier befriedigt. Meine Damen, ich empfehle mich.«

Bevor er sich umdrehte, ließ er noch ein freundliches Lächeln im Raum zurück, dann ging er davon.

Im selben Moment, wie die Tür hinter dem Inspector ins Schloss fiel, stieß Lady Sophie lautstark die Luft aus, die sie augenscheinlich angehalten hatte.

»Ich weiß nicht, was ich mehr bewundern soll ...«, Mia lachte, »... dein Lungenvolumen oder deine Beherrschung. Erstaunlich, dass du nicht geplatzt bist.«

»Ja, da habe ich mich wirklich selbst übertroffen.« Lady Sophie grinste und klopfte sich lobend auf die eigene Schulter. »Bestimmt ist er jetzt losgezogen, um Mrs Fairwell zu verhaften.«

»Sophie, ich möchte dir wirklich nicht zu nahetreten, aber ich bin mir gar nicht so sicher, ob Mrs Fairwell wirklich die Mörderin ist.«

»Ich bitte dich! Du hast doch mit eigenen Augen gesehen, wie wütend sie war. Sie hatte das Motiv, die Mittel und die Gelegenheit. Was brauchst du denn noch für Hinweise?«

»Motiv: ja. Gelegenheit: ja. Aber was die Mittel anbelangt, bin ich mir nicht so sicher.«

»Wieso?«

»K.-o.-Tropfen. Echt? Ich kann mir nicht vorstellen, dass Mrs Fairwell ständig solche Tropfen mit sich herumträgt. Warum sollte sie?«

»Nein, natürlich trägt sie die nicht immer mit sich herum. Aber diesmal hatte sie sie eben, um den Siegeschampagner zu vergiften.«

»Ja, aber genau das ist der springende Punkt: Bis zu ihrer Disqualifikation muss sie doch davon ausgegangen sein, dass sie selbst gewinnt. Wozu hätte sie dann die Tropfen brauchen sollen?«

»Vielleicht war sie für alle Eventualitäten gerüstet.«

»Möglich. Aber das kann ich mir nicht vorstellen. Sie hätte doch nicht voraussehen können, dass ihr jemand die Zuckermischung stiehlt, sie daraufhin ausrastet und dann disqualifiziert wird. Dazu hätte sie ja schon fast hellseherische Kräfte benötigt. Ich war vorgestern noch bei ihr in der Bäckerei und sie war sich absolut sicher, dass sie dieses Jahr gewinnen würde. Sie hatte nicht mal einen Augenblick in Erwägung gezogen, dass das nicht der Fall sein könnte.«

»Hm. Ich muss zugeben, du hast recht, das hatte ich nicht bedacht. Dann hat sie die Tropfen vielleicht doch immer dabei.«

»Wieso sollte sie?«

»Die Wege der Fairwell sind unergründlich. Vielleicht macht sie sich damit heimlich die Männer von Pennygrave gefügig.« Lady Sophie lachte, wurde aber schnell wieder ernst, als Mia das Gesicht verzog. »Tut mir leid, das war nicht witzig.«

»Nein, absolut nicht. Das war schon fast kenzoesk.«

»Kenzoesk?«

»Nach der Manier von Kenzo.«

»Germanistischer Fachbegriff aus deiner Lehrervergangenheit?«

»Jep.«

»Okay. Lass uns lieber bei der Sache bleiben.« Lady Sophie rieb euphorisch die Handflächen aneinander. »Vielleicht ist der Fall doch kniffeliger als gedacht. Mrs Fairwell ist die naheliegendste Verdächtige, sind wir uns da einig?«

Mia nickte.

»Okay, gut. Dann müssten wir herausbekommen, woher sie die Tropfen hatte. Vielleicht verkauft irgendjemand hier in Pennygrave Drogen, sie hat entsprechenden Connections und konnte sich die Dinger unkompliziert und schnell beschafften.«

»Ein Dealer? In Pennygrave?« Mia grinste. »Ich glaube, jetzt steigen dir deine geliebten Krimis zu Kopf, geschätzte Lady Schnüffelnase.«

»Ach, du hast ja gar keine Ahnung. Pennygrave ist ein Moloch.«

»Ein Moloch?« Mia lachte laut auf. »In meinem ganzen Leben habe ich noch keinen Ort gesehen, der niedlicher oder idyllischer wäre als Pennygrave.«

»Ja, das denkst du. Aber glaub mir, die Abgründe hier sind tiefer, als du dir in deinem reinen Herzchen vorstellen kannst.«

Erneut lachte Mia laut auf. Dann wurde sie ernst. »Nehmen wir mal an, was du sagst, entspricht der Wahrheit, was ich mir wirklich nicht vorstellen kann, aber nehmen wir es einfach mal an. Dann müssten wir doch lediglich denjenigen finden, der ihr die Tropfen gegeben hat.«

»Und das wird vermutlich gar nicht so einfach.«

»Wieso? Ich dachte, du kennst dich im Pennygraver Moloch aus.«

»Ha ha, sehr witzig. Selbst wenn mir mein Gefühl sagt, dass hier eine geheime Unterwelt existiert, bedeutet das noch lange nicht, dass ich Verbindungen dorthin habe. Außerdem wird der Dealer, der Mrs Fairwell die Tropfen verkauft hat, das kaum zugeben. Da würde er sich ja selbst ans Messer liefern.«

»Stimmt auch wieder.« Nachdenklich legte Mia ihren Zeigefinger an die Unterlippe. »Vielleicht könnten wir ihn dazu bringen, den Verkauf anonym zu gestehen. Dann hätten wir zumindest die Bestätigung, dass Mrs Fairwell im Besitz der tödlichen Tropfen war.«

»Wäre eine Möglichkeit. Aber ich kann mir nicht vorstellen, dass der sich melden würde – viel zu hohes Risiko. Und selbst wenn, dann wäre die Information nur pro forma sinnvoll.«

»Wie meinst du das?«

»Na, ich meine, sie würde nur uns beiden Gewissheit bringen. Vor Gericht kannst du eine anonyme Aussage nicht verwenden. Sonst könnte ja jeder behaupten, Mrs Fairwell die Tropfen verkauft zu haben, auch wenn es nicht so war. Damit könnte man vorgeben, sie hätte die Tropfen gehabt und sie so indirekt als Mörderin hinstellen. Übrigens sogar der Mörder selbst, falls sie es doch nicht war. Eine anonyme Aussage macht Mrs Fairwell zum perfekten Sündenbock.«

»Oh Gott, Sophie, deine Gehirnakrobatik bringt mich eines Tages noch um.«

Lady Sophie lachte. »Also: Wenn jemand Mrs Fairwell als Mörderin verdächtigt haben möchte, könnte er einfach behaupten, er habe ihr die Tropfen verkauft, damit sie nach außen hin im Besitz der Tatwaffe ist.«

»Oh, so habe ich das noch gar nicht gesehen.«

»Freut mich, wenn ich deinen Horizont erweitern konnte.« Lady Sophie grinste so breit, dass ihre Grübchen tiefe Kuhlen in ihren Wangen bildeten.

»Ich werde dir bis in alle Ewigkeit dafür huldigen«, sagte Mia scherzhaft. »Aber ich glaube, es wäre gar nicht schlecht, wenn wir zusätzlich zu meinem Horizont auch den Kreis der Verdächtigen erweitern könnten. Irgendwie glaube ich nicht, dass Mrs Fairwell es war.«

»Es ist, logisch betrachtet, das Naheliegendste.«

»Passt aber nicht zu ihr.«

»Das sagst du nur, weil sie dich mit Kuchen versorgt.«

»Nein, das sagt mir mein Instinkt.«

»Und ich sage dir, dass dein Instinkt von Mrs Fairwells Kuchenvariationen getrübt ist. Das ist bestimmt eine besondere Variante des Stockholm-Syndroms.

Lady Sophie erhob sich. »Würdest du mir die zwei Stunden bis Bibliotheksschluss frei geben?«

»Wieso?«

»Weil ich Mrs Fairwell gerne einen Besuch abstatten würde.«

»Klar. Die restlichen Bücher kann ich auch allein einsortieren. Aber was willst du denn bei ihr?«

»Na fragen, ob sie Lucas Harrison umgebracht hat.«

»Bist du verrückt?«

»Nein, pragmatisch.«

»Sophie, wenn Mrs Fairwell die Mörderin von Lucas Harrison wäre und du auch nur im Ansatz erwähntest, dass du ihr auf die Schliche gekommen bist, dann würde sie dich doch ebenfalls umbringen.«

»Irrtum, meine Liebe. Sie kann immer noch alles abstreiten. Es geht nur darum, dass ich ihr dabei in die Augen sehen kann. Darin werde ich die Wahrheit erkennen, egal, was sie sagt. Und sie wird mich bestimmt nicht umbringen, weil du ja weißt, dass ich bei ihr bin und sie sonst garantiert erwischt wird.«

»Da wäre ich mir nicht so sicher.«

»Ach was. Jetzt mach dir mal bloß nicht ins Höschen. Zur Sicherheit nehme ich meine neue Freundin mit.«

»Ach. Wen denn?«

Eine neue Freundin? Davon hatte sie noch gar nichts erzählt. Mia presste die Lippen aufeinander.

Lady Sophie kramte unbeeindruckt in ihrer Handtasche. Dann förderte sie einen winzigen goldenen Revolver zutage.

»Darf ich vorstellen: Gretchen, meine neue Freundin und stetige Begleiterin.«

»Gretchen?«

»Ein Erbstück meines Mannes. Er hat sie meines Wissens nach mal in Deutschland erworben. Deshalb Gretchen. Das ist die Protagonistin aus einer Tragödie von Johann Wolfgang von Goethe.«

Der seltsame Akzent, mit dem Lady Sophie den Namen des berühmten Schriftstellers aussprach, war wirklich zum Schießen.

»Faust, ich weiß, ich kenne das Stück.«

»Ja, genau. Deshalb Gretchen.«

»Funktioniert die denn?«

»Aber sicher.«

Da Lady Sophie nicht näher auf die Frage einging, war anzunehmen, dass sie das goldene Gretchen auf ihre Funktionstauglichkeit getestet hatte. Beruhigend, vor dem Hintergrund, dass sie drauf und dran war, eine eventuelle Mörderin zu besuchen. Obwohl Mias Instinkt ihr nach wie vor sagte, dass Mrs Fairwell mit dem Mord an Lucas Harrison nichts zu tun hatte. Irgendetwas war an der ganzen Sache unlogisch und sie würde sicherlich bald darauf kommen, was das war. Sie brauchte lediglich ein bisschen Ruhe, um einen klaren Gedanken fassen zu können.

»Also, ich empfehle mich«, imitierte Lady Sophie die steife Art des Inspectors, lüpfte einen imaginären Hut und schritt würdevoll von dannen.

Auch wenn Gretchen mal wieder eine neue Verrücktheit von Lady Sophie war, war Mia doch etwas beruhigt, sie in der Nähe der alten Dame zu wissen. Und während die Cleopatra Fairwell befragte, würde sie ihre eigenen Ermittlungen anstellen.

8

Vorsichtig zog Amelia Lampert die Falten des Vorhangs weiter auseinander. Der dünne weiße Stoff war nicht nur ein Schnäppchen gewesen, sondern funktionierte auch noch besser als erhofft. Mit dem alten Feldstecher, den sie von ihrem verstorbenen Mann Joseph – Gott hab ihn selig – geerbt hatte, konnte sie wunderbar hindurchsehen, in vollem Bewusstsein der Tatsache, dass der dünne Stoff die Blicke von außen trotzdem ausreichend verschleierte. Sie hatte es extra überprüft. Wenn man von draußen durch das Fenster spähte, konnte man zwar anhand der dunklen Konturen erkennen, dass sich etwas hinter dem Vorhang befand, doch um was es sich dabei genau handelte, war unmöglich auszumachen. Ein Kopf, ein Blumentopf oder eine ausgestaltete Lampe hinterließen hinter dem dünnen Stoff den nahezu gleichen, undefinierbaren dunklen Fleck. Auf diese Weise konnte Amelia Lampert sicher sein, dass ihr Kopf, wenn sie ihn nur lange genug ruhig hielt, von Passanten lediglich für einen Blumentopf gehalten wurde, während sie ihre neugierigen Blicke, so wie jetzt, durch die Straßen schweifen ließ.

Seit vielen Jahren frönte sie bereits dieser Beobachtungstätigkeit. Vermutlich fiel ihr deshalb sofort auf, wenn etwas ungewöhnlich war. Diesmal war es Claras Garten, wobei dessen Zustand heute zugegebenermaßen jedem ungeübten Beobachter sofort ins Auge gesprungen wäre.

Hinter den kreisrunden Gläsern des Fernglases kniff Amelia Lampert ihre Augen zusammen, als könne sie dadurch die Reichweite ihres Blicks zusätzlich verlängern. Was war dort drüben nur geschehen? Und vor allem: Wie hatte ihr ein Geschehnis entgehen können, das eine derartige Verwüstung hinterlassen hatte? Zertrampelte Sträucher und Blumen, die üppigen Rosenbeete waren zum großen Teil Matsch und die braune Erde hässlich auf dem ansonsten so makellosen Pflasterweg verschmiert.

Was auch immer im Vorgarten der Clottinghams sein Unwesen getrieben hatte, musste vollkommen von Sinnen gewesen sein. Oder tollwütig. Vielleicht ein Wildschwein. Nein, bei diesem Ergebnis wohl eher eine ganze Herde. Gab es überhaupt Wildschweine in Pennygrave? Amelia Lampert überlegte, doch sie konnte sich weder entsinnen, jemals von Wildschweinen im Dorf gehört zu haben, noch jener ansichtig geworden zu sein. Glücklicherweise wohlbemerkt, denn im Fernsehen hatte sie sich mal eine Reportage über Wälder in Deutschland angeschaut, wo Wildschweine ihr Unwesen getrieben hatten. Ja, wenn sie sich richtig erinnerte, dann entsprachen die Bilder des Clottingham'schen Gartens in etwa den damals gezeigten Verwüstungen.

»Aha«, entfuhr es ihr, als sie schließlich den kleinen Lieferwagen der Gärtnerei Johnson vorfahren sah. Da ließ sich die gute Clara Clottingham doch tatsächlich zum ersten Mal dazu herab, sich Hilfe von den örtlichen Gartenprofis zu holen. Äußerst bemerkenswert, wo sie sich doch sonst weiß Gott was darauf einbildete, ihren Garten vollkommen allein in Schuss zu halten. Zugegeben, die Blumenpracht ihres Vorgartens war auch mehr als beeindruckend, doch Amelia Lampert wusste, dass Clara dessen Pflege nur so perfekt gelang, weil sie sich um sonst nichts anderes zu kümmern brauchte. Den üppigen Garten, der sich hinter dem Haus erstreckte, pflegte ausschließlich ihr Mann Vincent, der sich nebenbei bemerkt auch noch um den gesamten Haushalt kümmerte. Dennoch war der Vorgarten Clara Clottinghams ganzer Stolz und fast erfüllte es Amelia Lampert mit Genugtuung, dass die verhasste Nachbarin mit dem aktuellen Chaos diesmal nicht allein fertigzuwerden schien. Egal wie sehr sie ihre Blumen in Zukunft zur Schau stellen würde – sie, Amelia Lampert, würde doch immer wissen, dass es das Werk der talentierten Johnson Brüder war.

Mit einem hämischen Grinsen, für das sich Amelia Lampert geschämt hätte, wenn es jemand gesehen hätte, sah sie dabei zu, wie John Johnson aus dem Lieferwagen ausstieg und freundlich lächelnd auf Mrs Clottingham zuging. Sie reichten sich kurz die Hand, dann folgte John der Kundin ins Innere des Hauses.

Ungläubig starrte Amelia Lampert auf die Haustür, die sich hinter den beiden schloss. Sollte sich John Johnson nicht besser um den Vorgarten kümmern?

Eine Minute verging. Zwei, dann fünf.

Nach fünfzehn weiteren wurde Amelia Lampert sichtlich unruhig. Inzwischen presste sie das Fernglas so fest auf ihre Augen, dass sich rote Druckstellen gebildet hatten, doch das war ihr egal, wenn nur diese blöde Tür endlich aufginge und John mit Clara Clottingham endlich wieder herauskäme.

Nach weiteren fünf Minuten spürte Amelia Lampert ein bekanntes Gefühl in sich aufkeimen: Eifersucht.

Am liebsten wäre sie hinübergegangen und hätte den jungen Burschen an den Haaren aus dem Haus gezerrt, damit er sich endlich an die Arbeit machte. Sollte sie vielleicht anrufen, um so wenigstens akustisch einen Weg ins Haus zu finden?

Gerade als sie sich vom Fenster losreißen und zum Telefon greifen wollte, öffnete sich die Tür und John Johnson trat heraus. Nichts an ihm verriet, dass sich irgendetwas Außergewöhnliches im Hausinneren zugetragen hatte. Dennoch blieb in Amelia Lamperts Magengegend ein unangenehmes Ziehen zurück.

Jetzt fuhr ein zweites Auto vor und hielt ebenfalls vor dem Haus der Clottinghams. Ein weißer Nissan, aus dem kurz darauf Jack Johnson, der Zwillingsbruder von John, ausstieg. Obwohl Amelia Lampert die Brüder von klein auf kannte, staunte sie immer wieder über deren verblüffende Ähnlichkeit. Auch jetzt, da sie sich gegenüberstanden, wirkte es, als habe jemand einen Spiegel vor einen jungen Mann gestellt. Lediglich die verschiedenen Outfits verrieten, dass es sich um zwei Personen handelte. Während John Johnson die typische grüne Latzhose mit dem Logo der Gärtnerei trug, war sein Bruder Jack mit einer Bluejeans und einem weißen Hemd bekleidet, was ebenso ungewöhnlich wie unpraktisch für Gartenarbeit war, nichtsdestotrotz aber unglaublich sexy aussah. Die beiden unterhielten sich kurz und John deutete auf verschiedene Winkel des Gartens. Jack nickte.

Nach knappen drei Minuten marschierten beide zu dem kleinen Lieferwagen, bewaffneten sich mit verschiedenen Gerätschaften und begannen schweigend zu arbeiten. Als Zwillinge konnten sie sich nahezu ohne

Worte verständigen – eine Besonderheit, die bestimmt auch großen Anteil am Erfolg der Gärtnerei in Pennygrave hatte. Diese Fähigkeit sowie das hervorragende Aussehen der Brüder, das Amelia Lampert nicht zum ersten Mal bewunderte, befeuerten diesen. Den Rest des Tages würde sie am Fenster verbringen und dabei zusehen, wie Jacks Muskeln unter dem weißen Hemd spielten, während es von seinem Schweiß immer durchsichtiger wurde.

Hach, so ein Fernglas war doch etwas Wunderbares. Hätte Joseph gewusst, was für eine Freude ihr dieses kleine Gerät in ihrem Alter noch bereiten würde, er hätte es sicherlich aus dem Fenster geworfen.

9

Ohne zu wissen, wonach sie genau suchte, ließ Mia ihren Blick über das weitläufige Gelände schweifen, auf dem unzählige Helfer noch immer damit beschäftigt waren, die verschiedenen Stände und die riesige Bühne abzubauen. Die Leute vom Fernsehen waren längst abgerückt. Und auch von den Teilnehmern des Backwettbewerbs war niemand mehr zu sehen. Schade. Es wäre schön gewesen, wenn sie den einen oder anderen nochmals genauer zu Cleopatra Fairwells Rolle innerhalb der Teilnehmer hätte befragen können. War sie die unangefochtene Favoritin gewesen? Die anerkannte Konkurrentin? Oder die gefürchtete Gegnerin? Und welchen Stand hatte der unscheinbare Lucas Harrison innerhalb der Gruppe gehabt? Hatte er sich vielleicht durch ein bestimmtes Verhalten Feinde gemacht? Jemanden so verärgert, dass es einen Mord erklären würde?

Gemächlich streifte sie über das Gelände, sorgsam darauf achtend, ob ihr irgendetwas ins Auge fiel, das sich verändert hatte. Schon als Kind hatte sie die Suchbilder geliebt, in denen zwei vermeintlich identische Bilder nebeneinander abgebildet waren und der Beobachter gefordert war, die minimalen Unterschiede zu finden. Zu ihrem elften Geburtstag hatte sie ein ganzes Buch voller solcher Suchbilder bekommen und bis jetzt stürzte sie sich auf jedes Fehlersuche-Bild, das in ihre Hände gelangte. Vermutlich hatte die jahrelange Übung ihren Blick für Ungereimtheiten geschärft.

Selbst im größten Chaos war sie noch in der Lage, Veränderungen auszumachen und zu benennen. Problematisch an dem Bild, das sich ihr jetzt bot, war allerdings, dass sich im Vergleich zur Szenerie des Wettbewerbs nahezu alles verändert hatte.

Nachdenklich betrachtete sie die freiwilligen Helfer, die damit beschäftigt waren, die Bühne in viele kleine Einzelportale zu zerlegen und auf die Ladefläche eines LKWs zu hieven. Eher beiläufig streifte ihr Auge einen Gegenstand, der ihren Puls sofort beschleunigte. Unmittelbar kniff sie die Augen zusammen. Das war doch nicht etwa …? Durch ihre Erinnerung zuckte ein Bild: Lucas Harrison, der ihr ungefähr vor zwei Wochen auf dem Heimweg von der Bibliothek begegnet war. Er war mit einem blauen Sportanzug bekleidet gewesen und hatte die dazu passende Sporttasche geschultert gehabt. In der Dämmerung hatte er aus der Entfernung ausgesehen wie ein deformiertes Monster, deshalb hatte sich der Anblick tief bei Mia eingeprägt. Erst als er an ihr vorübergegangen war, hatte sie die Sporttasche in dem verwaschenen Blauton erkannt. Dieselbe, die einer der Helfer nun unter einem der Bauteile hervorzog, das er im Begriff war wegzutragen.

»Halt!«, rief Mia laut, während sie auf den Arbeiter mit der blauen Tasche zustürmte. Schnell zückte sie ihr Handy und machte ein Foto. Es dokumentierte zwar nicht mehr den exakten Fundort, da der Arbeiter die Tasche bereits in den Händen hielt, aber zumindest konnte sie Lady Sophie so beschreiben, wo die Tasche gelegen hatte.

»Ist das Ihre Tasche?« Der Finder streckte ihr die Tasche entgegen. Sie schien nicht besonders schwer zu sein.

Die Antwort kostete Mia keine Sekunde Überlegung. »Ja, das ist meine. Ich hatte sie gestern unter die Bühne geschoben, damit sie niemand stiehlt und dann habe ich sie doch tatsächlich dort vergessen.«

Der Arbeiter runzelte die Stirn. »Wie vergisst man denn so eine riesige Tasche?«

»Wissen Sie, hier gab es gestern einen Mord. Der Sieger des Backwettbewerbs ...«

»Ja, das habe ich mitbekommen. Schlimme Geschichte. Aber ein Mord? Ich dachte, er hätte einen Herzinfarkt gehabt.«

»Das dachten alle, aber tatsächlich hat sich herausgestellt, dass Mr Harrison vergiftet wurde.« Durfte sie diese Information überhaupt weitergeben? Egal, jetzt war es eh schon raus.

»Vergiftet? Oh je, aber nicht von Mrs Fairwell, oder?«

»Wie kommen Sie denn darauf?«

»Na ja, es hat doch jeder gesehen, wie sauer sie war. Krass. Das hätte ich nicht gedacht.«

»Ich weiß es nicht. Aber falls Sie was hören, wäre es super, wenn Sie mir Bescheid geben könnten.«

»Sie sind Mia Midway, nicht wahr?«

Mia nickte.

»Starke Leistung, wie Sie den Fall mit Miss Meil geklärt haben. Ermitteln Sie in diesem Fall auch?«

»Sozusagen.«

»Alles klar. Ich höre mich mal um. Ich bin Frank. Frank Gettys.«

»Angenehm.« Mia reichte ihm die Hand, bereute es aber sofort wieder, da diese vollkommen mit Dreck verschmiert war. »Ich freue mich über jede Information, Frank.«

»Ehrensache, Mia.« Er lächelte anzüglich.

Etwas irritiert lächelte sie ebenfalls und streckte dann wieder die Hand nach der Tasche aus. »Danke, Frank. Und viel Spaß beim Abbauen.«

Er winkte ihr zu und widmete sich dann glücklicherweise ohne weitere Eskapaden wieder seiner Arbeit. Höchste Zeit, denn die anderen schauten schon neugierig zu ihnen herüber. Es fehlte gerade noch, dass außer ihr noch jemand Mr Harrisons Tasche wiedererkannte und ihre dreiste Lüge entlarvte. Schnell schulterte Mia sie und machte sich davon.

Noch nie war ihr der Weg vom Stadtpark bis zu Tante Lenas Cottage so lang vorgekommen. Am liebsten hätte sie die Tasche an Ort und Stelle geöffnet, doch sie konnte nicht riskieren, dass sie jemand dabei beobachtete. Also hielt sie durch und schleppte das Fundstück tapfer bis ins Innere des Cottage. Bis zum Wohnzimmer reichte ihre Geduld dann aber doch nicht, weshalb sie die Tasche im Flur abstellte und hastig den Reißverschluss öffnete.

»Mal sehen«, murmelte sie vor sich hin, während sie vorsichtig ins Innere des blauen Geheimnisses lugte. Zuoberst lag ein Portemonnaie aus braunem Leder. Mia klappte es auf und untersuchte die einzelnen Fächer. Der Ausweis bestätigte, was sie ohnehin gewusst hatte: Die Tasche gehörte Lucas Harrison. Das bedeutete, dass sie den kompletten Inhalt früher oder später an die Polizei würde übergeben müssen. Allerdings nicht, bevor sie selbst alles genauestens inspiziert hätte.

Vorsichtig wühlte sie mit den Händen die einzelnen Inhalte heraus und legte sie neben die Tasche. Viel war es nicht, lediglich Wechselkleidung, eine Jeans, ein schwarzes T-Shirt, eine Trinkflasche und ein in Zellophan eingewickeltes Sandwich, das inzwischen ganz schön ekelerregend aussah. Vorsichtig nahm sie die einzelnen Dinge aus der Tasche und legte sie auf den Fußboden.

»Igitt, was ist das?«, entfuhr es ihr angewidert, als lauter weiße Körnchen auf sie herabrieselten und sich auf dem Fußboden verteilten. Sie nahm ein paar davon auf die Hand und betrachtete sie. Einige waren braun, andere weiß, manche etwas gröber, andere ganz fein. Während die Körnchen sich auf dem Fußboden verteilten, sah Mia erneut in die Tasche. Sie war nun leer, aber auf dem Boden der Tasche waren überall die feinen braunen und weißen Körnchen. War das Zucker? Cleopatra Fairwells Zucker? Im vollen Bewusstsein dessen, dass es aller Unwahrscheinlichkeit nach auch Drogen sein könnten, befeuchtete Mia ihren Finger, tunkte ihn in die Körnchen und schleckte ihn ab.

Zucker. Eindeutig. Und allem Anschein nach eine so ausgefeilte Mischung verschiedener Zuckersorten – weiß, hellbraun, dunkelbraun, beige, Kandis – dass es sich dabei nur um Cleopatra Fairwells Spezialmischung handeln konnte. Lucas Harrison musste sie gestohlen und in seiner Tasche versteckt haben. Unglaublich!

Aber hatte Lady Sophie nicht etwas von einer Dose erzählt, in der die Mischung aufbewahrt gewesen war? Ja genau, eine pinkfarbene Dose. Mia sah nochmals hinein, aber die Tasche war vollkommen leer. Vorsichtig entfaltete sie die Jeans und das Shirt. Vielleicht war die Dose so klein, dass sie sich in den Kleidungsstücken verwickelt hatte. Nein, nichts.

Aufgeregt nahm Mia ihr Handy heraus und wählte Lady Sophies Nummer. Das Freizeichen ertönte zweimal, dann tutete es. War sie weggedrückt worden? Mia wählte erneut. Ein Freizeichen, dann das Besetztzeichen. Lady Sophie drückte sie weg. Frechheit!

Dann eben per SMS.

Ruf mich mal bitte an, ich habe die Tasche von Lucas Harrison gefunden und darin Mrs Fairwells Zuckermischung.

Sehr gut. Ich bin gerade bei Mr Fairwell. Reden später.

Mia brannte jedoch noch eine Frage auf den Nägeln.

In was für einer Dose war die Zuckermischung?

Dann wartete sie.

Und wartete.

Nichts.

Erneut wählte sie Lady Sophies Nummer. Wieder ertönte einmal das Freizeichen, dann das Besetztzeichen. Schon wieder weggedrückt. Na die hatte ja Nerven!

Wütend pfefferte Mia ihr Handy in die Ecke. Es schepperte. Entsetzt starrte sie auf die auf dem Boden versprengten Einzelteile. Eine Schrecksekunde lang versuchte sie, ihre Handlung in Gedanken rückgängig zu machen, registrierte aber sofort, dass sie die Realität durch bloße Vorstellungskraft nicht zu verändern vermochte.

»Mist, Mist, Mist, ich Volldepp!«, schimpfte sie, während sie auf dem Boden herumkrabbelte und die einzelnen Plastikteile einsammelte. Dann betrachtete sie das volle Desaster: Das Handy war nicht nur in seine Bestandteile zerfallen, sondern es schien im Inneren des Gehäuses auch etwas gebrochen zu sein. Trotzdem fügte sie das technische Puzzle so gut es ging zusammen und schaltete es ein. Es piepte. Gott sei Dank! Allerdings war hinter den Splittern des Displays nichts zu sehen als ein langer schwarzer Strich. So etwas Blödes aber auch. Sie hätte sich ohrfeigen mögen.

Frustriert ließ sie das Handy an Ort und Stelle liegen und kickte die Tasche mit dem Fuß gegen die Wand. Das machte ihre Handlung zwar auch nicht rückgängig, aber es tat gut, die Wut an etwas auszulassen.

Frustriert ging sie ins Wohnzimmer. Beim Anblick des wildromantisch und altbacken eingerichteten Raumes musste sie plötzlich lachen. Die Definition eines Unglücks relativierte sich angesichts der Tatsache, dass eine moderne Frau wie Tante Lena es wagte, ein rosarotes Blümchensofa mit goldenen Ornamenttapeten zu kombinieren.

Na und? Dann hatte sie eben kein Handy. Immerhin verfügte sie über dieses zauberhafte, altmodische Schnurtelefon im Wohnzimmerschränkchen. Sie hatte zwar keine Ahnung, wen sie damit hätte anrufen können, da sie keine einzige Telefonnummer auswendig kannte, aber vielleicht war Lady Sophie ja schlau genug, sie hier anzurufen, wenn sie feststellte, dass das Handy nicht mehr funktionierte. Seltsam, wie sehr man auf Technik angewiesen war, wenn man sich einmal daran gewöhnt hatte. Mit dem Handy waren gewissermaßen alle Kontaktmöglichkeiten zur Außenwelt abgebrochen, denn im digitalen Telefonbuch befanden sich sämtliche Kontakte. Blöd. Am besten wäre es wohl, sie würde sich direkt am nächsten Tag in einem der altmodischen Geschäfte im Ort ein richtiges Adressbüchlein aus Papier besorgen. Garantiert gab es hier so etwas noch. In einem Ort, in dem die Hälfte der Einwohner noch einen Festnetzapparat mit Schnur besaß und die andere maximal über Handys aus der ersten technischen Generation verfügte, waren Adressbücher aus Papier bestimmt der Standard.

Papier! Das war genau das, was sie jetzt brauchte. Ein paar Seiten mit einer richtig guten Geschichte, die sie von allem ablenkte, was mit dem Fall Harrison zu tun hatte. Sie hatte keine Lust mehr, sich Gedanken zu machen, keine Lust mehr, sich den Kopf zu zerbrechen wie ihr Handy. Sollte die Polizei doch ihre Arbeit machen. Sie wurden schließlich dafür bezahlt. Wenn nicht ohnehin Lady Sophie das Rätsel längst gelöst hatte. Sollten doch alle einfach tun, was sie tun mussten. Sie würde jetzt erst einmal tun, was sie wollte und ein gutes Buch lesen. Die besten Ideen kamen ihr ohnehin immer dann, wenn sie gar nicht versuchte, welche zu haben.

Kurzerhand zog sie einen zufälligen Roman aus dem üppig bestückten Regal und ließ sich damit auf das Blümchensofa fallen. Die Atmosphäre in Tante Lenas Cottage war zum Lesen einfach perfekt. Seufzend räkelte sie sich in eine perfekte Liegeposition und begann zu lesen.

Bereits nach wenigen Seiten schlug sie das Buch wieder zu. Es gelang ihr nicht, sich zu konzentrieren. Dabei war die Geschichte vermutlich gar nicht so schlecht, aber ihre Gedanken schweiften immer wieder zu Lady Sophie ab, die vermutlich gerade bei Mrs Fairwell saß und mit dieser entweder ein sehr aufschlussreiches Gespräch über den Tod Lucas Harrisons führte oder aber längst wieder von ihr vor die Tür gesetzt worden war. Bei Lady Sophies Temperament waren durchaus beide Szenarien denkbar.

Es klingelte. Gleich würde sie es wissen. Schnell legte Mia ihre Lektüre auf den Wohnzimmertisch und ging zur Tür.

»Miss Midway, störe ich Sie oder hätten Sie vielleicht einen Moment Zeit für mich?«

Selbst wenn es der unpassendste Zeitpunkt ihres Lebens gewesen wäre, hätte sie die grünsten grünen Augen der Welt doch hereingebeten. »Inspector Mellony, das ist ja eine Überraschung. Kommen Sie rein.«

Höflich nahm der Inspector seinen Hut ab und schlüpfte in ein Paar der Gästehausschuhe, die Tante Lena in allen Größen verfügbar hatte, bevor er Mia in das gemütliche Wohnzimmer des Cottage folgte und sich auf einem Blümchensessel in zartem Rosé niederließ. Sein flüchtiger Seitenblick streifte das Cover des abgelegten Buches. Er errötete. Mit einer flotten Handbewegung schnappte sich Mia den Liebesroman und stellte ihn zurück ins Regal.

»Kann ich Ihnen vielleicht eine Tasse Pfefferminztee anbieten?«

»Nein danke, ich möchte nichts.« Etwas steif rutschte er auf dem niedrigen Sofa hin und her.

Für einen Moment herrschte Schweigen. Eigenartig, denn für gewöhnlich war der Inspector um keinen verbalen Schlagabtausch verlegen.

»Miss Midway, es ist mir fast ein bisschen unangenehm«, begann er dann leise, »aber ich bin hergekommen, weil ich um Ihren Rat ersuchen möchte.«

Würde sie den Inspector nicht inzwischen seit einigen Wochen kennen und schätzen, hätte sie bestimmt über die seltsam altertümliche Ausdrucksweise geschmunzelt, die so gar nicht zu dem hübschen jungen Mann passen wollte. So aber wunderte sie sich lediglich über den Inhalt seiner Worte.

»Sie ersuchen um meinen Rat? Womit habe ich denn das verdient?«

»Miss Midway, ich überhöre mal geflissentlich den schnippischen Unterton, mit dem Sie Ihre Frage ausstaffieren und komme direkt zum Punkt: Der Fall Lucas Harrison scheint komplizierter zu sein als gedacht. Und da Sie im Fall Eleonora Meil vor wenigen Wochen einen solch ausgezeichneten Spürsinn bewiesen und wesentlich zur Aufklärung des Falls beigetragen haben, wollte ich Sie fragen, ob Ihnen vielleicht irgendetwas Ungewöhnliches aufgefallen ist. Am Tag des Backwettbewerbs, meine ich.«

Na, da musste aber jemand ganz schön verzweifelt sein, wenn er extra bei ihr antanzte, um um Rat zu ersuchen. Zwar war es korrekt, dass sie wesentlich zur Aufklärung des Falles Eleonora Meil beigetragen hatte, doch Spürsinn hatte sie dabei ganz und gar nicht bewiesen. Im Gegenteil. Sie war regelrecht über die Lösung des Falls gestolpert, ansonsten wäre sie wohl auch nie darauf gekommen.

»Nun, Inspector, Ihre Anfrage ehrt und verwundert mich gleichermaßen, das muss ich schon sagen«, erwiderte Mia schmunzelnd. Warum sie sich immer wieder automatisch an die vornehme Ausdrucksweise Mellonys anpasste, konnte sie sich selbst nicht erklären. »Wir wissen beide, dass Lady Sophie diejenige mit dem kriminalistischen Gespür ist und ich lediglich das Glück – oder auch Pech – des Zufalls auf meiner Seite hatte, nicht wahr?«

Wieder zeigte sich ein leichter Rotton auf den zarten Wangen des Inspectors, während er kurz zu Boden blickte, als habe sie ihn bei einer Lüge ertappt.

»Miss Midway, ich möchte Sie herzlich bitten, Ihr Licht nicht unter den Scheffel zu stellen«, fuhr er dann fort, während er mit der linken Hand seinen rechten Zeigefinger knetete. »Ich bin mir sicher, Sie verfügen über einen ausgezeichneten kriminalistischen Spürsinn und sind sich dessen lediglich nicht bewusst. Ganz im Gegenteil zu Lady Gellam, die einen solchen leider nicht vorzuweisen hat, den Mangel aber bewusst ignoriert.«

»Ich muss schon sehr bitten. Lady Sophie ist meine beste Freundin. Ich finde es nicht gut, wenn Sie so über sie sprechen.«

»Verzeihen Sie vielmals, das war nicht korrekt von mir. Aber mit Verlaub, Ihre beste Freundin ist in ermittlungstechnischer Hinsicht eine wahre Nervensäge und schießt doch gerne mal über das Ziel hinaus.«

»Vielleicht. Aber deshalb gibt sie sich doch trotzdem alle Mühe und ist ein herzensguter Mensch und überhaupt möchte ich einfach nicht, dass Sie so über sie sprechen.«

Fest stemmte Mia ihre Hände in die Hüften. Lady Sophie mochte anstrengend sein, unkonventionell und ja … sie schoss auch regelmäßig übers Ziel hinaus, aber sie verfügte definitiv über einen ausgeprägten Spürsinn und war ihr eine wunderbare Freundin. Sie wusste nicht, wie die ersten Wochen in Pennygrave ohne diese herzensgute alte Lady verlaufen wären. Sie würde sie jederzeit gegenüber jedermann verteidigen, mochte sie noch so eigen sein.

»Deshalb bin ich ja auch überhaupt nicht hier. Entschuldigen Sie bitte, es ist mir ein Rätsel, wie wir so vom Thema abkommen konnten.« Mellony schüttelte leicht den Kopf. »Ich wollte lediglich erfragen, ob Ihnen etwas aufgefallen ist. Am Tag des Backwettbewerbs oder speziell in der um den Zeitpunkt des Todesfalls herum.«

Mia dachte kurz nach. Dann schüttelte sie den Kopf. »Nein. Ehrlich gesagt ist mir gar nichts aufgefallen. Außer dass Lucas Harrison so verwirrt ausgesehen hatte, nachdem er einen Schluck von dem Siegeschampagner getrunken hatte. Dann hatte er sich über Lippen und Stirn gewischt und erneut getrunken.«

Inspector Mellony nickte leicht. »Sehen Sie? Eine hervorragende Beobachtungsgabe … genau das meinte ich. GBL, der Stoff, mit dem der Champagner versetzt war, schmeckt leicht salzig. Kaum merklich und so leicht, dass es den meisten Menschen fatalerweise gar nicht auffällt. Aber möglicherweise war Mr Harrison einer der wenigen, die den Geschmack bemerkt hatten und dachte, dass Schweißtropfen von seiner Stirn oder von seinen Lippen an die Flasche gelangt seien.«

»Möglich. Leider hat ihn das nicht davon abgehalten, die Flasche in einem Zug auszutrinken. Sophie meint allerdings ...«

Der Inspector verdrehte die Augen.

»Sophie meint allerdings ...«, fuhr Mia mit Nachdruck fort, »... dass Cleopatra Fairwell sich die Tropfen von einem Dealer beschafft und in die Flasche geträufelt hatte, weil sie so sauer auf Lucas war.«

Der Inspector lachte laut auf. »Ein Dealer? In Pennygrave?«

»Ja, so habe ich auch reagiert. Aber es wäre eine Möglichkeit.«

»Eine sehr absurde.«

»Zugegeben, ja. Aber wo hätte Mrs Fairwell die Tropfen sonst herhaben sollen? Sie wird sie ja wohl kaum von Beginn des Wettbewerbs an bei sich getragen haben.«

»Denkfehler.«

»Wie bitte?«

»Ihre Freundin unterliegt mal wieder einem gravierenden Denkfehler.«

»Ach ja? Und welchem bitteschön?« Trotzig verschränkte Mia die Arme vor der Brust.

»Mrs Fairwell war es nicht.«

»Was?«

Mellony schüttelte den Kopf, als wolle er seine Aussage optisch unterstreichen. »Mrs Fairwell ist nicht die Täterin.«

»Sind Sie sich da sicher?«

»Miss Midway, bei allem Respekt ... Sie können durchaus glauben, dass ich Aussagen über die Schuld und

Unschuld von Verdächtigen mit größtem Bedacht tätige. Wenn ich Ihnen sage, dass Mrs Fairwell nicht als Täterin infrage kommt, dann dürfen Sie mir das schon glauben.«

»Aber wie können Sie das denn so felsenfest ausschließen? Haben Sie Beweise?«

»Die haben wir.«

»Oh ...«

Mia ließ einen Moment der Stille verstreichen, während sie hoffte, Mellony würde von selbst mit mehr Informationen herausrücken. Dann siegte doch ihre Neugier.

»Und welche, wenn ich fragen darf?«

»Nun ja, das kann ich Ihnen leider nicht sagen. Die Zeugin hat mich darum gebeten ... sagen Sie mal, ist es normal, dass der Sohn Ihrer Freundin durch Ihren Garten schleicht und durch die Fenster späht?«

Mit einem Ruck drehte Mia sich um und sah Sir Williams Gesicht von außen an der Fensterscheibe kleben. Als er ihres Blickes gewahr wurde, schnellte er zurück, sodass er fast vollständig in einem großen Busch verschwand, doch natürlich musste ihm klar sein, dass er gesehen worden war. Was sollte das denn bitte? Spionierte er ihr etwa heimlich hinterher?

Energisch erhob sich Mia, trat zu der breiten Flügeltür, die zum Garten führte und riss sie auf.

»Darf ich fragen, was Sie in meinem Garten zu suchen haben?«

Sir William bot alle ihm angeborene hochherrschaftliche Würde auf, um seine Verlegenheit zu überspielen, während er mit geröteten Wangen aus dem Busch trat.

Anstatt genauer nachzufragen, sah Mia ihn lediglich streng und schweigend an. Es funktionierte.

»Miss Midway, ich wollte nur vorbeikommen, um mich bei Ihnen zu entschuldigen, weil ich Sie auf dem Fest so vernachlässigt habe. Ich hoffte, mit einer kleinen Aufmerksamkeit Wiedergutmachung leisten zu können.« Er schwenkte eine hübsch geschwungene Flasche *King's Ginger* durch die Luft. Augenblicklich wichen die wütenden Falten auf Mias Stirn einem sanfteren Ausdruck und in ihren Mundwinkeln zeigte sich sogar der Anflug eines Lächelns. Umwerfend, dieser Mann. Wie gelang es ihm nur, selbst aus einer so bescheuerten und für ihn absolut misslichen Lage als strahlender Held hervorzugehen? Er wusste genau, wie sehr sie den Ingwerlikör liebte. Und in seinen Jeans, dem weißen Hemd und dem legeren Blazer sah er selbst mit den vom Gebüsch zerzausten Haaren aus wie ein Dornröschenprinz.

Zu leicht wollte sie es ihm dann aber doch nicht machen. Schließlich war er einfach in ihren Garten geschlichen und hatte durch ihr Fenster gespäht, vermutlich um zu erkunden, was zwischen ihr und Inspector Mellony vor sich ging. Bestimmt hatte er dessen Wagen vor der Einfahrt gesehen und sich gedacht, dass er bei ihr war. Seine Eifersucht in allen Ehren, es war wirklich süß, aber das grenzte dann doch schon fast an Stalking.

»Es gibt keinen Grund, warum Sie sich für Ihr Verhalten auf dem Fest entschuldigen müssten«, sagte sie mit aller Ernsthaftigkeit, die sie aufzubieten vermochte. »Wir beide waren nicht gemeinsam auf dem Fest, ich wüsste nicht, warum Sie mir gegenüber Rechenschaft über Ihr Kommen und Gehen ablegen sollten. Ich hätte Mrs Lampert auch nach Hause bringen können, aber ich bin sicher, sie hat sich mehr über Ihre Begleitung gefreut. Gesetzt des Falles, es wäre andersrum gewesen, hätte ich mich aber noch lange nicht dazu verpflichtet gefühlt, in Ihrem Garten herumzuschleichen und Sie und Ihre Gäste auszuspionieren.«

Der Schluss ihres ausführlichen Rüffels war nun doch etwas bissiger geraten, als sie eigentlich beabsichtigt hatte.

Augenblicklich ließ Sir William die Schultern hängen. »Gut, dann gehe ich wieder. Es tut mir sehr leid, dass ich Sie aufgebracht habe.«

»Andererseits ...« Mit schnellen Schritten trat Mia zu ihm und nahm ihm die Likörflasche aus den Händen. »Andererseits ist Ihr Verhalten, unaufgefordert in meinen Garten einzudringen, dann doch eine Entschuldigung wert, die ich hiermit dankend annehme.«

Ein erleichtertes Lächeln ließ Sir William strahlen und Mias Herz augenblicklich wieder schneller klopfen. Wie gern hätte sie ihn hereingebeten, aber das Gespräch mit Inspector Mellony war noch nicht beendet. Dieser hatte sich bis jetzt erstaunlicherweise mit verbalen Kommentaren zurückgehalten. Wie einfühlsam von ihm, zu erkennen, dass die Situation für Sir William auch ohne zusätzliche Seitenhiebe unangenehm genug war.

Etwas unschlüssig verlagerte Mia ihr Gewicht von einem Bein auf das andere. Es wäre wirklich nett, wenn Sir William nun einen rücksichtsvollen Rückzug antreten würde, damit der Detective Inspector mit weiteren Informationen herausrücken konnte. Sicherlich würde er das nicht, solange der unliebsame Kontrahent im Raum war.

»Ich würde Sie wirklich gerne hereinbitten, Sir William, aber wie Sie sehen, habe ich noch Besuch«, sagte Mia schließlich.

»Ach, das macht mir nichts aus. Inspector Mellony und ich kennen uns.« Prompt trat Sir William an ihr vorbei ins Haus und reichte Mellony, der sich höflich erhoben hatte, die Hand. »Entschuldigen Sie bitte, dass ich Sie erst jetzt begrüße, Sir. Aber es wird Sie, besonders in Ihrer Eigenschaft als Polizist, freuen, zu sehen, dass ich immer ein wachsames Auge auf Miss Midway habe.«

Wow. Dieser Mann wäre prädestiniert dafür, Rhetorik-Seminare abzuhalten. In wenigen Sätzen war es ihm gelungen, Inspector Mellony mit der Anrede *Sir* nach außen hin höflich zu behandeln, ihn mit der verbalen Degradierung zum einfachen Polizisten zu beleidigen und ihm im mit seiner letzten Äußerung sogar noch zu drohen. Gespannt wartete Mia ab, wie der redegewandte Inspector auf diese Herausforderung reagieren würde.

»Es ist mir eine Ehre, Sie wiederzusehen, Sir William.« Sein Gesichtsausdruck strafte seine Worte Lügen. Dann wandte er sich an Mia. »Miss Midway, ich möchte keineswegs unhöflich erscheinen, doch ich denke, wir haben unser Gespräch noch nicht zu einem sinnvollen Ergebnis geführt. In Anbetracht der Tatsache, dass es sich um den Informationsaustausch zu einem aktuellen Fall handelt, kann ich nur entweder darum bitten, dass unser Austausch unter vier Augen bleibt oder Sie bitten, dass wir diesen zu einem anderen Zeitpunkt fortsetzen.«

Bam! Angriff abgewehrt. Er wusste genau, wie neugierig sie war. Die Aussicht auf weiteren Informationen zum Fall machte Sir Williams weitere Anwesenheit unerträglich. Mit einem entschuldigenden Lächeln wandte sich Mia an den unerwarteten Eindringling.

»Es tut mir ehrlich leid, aber wir sind gerade mitten in einer Besprechung. Dienstlich gewissermaßen.«

»Sie werfen mich raus?«

»Nicht direkt, aber ich muss Sie leider bitten zu gehen.«

»Ich dachte, wir trinken noch ein kleines Likörchen zusammen.«

»Jederzeit gern. Nur jetzt gerade passt es wirklich nicht.«

»Gut.« Sir William ließ den Kopf hängen wie ein geprügelter Hund, während dem Inspector der Versuch, ein triumphales Grinsen zu unterdrücken, grandios misslang.

Sir William reichte ihm erneut die Hand zum Gruß, drückte aber diesmal so fest zu, dass Mellony vor Schmerz die Zähne zusammenbiss. Dann hauchte er Mia einen Kuss auf den Handrücken, schenkte ihr einen Blick, der sie unter anderen Umständen vermutlich dazu gebracht hätte, sich die Kleider vom Leib zu reißen und ihm in die Arme zu springen, und machte Anstalten, wieder in Richtung Garten zu verschwinden.

»Ähm, dieses Cottage hat auch eine wunderschöne Haustür, die Sie gerne benutzen dürfen«, hielt Mia ihn auf.

»Selbstverständlich. Ich empfehle mich.« Mit diesen Worten verließ der Adlige die Szenerie ordnungsgemäß durch den Eingangsbereich. Es war ja nicht das erste Mal, dass er im Cottage zu Gast war.

Als die Haustür ins Schloss fiel, räusperte sich Inspector Mellony, sagte aber weiter nichts.

»Nun, Inspector, Sie hatten mir weitere Informationen versprochen.«

»Ja ... ähm ... wo waren wir denn?«

»Sie sagten, Sie könnten Mrs Fairwell als Täterin ausschließen.«

»Das ist korrekt.«

»Und Sie hätten Beweise.«

»Das ist auch korrekt.«

»Darf ich fragen, welche das sind?«

»Bedaure. Ich kann meine Quellen nicht preisgeben. Die Zeugin hat nachdrücklich darum gebeten, anonym zu bleiben.«

»Es gibt also eine Zeugin?«

Inspector Mellony biss sich auf die Unterlippe.

»Okay, nehmen wir an, Mrs Fairwell war es nicht, haben Sie denn einen weiteren Verdächtigen?«

»Leider nicht. Ich muss gestehen, wir tappen vollkommen im Dunkeln.«

»Hm. Und was gibt es sonst noch, das ich wissen sollte?«

Er überlegte, als müsste er erst darüber nachdenken, was er ihr sagen konnte.

»Inspector, wenn Sie keine weiteren Informationen für mich haben, dann kann ich ja Sir William wieder hereinbitten, weit kann er ja noch nicht sein.«

»Die Zuckermischung«, sagte Inspector Mellony schnell. »Wir haben einige Beamte darauf angesetzt, nach der Zuckermischung zu suchen. Möglicherweise ist der Dieb zugleich der Mörder. Die kriminelle Energie vermag sich manchmal in ein höheres Potenzial zu wandeln, ein Gedanke, der definitiv eine heiße Spur verheißt, finden Sie nicht?«

»Das stimmt natürlich. Aber es wird Sie sicher freuen, zu hören, dass Lucas Harrison der Dieb war. Er hat die Zuckermischung gestohlen.«

»Miss Midway, Spekulationen sind bei polizeilichen Ermittlungen weder üblich noch zulässig.«

»Oh, das sind ganz und gar keine Spekulationen. Kommen Sie mal mit.«

Die Irritation stand Inspector Mellony förmlich ins Gesicht geschrieben, als er Mia zurück in den Flur folgte und sie auf die Tasche zeigte, an der er zuvor vorbeigelaufen war, ohne sie eines genaueren Blickes zu würdigen.

»Hier.« Hoffentlich würde er ihr nicht übelnehmen, dass sie die Tasche einfach mitgenommen hatte. »Das ist die Tasche von Lucas Harrison. Sein Portemonnaie befindet sich noch darin. Ebenso wie Kleidung und jede Menge von Cleopatra Fairwells Zuckermischung.«

Der Inspector schenkte ihr einen Blick, der aus einer Mischung aus Tadel und unausgesprochener Frage bestand. Dann öffnete er den Reißverschluss, nahm wie zuvor Mia die Inhalte heraus, tunkte schließlich ebenso seinen Zeigefinger in die Zuckermischung und schleckte ihn ab.

»Miss Midway, Ihnen ist sicherlich bewusst, dass ich die Tasche mitnehmen muss. Nein, falsch: dass diese

Tasche überhaupt nicht hier, sondern längst in der kriminaltechnischen Untersuchung sein sollte. Ich könnte Sie durchaus wegen Unterschlagung von Beweismitteln belangen.«

»Also jetzt reicht es mir aber gleich!« Wütend verschränkte Mia die Arme vor der Brust. »Ich habe die Tasche eben erst im Park gefunden. Unter der Bühne. Ich habe sogar ein Foto vom Fundort gemacht, weil ich dachte, das könnte wichtig für die Ermittlungen sein.« Zwar nicht für die der Polizei, sondern für ihre eigenen, aber das brauchte sie ihm ja nicht auf die Nase zu binden. »Ich habe Ihnen die Tasche auf dem Silbertablett präsentiert und anstatt mir dafür zu danken, greifen Sie mich an? Ich glaub' es ja wohl nicht. Was kann ich denn dafür, wenn Ihre Constables zu blind sind, dieses riesige Beweisstück zu finden? Nächstes Mal sage ich gar nichts mehr.«

Inspector Mellony seufzte auf. Dann hob er entschuldigend die Hände. »Es tut mir leid, Miss Midway. Ich bedanke mich recht herzlich für Ihren erneuten Beitrag zu unseren Ermittlungen.«

»Na das hört sich doch schon deutlich besser an.«

»Aber ...«

»Ja, natürlich muss es noch ein Aber geben.« Sie rollte genervt mit den Augen.

»Aber ...«, ließ sich der Inspector nicht beirren, »... ich kann und werde nicht mitansehen, wie Sie sich erneut in Schwierigkeiten bringen. Dass Sie schon wieder auf eigene Faust ermitteln, ist äußerst bedenklich und macht mir große Sorgen. Ich möchte Sie nicht mehr aus den Klauen eines Mörders befreien müssen, können Sie das verstehen?«

»Das werden Sie schon nicht. Außerdem ist eine harmlose Sporttasche kein Mörder. Und ich bin sozusagen zufällig darüber gestolpert.«

»Ja, genau wie über Leichen und Mörder«, brummelte der Inspector.

»Sie brauchen gar nicht so gemein zu sein. Kann ich doch nichts dafür, wenn mir die Leichen vor die Füße fallen und die Mörder mich über den Haufen rennen. Okay, das hat sich jetzt ein bisschen brutal angehört, aber Sie wissen genau, was ich meine.«

Inspector Mellony erhob sich. In seinen Augen spiegelte sich reuevolles Bedauern. »Es tut mir wirklich leid, Miss Midway, ich wollte Sie weder belästigen noch verärgern. Vielleicht ist es besser, wenn ich jetzt gehe.«

»Ach, bleiben Sie nur, ich wollte ja gar nicht so bissig sein. Ich habe nur den Eindruck, dass Sie nicht ehrlich zu mir sind. Sie kommen her, um mir zu sagen, dass Sie Mrs Fairwells Zuckermischung suchen, keifen mich an und dann kommt auch noch die Auseinandersetzung mit Sir William dazu. Ich dachte eigentlich, Sie würden mich diesmal wirklich einbeziehen und wir könnten vielleicht gemeinsam den Fall lösen und dann ... ach, ich bin einfach ein bisschen genervt.«

»Sie haben recht.« Inspector Mellony setzte sich wieder, seufzte und hob dann entschuldigend die Arme. »Sie haben vollkommen recht, Miss Midway, ich war nicht ganz ehrlich zu Ihnen. Allerdings nicht, was den Fall anbelangt, sondern was meine persönlichen Absichten betrifft. Natürlich hätte ich Sie auch telefonisch nach Ihrer Meinung oder Ihren Beobachtungen fragen können. Aber die Wahrheit ist, dass ich Ihre Gesellschaft sehr schätze und genieße. Ich hatte gehofft, dass das Gespräch über den Fall vielleicht dazu führt, dass wir uns etwas besser kennenlernen. Allerdings hatte ich Ihre Beziehung zu Sir William falsch eingeschätzt. Mir war nicht bewusst, dass Sie ... wie soll ich mich ausdrücken ... einander emotional so nahe stehen.«

»Oh nein nein«, unterbrach Mia, die erst einmal einen Moment gebraucht hatte, um sich angesichts der überraschenden Offenheit Mellonys wieder zu fassen. »Das haben Sie jetzt falsch verstanden. Sir William und ich stehen uns emotional nicht nahe. Nicht auf diese Weise.«

»Oh doch, ich denke, das tun Sie.«

Ein weiterer Widerspruch hätte sich angefühlt wie eine Lüge. Bisher war sie davon überzeugt gewesen, ihre Gefühle ganz gut verbergen zu können, aber wenn es für Außenstehende tatsächlich schon so gut zu erkennen war, unterschätzte sie womöglich ihre eigene Emotionalität.

»Ich werde dann mal lieber gehen. Aber ich hoffe, wir können trotzdem auch in Zukunft ... na ja ... vernünftig miteinander umgehen?«

»Ich bin nicht mit Sir William zusammen.« Warum auch immer es ihr wichtig war, das jetzt noch zu sagen.

»Nein«, murmelte Mellony und lächelte gequält. »Noch nicht.«

Vielleicht hätte sie ihn aufhalten sollen, während er Hut und Mantel nahm und das Cottage auf demselben Weg verließ wie sein Konkurrent wenige Minuten zuvor, aber sie begleitete ihn wortlos. Am liebsten hätte sie sich entschuldigt, aber sie wusste beim besten Willen nicht, wofür. Dafür, dass sie Sir William attraktiv fand? Das war doch bei Inspector Mellony ebenso der

Fall. Vielleicht sollte sie ihm das sagen? Nein, lieber nicht. Wer wusste, wo das hinführen würde.

Während sie ihm hinterherblickte, als er in seinem Nissan davonfuhr, entdeckte sie eine bekannte Gestalt am Ende der Straße, die ihr schnell den Rücken zuwandte, als sie genauer hinsah: Sir William.

IO

Wütend klebte Noah McCann ein weiteres Etikett auf die Flasche, als könne er diese für seinen Schmerz bestrafen. Wie viel sollte er in seinem erbärmlichen Leben denn noch ertragen? Es war höchste Zeit, sich zur Wehr zu setzen. So konnte es einfach nicht weitergehen. Er ließ sich viel gefallen, aber doch nicht alles. Irgendwann musste Schluss sein.

»Noah?«

Er hob den Kopf, was eigentlich unnötig war. Er hatte gewusst, dass sie es war, kaum dass sie die Tür durchschritten hatte. Sissi. Er konnte sie riechen. Den süßen Duft nach reifen Kirschen, der sie schon seit sie Kinder waren umgeben hatte. Er hatte ihn damals schon geliebt und er liebte ihn noch immer. Doch was brachte ihm das schon.

»Noah!«

Ihre Stimme klang fest. Wütend, enttäuscht. Er konnte es ihr nicht verdenken, empfand er doch ganz ähnlich.

Sie trat vor ihn. Sah ihn unverwandt an. Sie kämpfte gegen die Tränen. Er kannte sie gut und lange genug, um das zu erkennen. Warum weinte sie nicht, verdammt? Dann hätte er sie in den Arm nehmen, trösten können. Ihr sagen können, dass alles wieder gut würde. Auch wenn es eine Lüge war, das wussten sie beide.

»Noah, möchtest du mir irgendetwas sagen?« Ihre zarte Stimme klang viel zu hart.

Er hob den Kopf. Sah ihr direkt in die Augen. »Ich bin mir keiner Schuld bewusst.« Er hielt ihrem Blick stand.

Sie nickte.

»Und du?«

Endlich flossen sie. Tränen, die so unnachgiebig aus ihren Augen hervorströmten, dass kein Zweifel daran blieb, wie lange sie sie zurückgehalten haben musste.

»Möglicherweise«, hauchte sie beinahe tonlos. Dann warf sie sich an seine Brust und ließ ihren Gefühlen lautlos freien Lauf.

Noah ließ die Flaschen Flaschen sein und schlang seine Arme um sie.

Endlich.

II

Kurz überlegte Mia, Sir William doch noch hereinzubitten, entschied sich aber dagegen. Am Ende würde er die unverhoffte Einladung noch als Triumph über den Inspector feiern. Wenn er sie erobern wollte, sollte er sich gefälligst anstrengen. Und eine solche Anstrengung konnte nicht allein darin bestehen, den Nebenbuhler auszuschalten oder im Gebüsch darauf zu warten, dass dieser von selbst verschwand.

Energisch schloss sie die Tür und ging zurück ins Wohnzimmer. In der Hoffnung, sich nun besser konzentrieren zu können, nahm sich den Liebesroman wieder aus dem Regal, legte sich auf das Blümchensofa, suchte die Stelle, an der sie stehengeblieben war und begann zu lesen. Plötzlich drang ein Rascheln aus dem Garten durch die geöffnete Terrassentür.

»Kommen Sie herein, Sir William«, seufzte sie und schlug das Buch wieder zu.

»William ist hier? Schätzchen, ich glaube, deine Klingel ist kaputt. Ich habe viermal geklingelt, aber da kommt kein Ton heraus. Mausetot das Ding, genau wie der arme Mr Harrison.«

»Sophie, das ist ja eine Überraschung!«

»Freut mich zu hören. Und warum gehst du nicht an dein Handy?«

»Mausetot das Ding. Genau wie der arme Mr Harrison.«

Lady Sophie grinste. »Wie bist du denn drauf? So geschmacklos kenne ich dich ja gar nicht.«

»Ach, nicht der Rede wert. Der Inspector und dein Sohn haben mich gerade ein bisschen auf die Palme gebracht.«

»Wo ist denn William? Ich sehe ihn gar nicht.«

»Schon wieder weg. Das ist eine längere Geschichte.« Mit einer lässigen Handbewegung versuchte sie der Begegnung einen Hauch von Irrelevanz zu verleihen und zu den wichtigen Gesprächsthemen überzuleiten. »Wie war es bei Mrs Fairwell? Hat sie sich zu den Vorwürfen geäußert? Inspector Mellony war vorhin hier und hat behauptet, die Polizei habe Beweise dafür, dass Mrs Fairwell nicht die Täterin gewesen sein könne.«

»Beweise? Welche Beweise denn? Weiß sie das?«

»Ich habe keine Ahnung. Er wollte es mir nicht sagen. Hat sie denn nichts davon erzählt? Sie muss gestern direkt nach dem Vorfall schon von Mellony verhört worden sein.«

»Ach, echt? So ein Schlitzohr. Tut immer so dämlich und dann hat er doch eine heiße Spur.«

»Also ich finde nicht, dass er sich dämlich anstellt.«

»Ja, du bist ja auch verblendet von seinem Charme, das wissen wir inzwischen.« Neckisch kniff ihr Sophie in den Oberarm.

»Aua, bist du verrückt?«

»Tschuldigung, sollte gar nicht so fest sein.«

»Macht ja nichts.« Mia rieb sich die Stelle, an der sich mit Sicherheit ein blauer Fleck bilden würde. »Aber jetzt erzähl endlich. Was hat Mrs Fairwell denn gesagt?«

»Was hat Mellony denn gesagt?«

»Nein, du zuerst.«

»Okay. Also: Mrs Fairwell war gar nicht zu Hause. Mr Fairwell macht sich große Sorgen. Mellony hat sie wohl gestern, direkt nachdem die Todesursache geklärt war, abgeholt und auf dem Revier verhört. Als sie dann kurz vor Mitternacht noch immer nicht zurück war, hat er auf dem Revier angerufen, doch Sergeant Angel meinte nur, dass sie bereits kurz nach sieben fertig gewesen seien und Mrs Fairwell das Revier verlassen habe. Das Angebot, sich ein Taxi rufen zu lassen, habe sie abgelehnt. Tja, und seither ist sie verschwunden.«

»Wie, verschwunden?«

Lady Sophie ballte die Fäuste und öffnete sie explosionsartig. »Puff, verschwunden. Wie vom Erdboden verschluckt. Aufgelöst, pulverisiert, Salzsäure. Niemand hat sie gesehen. Mr Fairwell hat sich schon bei allen Bekannten erkundigt.«

»Das gibt es doch gar nicht. Wie kann man denn in einem winzigen Ort wie Pennygrave verschwinden?«

»Gar nicht. Deshalb glaube ich, dass sie überhaupt nicht mehr hier ist. Sie hat sich bestimmt aus dem Staub gemacht. Untergetaucht.«

»Aber warum, wenn sie unschuldig ist?«

»Jaaaaa, angeblich.« Lady Sophie erhob mahnend den Zeigefinger. »Die erste Regel eines Ermittlers ist doch, dass man niemandem etwas glauben darf. Du machst immer noch den Fehler, dass du Mellönchen alles glaubst, nur weil du ihn magst.«

»Mellönchen?« Unweigerlich musste Mia kichern. »Meinst du Inspector Mellony?«

Mit einem verschmitzten Augenzwinkern bestätigte Lady Sophie den neuen Spitznamen.

»Sophie, ich kann mir nicht vorstellen, dass ein Mann seines Formates und vor allem seiner Position uns anlügen würde, wenn es um so wichtige Informationen zu einem Fall geht.«

»Weiß man's? Nein. Wer weiß, was der für Spielchen treibt. Vielleicht hat er dich angeschwindelt und Mrs Fairwell ist sehr wohl schuldig und jetzt untergetaucht.«

»Ich bitte dich, warum sollte der Inspector mir denn so etwas erzählen, wenn es überhaupt nicht stimmt?«

Wieder zuckte Lady Sophie mit den Schultern und zog diesmal sogar eine Schnute. »Vielleicht denkt er, du steckst mit ihr unter einer Decke und wenn du ihr sagst, dass die Polizei sie für unschuldig hält, taucht sie aus ihrem Versteck auf und er kann sie festnehmen.«

»Ich stecke ... was? Sophie, bist du von allen guten Geistern verlassen? Du weißt hoffentlich, dass das kompletter Unsinn ist, oder?«

»Na ich schon, aber der Inspector vielleicht nicht.« Mit offenen Handflächen breitete sie in unschuldiger Geste die Arme aus. Dann grinste sie breit. »Ach komm schon, du kennst mich doch inzwischen. Ich wollte dir anhand eines Beispiels doch nur aufzeigen, dass du echt nicht alles glauben solltest, was man dir erzählt.«

Mia atmete hörbar aus. »Aber meine liebste Sophie, Gleiches gilt auch für dich.«

»Wieso für mich? Da brauchst du dir keine Gedanken zu machen, ich zweifle prinzipiell alles an, was Mellony mir weiszumachen versucht.«

»Nicht Mellony, ich meine Mr Fairwell. Du darfst auch ihm nicht blindlings glauben. Was, wenn er dich angelogen hat und Mrs Fairwell gar nicht untergetaucht ist?«

»Wo sollte sie denn sonst sein? Ich habe sie nirgendwo im Ort gesehen und zu Hause war sie jedenfalls nicht.«

»Ach, und du hast jedes einzelne Zimmer durchsucht?«

»Nein.« Sophie runzelte die Stirn. »Natürlich nicht.«
»Siehst du.«

»Wow, die Schülerin übertrumpft ihre Meisterin, Respekt mein Kind.«

Mia grinste. »Ich habe von der Besten gelernt.«

Noch nie hatte Mia gesehen, wie Lady Sophie errötete, doch es erinnerte sie auf eine kribbelnde Art an Sir William und die vorherige Begegnung mit ihm.

»Und was machen wir jetzt?« Der Beschluss, niemandem zu glauben, änderte nichts an der Tatsache, dass sie genauso sehr im Dunkeln tappten wie die Polizei.

Mit einer gezielten Handbewegung, die ein wenig an die Fangarme eines Oktopusses erinnerte, griff Lady Sophie die Flasche vom Tisch und betrachtete das Etikett. »Also erst einmal trinken wir einen. Ich wusste gar nicht, dass du den McCann'schen *King's Ginger* hast. Lecker.«

Mia verkniff sich die Bemerkung, dass es sich bei dem Getränk um ein Geschenk von Sir William handelte. Das hätte nur Fragen aufgeworfen, die zu sehr komplizierten Erklärungsversuchen und noch komplizierterem Nachhaken seitens Lady Sophies geführt hätten und darauf hatte sie nun wirklich keine Lust.

»Ist dir denn sonst irgendetwas aufgefallen? Bei den Fairwells zu Hause, meine ich. Irgendein Hinweis, wo sich Mrs Fairwell aufhalten könnte? Oder noch besser, irgendetwas, das auf Schuld oder Unschuld hindeuten könnte?«

Lady Sophie nippte an ihrem Likör, den sie sich selbstständig und überaus großzügig eingegossen hatte, und schüttelte dann den Kopf. »Nein, absolut nichts. Und du weißt, dass ich ein Auge dafür habe. Wobei meine Augen in diesem Haus generell überfordert waren, muss ich gestehen.«

»Wieso denn das?«

»Pferde. Überall Pferde.«

»Auf Fotos?«

»Fotos, Poster, Statuen, Döschen, Geschirr, Handtücher, was auch immer du dir vorstellen kannst, im Hause Fairwell ist alles voller Pferde.«

»Oh. Das ist ja eigenartig. Die sind doch Bäcker.«

»Ich kann mir nicht vorstellen, dass es besser aussehen würde, wenn man die Milliarden Pferdemotive, durch solche mit Brot ersetzen würde.« Lady Sophie kicherte. »Aber du hast recht. Es ist eher ungewöhnlich. Ich habe Mr Fairwell darauf angesprochen. Er hat mir mit leuchtenden Augen davon erzählt, dass seine Familie einst ein riesiges Gestüt besessen hat. Als Kind und auch noch als junger Mann hat er sich wohl ausgiebig dort eingebracht. Er liebte die Pferde heiß und innig. Noch mehr liebte er aber ab seinem siebzehnten Lebensjahr Cleopatra, der er mit Leib und Seele verfallen war. Die war ihrerseits in achter Generation die Erbin der hiesigen Bäckerei. Als die beiden heiraten wollten, mussten sie sich dann wohl entscheiden: Gestüt oder Bäckerei. Beide Betriebe zu leiten, wäre wohl gänzlich unmöglich gewesen.«

»Das kann ich mir vorstellen. Ich komme ja mit der Leitung der Bibliothek schon an meinen Grenzen. Und dabei bin ich nur die Vertretung.«

»Du sagst es. Die Fairwells haben sich also entschieden: Sie wollten die Bäckerei behalten. Das Gestüt wurde verkauft. Ich glaube, obwohl Mr Fairwell die Entscheidung aus Liebe getroffen hat und beteuert, das nie bereut zu haben, hat ihn der Verlust des Gestüts ganz schön getroffen. Die Liebe zu Pferden spürt man wirklich in jedem Quadratzentimeter des Hauses. Bewundernswert von Mrs Fairwell, dass sie ihn seine Pferdeliebe derart ausleben lässt. Also mich würde das verrückt machen. Überall Pferde, wo du hinschaust. Das hält doch kein Mensch aus.«

»Haben die Fairwells eigentlich Kinder?«

»Soweit ich weiß nicht, warum?«

Traurig senkte Mia den Blick. »Dann ist das aber ganz schön tragisch. Wenn sie keine Kinder haben, die die Bäckerei übernehmen können, dann wird sie ohnehin nach der aktuellen, also der achten Generation aufgelöst. Da wäre es doch dann auch egal gewesen, wenn das eine Generation früher geschehen wäre. Aber Mr Fairwell hätte sich wenigstens noch den Traum vom eigenen Gestüt ermöglichen können.«

»Stimmt. So habe ich das noch gar nicht gesehen.« Lady Sophie gönnte sich einen großzügigen Schluck Likör und schenkte sich dann gleich noch mal nach. »Traurig, wie das Leben manchmal so spielt. Letztendlich ist doch so ein Lebenswerk kaum etwas wert, wenn man es nicht an Kinder weitergeben kann. Es muss schrecklich deprimierend sein, mitanzusehen, wie die Familientradition ausstirbt.«

Der plötzliche Ausdruck in Lady Sophies Augen traf Mia mitten ins Herz. Wurde ihr gerade bewusst, dass das Gellam'sche Anwesen auch dem Untergang geweiht war, wenn Sir William kinderlos blieb? Das war zumindest der Gedanke, der Mia unweigerlich durch den Kopf schoss. Mit einem Mal war die Stimmung sehr gedrückt.

Der Ruck, den sich Lady Sophie schließlich gab, war ihr förmlich anzusehen. Mit einem Mal setzte sie ein Lächeln auf, das weitaus künstlicher wirkte als alles, was Mia bisher bei ihr gesehen hatte und so gar nicht zu der sonst so offenherzigen Frau passen wollte.

»Okay, und jetzt du«, forderte die Adlige betont fröhlich. »Was wollte Mellönchen hier?«

In aller Kürze fasste Mia die Ereignisse vom Auffinden der Sporttasche bis hin zum Abschied Mellonys zusammen und schwieg sich dabei elegant über den emotional kritischen Zwischenfall mit Sir William aus. Lady Sophie hörte aufmerksam zu, konnte allerdings auch nicht mit einem Geistesblitz aufwarten, der sie im Fall Harrison auch nur einen Zentimeter weitergebracht hätte. Schließlich seufzte sie tief.

»Blöd. Da haben wir so viele neue Erkenntnisse, aber weder eine heiße Spur noch neue Verdächtige noch sonst irgendetwas Verwertbares.«

»Du sagst es.« Mia griff nach Lady Sophies Glas und trank deren Likör in einem Zug aus.

»Hey!«, protestierte diese. »Frustsaufen bringt uns jetzt auch nicht weiter.«

»Ich denke nur an deine Sicherheit«, erklärte Mia grinsend. »Schließlich musst du noch fahren.«

»Ein Rausschmiss?«

»Nein nein, auf keinen Fall. Ich wollte echt nicht ... Sophie, das hast du jetzt echt falsch verstanden, ich meinte nur ...«

Lady Sophie lachte laut auf. »Schon gut, jetzt mach dir mal nicht ins Höschen, ich wollte dich nur aufziehen. Ich muss wirklich dringend los. Peter wird sich schon fragen, wo ich bleibe. Am Ende denkt er noch, ich hätte eine Affäre mit Mr Fairwell oder so.«

»Ach Quatsch. Peter liebt dich.«

»Ich weiß.« Lady Sophie errötete leicht. »Aber auch ihm sage ich ständig, dass er niemandem blind vertrauen darf.«

»Er wird dir vertrauen. In dieser Hinsicht mit Sicherheit. Sehen wir uns dann morgen in der Bibliothek?«

»Jung, frisch und voller Tatendrang«, versprach Lady Sophie. »Melde dich, falls dir noch was zu unserem Fall einfällt.«

»Mache ich. Du aber auch.«

»Selbstverständlich.«

Als Lady Sophie das kleine Cottage verlassen hatte, kam es Mia unwahrscheinlich ruhig vor. Das was jedes Mal so, wenn sie mit der quirligen alten Lady zusammen gewesen war. Diese Frau verfügte über eine derart raumfüllende Energie, dass man die Leere im Nachgang förmlich spüren konnte. Was würde Mia darum geben, selbst auch nur über einen Bruchteil von ihrer Ausstrahlung zu verfügen.

Nachdenklich kuschelte sie sich wieder auf das weiche Sofa und nahm zum dritten Mal an diesem Tag den Liebesroman zur Hand. Aus Büchern konnte man fürs Leben lernen, das war schon immer ihre Überzeugung gewesen. Blieb zu hoffen, dass dieser Liebesroman irgendeine sinnvolle Lektion zu bieten hatte.

12

»Oliver.« Mit fordernder Stimme versuchte Cleopatra Fairwell den Blick ihres Mannes auf sich zu lenken, doch er wich ihr immer wieder aus. »Oliver, bitte sieh mich an.«

»Es tut mir leid, ich kann dir nicht in die Augen sehen. Ich kann deinen Anblick gerade einfach nicht ertragen, das musst du doch verstehen.«

Traurig senkte Cleopatra Fairwell den Kopf. »Wirst du es denn jemals wieder können?«

»Das weiß ich nicht.« Er wandte sich um.

Wenn sie nicht handelte, wäre er gleich zur Tür hinaus. »Warte!« Mit hastigen Schritten trat sie zu ihm und fasste ihn an der Schulter.

»Lass mich los!«, zischte Oliver Fairwell und wischte ihre Hand von seiner Schulter wie ein lästiges Insekt.

Mit erhobenen Händen, als ziele er mit einer Waffe auf sie, betrachtete sie seinen Rücken. »Soll das jetzt immer so laufen? Du gehst mir aus dem Weg? Kannst du mich nicht einfach anschreien oder zumindest beschimpfen? Das würde die Situation wesentlich leichter machen.

»Ach, würde es das?«

Nun drehte er sich doch um und in diesem Moment bereute sie, dass sie sich gewünscht hatte, er würde sie ansehen. In seinen Augen blitze der blanke Zorn.

»Stell dir vor, meine liebste Cleopatra, dieses eine Mal im Leben geht es nicht darum, es dir leichter zu machen. Du bist eine Mörderin, Herrgott! Glaubst du wirklich, ich könnte mit diesem Wissen mit dir zusammenleben, als sei nichts geschehen?«

»Es tut mir leid. Wie oft soll ich das denn noch sagen?«

»So oft du willst. Es wird nicht das Geringste ändern. Es wird meine Gefühle für dich nicht beeinflussen und ihn auch nicht wieder lebendig machen. Er wird nie wieder an einem Wettkampf teilnehmen. Stattdessen verfault er unter der Erde. Durch deine Schuld. Sag mir, meine liebe Ehefrau, wie soll ich dir das jemals verzeihen?«

»Trotz allem bin ich genau das, Oliver! Ich bin deine Ehefrau. Du hast versprochen, mich zu lieben und zu ehren, in guten wie in schlechten Zeiten. Und das fordere ich auch ein. Das hier sind sie: die schlechten Zeiten. Aber du musst mich trotzdem lieben. Du hast es versprochen. Vor Gott.«

»Du bist ja verrückt, wenn du glaubst, dass ich dich noch lieben könnte.« Vor Wut schlug sich Oliver Fairwell so fest mit der Hand an die Stirn, dass ein roter Abdruck zurückblieb. »Wir beide sind geschiedene Leute.«

»Du wirst dich nicht scheiden lassen.« Von einer auf die andere Sekunde hatte sich Cleopatra Fairwells Tonfall von einem klagenden in einen drohenden verwandelt. »Ich habe es dir schon einmal gesagt und ich sage es dir wieder: Diese Bäckerei ist mein Erbe. Nichts davon gehört dir. Ich bin das Wertvollste, was du hast, mein lieber. Wenn du mich verlierst, stehst du auf deine alten Tage mit nichts da. Ist es das, was du willst?«

Er schwieg. Dann trat er wortlos aus der Tür.

»Oliver!«, rief sie, doch er drehte sich nicht einmal um. Cleopatra Fairwell blieb nachdenklich zurück. Sie hatte einen Fehler gemacht. Einen weiteren durfte sie sich nicht erlauben.

13

Die Morgensonne strahlte hell vom Himmel, als sich Mia am nächsten Morgen auf den Weg in die Bibliothek machte. Entgegen ihrer Hoffnung hatten weder der Liebesroman noch die ruhige Nacht zu einem Geistesblitz geführt. Blieb zu hoffen, dass es Lady Sophie besser ergangen war. Aber das würden sie gleich in aller Ruhe ausdiskutieren, während sie in der Bibliothek die neuen Bücher katalogisierten.

Lächelnd schlenderte Mia an den hübsch aufgereihten Cottages vorbei, deren sorgsam gepflegte Vorgärten mit ihrer Blumenpracht geradezu protzten. Als sie vor vier Wochen in Tante Lenas kleines Cottage eingezogen war, um diese während ihrer Weltreise in der Bibliothek zu vertreten, hatte sie sich auf Anhieb in die idyllische Atmosphäre des kleinen Örtchens verliebt. Diese Liebe war mit jedem Tag, den sie hier verbrachte, gewachsen. Endlose Spaziergänge hatten sie inzwischen mit der Gegend vertraut werden lassen. Dabei liebte sie besonders den alten Ortskern Pennygraves, in welchem die Cottages noch ganz altmodisch aus dunklen aufeinandergeschichteten Steinen gebaut waren und sich so dicht aneinanderschmiegten, als wollten sie sich auf diese Weise Träume längst vergangener Zeiten bewahren. Geschichten und Legenden schwebten durch die Gassen, als könne man sie mit den Händen greifen, wenn man nur geschickt genug war. Das Flair des altehrwürdigen Pennygraves umwob einen wie die Spinnweben, die sich hartnäckig zwischen einigen

Hausdächern hielten, obwohl die Bewohner gerade hier so penibel auf Ordnung achteten. Jedes Dekorationsstück war sorgsam drapiert, die Sträucher zu jeder Zeit ordentlich zurückgeschnitten und die Blumen blühten in einer Pracht, die jede deutsche Landesgartenschau vor Neid hätte erblassen lassen. Die Düfte, die durch die Straßen waberten und sich in dem alten Kopfsteinpflaster festgesetzt hatten, taten ihr Übriges, um den Spaziergänger zu umgarnen und den Anschein zu erwecken, als existierte Pennygrave jenseits der Wirklichkeit, irgendwo zwischen der Menschen- und Feenwelt, an welche die Menschen hier noch immer hartnäckig glaubten.

Tief sog Mia den Geruch frisch erblühter Bluebells ein. Ihr Duft mischte sich mit der salzigen Meeresluft, welche in unregelmäßigen Brisen von den nahen Klippen herübergeweht wurde.

Pennygrave war in seiner ganzen Art so ursprünglich und eigentümlich, dass Mia sich inzwischen nicht einmal mehr über die Schrullen gewisser Einwohner wunderte. Alles passte wunderbar harmonisch und stimmig zueinander. Alles außer dem Mord an Lucas Harrison.

Noch immer kam es ihr unwirklich vor, dass ausgerechnet an einem Ort wie diesem ein Mord geschehen konnte und doch war es bereits der zweite innerhalb von knapp vier Wochen. Ein Grund mehr, den Fall schnellstmöglich zu lösen, damit wieder Ruhe und Frieden in dem kleinen Ort einkehren konnten. Na ja, sofern das mit Damen wie Mrs Clottingham und Melody Clearmont generell überhaupt möglich war. Unwillkürlich musste Mia schmunzeln. Würde sie es nicht selbst erleben, hätte sie geglaubt, diese beiden Frauen hätte jemand erfunden. Doch inzwischen war sie zu oft mit den beiden Damen aneinandergeraten, um sie noch als ein Produkt der Fantasie abtun zu können. Im Gegenteil. Wenn man sich mit den beiden resoluten Damen nicht gutstellte, konnte man in waschechte Schwierigkeiten geraten. Beim Gedanken an die beiden Tratschweiber musste Mia schmunzeln.

Plötzlich hielt sie inne. Sie spürte es. Dieses unverwechselbare Gefühl, dass jemand ihr direkt in den Nacken starrte. Mit einem Ruck drehte sie sich um. Auf den ersten Blick stach ihr nichts Auffälliges ins Auge. Noah McCann lief etwas übereilten Schrittes den Gehweg entlang, aber als er auf ihrer Höhe war, nickte er ihr lediglich einen schnellen Gruß zu und hastete dann an ihr vorüber. Er hatte sichtlich anderes im Sinn, als sie anzustarren.

Außer ihm waren nur ein paar Menschen auf den Wegen zu sehen, darunter erkannte sie Vincent Clottingham, den Mädchenschwarm Theodor Lawson und Sally McTrout. Neben dem alten Ehepaar Mostly, das wie so oft auf einem der Bänkchen verweilte und die anderen Passanten beobachtete, waren lediglich ein paar Bürgerinnen und Bürger Pennygraves zu sehen, die Mia nicht besonders gut kannte. Es war doch nicht etwa der alte Mostly, der ihr hinterhergestarrt hatte? Möglich wäre es, wenn auch recht unwahrscheinlich. Edward Mostly und seine Frau Catherine waren mit ihren über neunzig Jahren das älteste Paar im Ort. Die Party, die zum hundertsten Geburtstag Mr Mostlys im nächsten Jahr steigen sollte, war bereits jetzt im Frauenverein Tagesgespräch. Theresa Morten hatte erst kürzlich um freiwillige Helfer geworben. Trotz der vielen und sicher nicht immer leichten Ehejahre, hatte Mr Mostly nur Augen für seine geliebte Catherine. Ein Paar wie aus dem Märchenbuch, beneidenswert.

Suchend ließ Mia ihren Blick weiterschweifen. Vor dem Schaufenster des Keramikladens stand die einzige Frau, die sie noch nie im Leben gesehen hatte, zumindest nicht bewusst. Jedoch schien diese vertieft in die Auslage zu sein und sich genauso wenig für sie zu interessieren wie all die anderen Passanten, die zwar freundlich, aber ohne jegliche Kontaktversuche an ihr vorübergingen.

Möglicherweise hatte sie sich geirrt. Seltsam. Von Kindheit an hatte sie ein untrügliches Gespür dafür, wenn sie beobachtet wurde. Es schien sie zum ersten Mal getäuscht zu haben. Die beiden Mordfälle stiegen ihr wohl langsam zu Kopf.

Nachdenklich setzte Mia ihren Weg fort und versuchte, sich wieder auf die hübsche Umgebung zu konzentrieren, doch es wollte ihr nicht mehr so recht gelingen. Kaum dass sie sich wieder in Bewegung gesetzt hatte, spürte sie erneut einen bohrenden Blick. Tapfer zwang sie sich, einige Schritte weiterzugehen, doch der Blick wurde immer stechender. Dann näherten sich gleichmäßige Schritte.

Als bräche ein Damm, schoss das Adrenalin durch Mias Adern. Mit einem Ruck drehte sie sich um und sah direkt in die Augen der Frau, die zuvor das Schaufenster bewundert hatte.

Ihre Blicke kreuzten sich wie Klingen. Dann wandte die Fremde den ihren ab und gab vor, sich für die Blumen in den städtisch angepflanzten Beeten zu interessieren. Schlagartig wurde Mia von der Beobachteten zur Beobachterin. Klopfenden Herzens sah sie dabei zu, wie die fremde Frau auf ein besonders hübsch blühendes Exemplar Purpur-Fingerhut starrte, ihr Handy herausnahm und sogar ein Foto davon schoss. Heuchlerin.

Als Mia keine Anstalten machte, wegzusehen, strich die Fremde mit den Fingern über ein Büschel wuchernden Fairy-Hairs und fotografierte auch dieses. Es war zwar schon ein äußerst seltsamer Zufall, aber genaugenommen könnte es sich doch auch nur um eine harmlose Touristin handeln. In der Hoffnung, Letzteres würde sich bewahrheiten, wandte Mia sich wieder um und ging ihres Weges, diesmal aber deutlich zielstrebiger als zuvor. Normalerweise genoss sie es, vom Cottage aus in aller Gemütlichkeit zur Bibliothek zu schlendern, doch jetzt legte sie ein Tempo vor, das es einer möglichen Verfolgerin doch sehr beschwerlich machen musste, ihr zu folgen. Sie irrte. Wenige Sekunden später spürte sie den bohrenden Blick erneut.

Was jetzt? Sollte sie sich zum dritten Mal umdrehen und dabei zusehen, wie die Fremde Fotos von irgendwelchen Blumen schoss? Sollte sie sie direkt ansprechen? Wenn es sich wirklich um eine harmlose Touristin handelte, würde sie sich vollkommen lächerlich machen. Und wenn nicht? Sollte sie nicht einfach fragen, warum sie sie beobachtete oder gar verfolgte? Als ob sie das dann offen zugeben würde ...

Mia beschleunigte ihr Tempo weiter. Es dauerte nicht lange, da hörte sie die schnellen Schritte nah hinter sich. Sie hastete weiter. Das Geräusch blieb.

Schließlich zwang sich Mia, ihren Schritt zu verlangsamen. Sollte die Person hinter ihr tatsächlich unabhängig von ihr in Eile sein, dann sollte sie doch bitte einfach überholen und die Sache wäre erledigt.

Es blieb bei der Idee: Die Schritte hinter ihr verlangsamten sich ebenfalls. Vorsichtig wandte Mia sich jetzt doch wieder um und schielte über ihre Schulter hinweg. Nur wenige Meter hinter sich erkannte sie die Fremde. Der kurze Augenblick genügte, um in deren Augen etwas blitzen zu sehen, was Mia bisher noch nie gesehen hatte und doch sofort erkannte: Hass. In den Augen der Fremden glomm kalter, bitterer Hass. Und er galt ihr.

Nun setzte jeglicher Verstand aus. Mia rannte. Ihr rasender Herzschlag trieb sie immer weiter vorwärts, doch in der aufkeimenden Panik musste sie wahrnehmen, dass auch ihre Verfolgerin in den Laufschritt gewechselt hatte, ohne dass sich der Abstand zwischen ihnen signifikant veränderte. Glücklicherweise war die Bibliothek schon in Sichtweite. Mit aller Kraft sprintete Mia zur rettenden Eingangstür. Zumindest hoffte sie, dass diese eine sichere Barriere zu der Furie hinter ihr bilden würde. Keuchend und aus den letzten Reserven schöpfend, warf sie sich förmlich mit ihrem ganzen Körpergewicht gegen die gläserne Tür, die glücklicherweise sofort nachgab, und stürmte ins Innere des vertrauten Gebäudes.

»Ah, Mia, gut dass du ...«

»Schnell, schließ die Tür ab!«

» ... da bist, wollte ich sagen«, vollendete die verdutzte Lady Sophie ihren Satz, ging gemächlichen Schrittes zur Eingangstür und spähte durch das Glas. »Warum soll ich denn abschließen?«

»Weil … ich … verfolgt werde!« Es war anstrengend, einen vollständigen Satz zu formulieren, wenn man lieber atmen würde, aber das war an dieser Stelle wohl notwendig. »Von einer … Frau«, keuchte Mia. »Einer fremden Frau. Sie ist mir den ganzen Weg … bis hierher … gefolgt.«

»Ich sehe niemanden.«

»Das kann … nicht sein.« Mia richtete sich auf, stützte beide Hände auf den Knien ab und holte tief Luft. »Ich bin ihr gerade in letzter Sekunde entkommen. Hellgraue Shorts, weiße Sneaker, rosa Shirt mit einem grauen Schmetterling drauf. Braune Haare, schulterlang, glaube ich. Ungefähr eins siebzig groß, schmale Figur und verdammt schnell.«

»Das ist eine Beschreibung, über die sich jeder Polizist freuen würde, aber da ist niemand, der auch nur im Ansatz so aussieht. Genaugenommen ist da überhaupt niemand außer Jack Johnson, der gerade in seinen Lieferwagen einsteigt und ich kann mir nicht vorstellen, dass du den knackigen Mr Gartenarbeit mit einer jungen Frau verwechseln könntest.«

»Das kann nicht sein.« Mit einem Satz stand Mia neben Lady Sophie und presste ihr Gesicht an die Scheibe. Die Kühle des Glases auf ihrer heißen Stirn tat unerwartet gut, vermochte jedoch nicht davon abzulenken, dass auch sie selbst niemanden erkennen konnte. Irritiert sah sie ihre Freundin an.

»Sophie, das kann wirklich nicht sein. Sie war mir genau auf den Fersen.«

»Na, dann sind wir mal einfach froh, dass du sie losgeworden bist. Noch mal von vorn: Schön, dass du da bist. Hier sind zwei Romane aus dem Genre romantic suspense und das haben wir bisher nicht in der Bibliothek. Wo sollen wir die Bücher einordnen? Oder lieber ein neues Regal beginnen? Ich weiß ja nicht, ob sich das zu einem neuen Trend auswächst oder ...«

»Du glaubst mir nicht?«

Lady Sophie zögerte und verzog dann gequält das Gesicht. »Normalerweise glaube ich dir alles, meine Beste, das weißt du, aber es wäre schon sehr komisch, wenn dich ausgerechnet in Pennygrave jemand verfolgt.«

»Ach, aber dass hier zwei Menschen innerhalb von vier Wochen ermordet werden, stellt kein Problem dar?«

Mit zusammengekniffenen Augenbrauen wiegte die alte Dame ihren Kopf hin und her. »Stimmt auch wieder.«

»Und warum sollte ich dir so etwas erzählen, wenn es nicht stimmte? Sophie, du kennst mich inzwischen. Ich bin ein sehr ehrlicher, zuverlässiger Mensch.«

»Eigenlob stinkt.«

»Sophie!«

»Ja ja, schon gut. Warum glaubst du denn, sollte dich jemand am helllichten Tag verfolgen?«

»Weil dieser Jemand Lucas Harrison auf dem Gewissen hat und befürchtet, dass ich ihm auf die Schliche gekommen bin?«

»Bist du doch gar nicht.«

Aufgeregt fuchtelte Mia durch die Luft. »Das weiß aber doch der Mörder nicht. Vielleicht geht er in seinem Killerwahn davon aus, dass ich der Polizei irgendwelche Hinweise gebe, weil ich doch an der Lösung des Mordfalls um Miss Meil maßgeblich beteiligt war.«

»Ach komm schon, über die Lösung bist du regelrecht gestolpert.«

»Auch das weiß doch der Mörder nicht. In der Zeitung wurde es dargestellt, als wäre ich regelrecht diejenige gewesen, die ihn überführt hat.«

Lady Sophie verzog gequält das Gesicht. Dass der Artikel sie selbst im Gegensatz zu Mia mit keinem Wort erwähnt hatte, wurmte die Hobbydetektivin heute noch, aber darauf konnte Mia jetzt keine Rücksicht nehmen.

»Wenn der Mörder aus Pennygrave kommt, kennt er den Artikel. Er fürchtet bestimmt, ich könnte ihn stellen.«

»Sie.«

»Was?«

»Na, du wurdest doch von einer Frau verfolgt.«

»Stimmt.« Erst jetzt wurde Mia richtig bewusst, was sie da gerade von sich gegeben hatte. »Oh Gott, Sophie, glaubst du, die Frau ist die Mörderin von Mr Harrison? Und sie wollte mich auch umbringen?«

»Alles Spekulation bislang, aber es wäre möglich. Vielleicht eine verprellte Liebschaft. Immerhin wurde der arme Mr Harrison vergiftet und wer mordet statistisch betrachtet am häufigsten mit Gift?«

»Frauen.«

»Q.e.d.«

»Q.e.d.?«

»Quot erat demonstrandum. Was zu beweisen war.«

»Ich kann Latein, aber was hat diese Floskel hier zu suchen?«

»Hab' ich gestern in einem Krimi gelesen. Der Kommissar hat das immer gesagt, wenn er einen Fall abgeschlossen hatte. Ich fand das irgendwie cool und dachte, ich könnte das übernehmen.«

Mia runzelte die Stirn.

»Nicht cool?«

Sich das Grinsen verkneifend schüttelte Mia den Kopf. »Nicht cool. Allein das Wort cool passt gar nicht zu dir.«

»Schade. Ich dachte, ich könnte mich irgendwie ... aufpeppen.«

»Hast du nicht nötig, Sophie, glaub mir.«

»Nicht?«

»Überhaupt nicht.« Mia schmunzelte. Dass diese Frau, die an sich schon ein Phänomen war, überhaupt darüber nachdachte, langweilig sein zu können, war ja wohl ein Knaller. Kaum jemand in Lady Sophies Alter verfügte über mehr Pepp als diese rüstige alte Lady, auch wenn ihr gestrenges Äußeres einen anderen Eindruck vermitteln konnte.

»Können wir dann bitte wieder zurück zum Thema kommen? Ich wurde eben verfolgt ... von einer mutmaßlichen Mörderin.«

»Sollen wir die Polizei rufen?«

»Wäre vielleicht nicht das Schlechteste.«

»Damit der schneidige Inspector Mellony dich vor der bösen Frau im Schmetterlingsgewand beschützen kann?« Verführerisch klimperte Lady Sophie mit den Wimpern und zog einen Schmollmund.

»Hey!«, protestierte Mia. »Dein ironisches Gestichel habe ich nicht verdient. Zwischen Mellony und mir läuft nichts. Wie oft soll ich dir das noch sagen?«

»Noch nicht. Sollte es aber. Ihr passt hervorragend zusammen.«

»Erstens dachte ich, wir wären mit dem Thema durch und zweitens passt das jetzt überhaupt nicht. Ich fürchte um mein Leben, das ist doch nicht witzig.«

»Tut mir leid. Aber ganz so dramatisch ist die Sache doch nicht wirklich, oder?«

Fragend sah Mia ihre Freundin an.

»Na, ich meine ja nur. Die Frau mag dich verfolgt haben, aber sie hat dir ja nichts getan. Sie hätte dich auch angreifen können. Oder umbringen, wenn sie gewollt hätte.«

»Hier? In der Bibliothek?«

»Warum nicht? Wenn sie so sportlich ist, wie du sagst, hätte sie sich gewiss nicht von mir davon abhalten lassen.«

»Aber dann hätte sie dich als Zeugin auch umbringen müssen und vielleicht sind ihr so viele Tote dann doch zu viel des Guten.«

»Och, ich glaube nicht, dass es einer Frau, die zwei junge Leute umbringt, auf ein altes Schrapnell wie mich noch ankommt.«

»Auch wieder wahr.«

»Echt? Du findest ich bin ein altes Schrapnell?«

»Sophie!«, entfuhr es Mia genervt.

»Ist ja schon gut. Auf jeden Fall ist die Frau abgehauen. Vielleicht fand sie nur deine Schuhe toll und wollte wissen, woher du sie hast.«

»Sophie!«

»Ich rufe die Polizei.«

»Danke.«

Tatsächlich zückte Lady Sophie ihr Handy, ein Gegenstand, der sich in den faltigen Händen der eleganten Dame immer noch äußerst seltsam ausnahm, und hielt es sich ans Ohr. Als abgenommen wurde, reichte sie es Mia. »Sprich du mit ihr. Auf mich ist sie nicht so gut zu sprechen.«

Sergeant Angel war also dran. Na toll. Die Differenzen zwischen der jungen Frau und Lady Sophie sahen ihre Ursache darin begründet, dass diese die Polizistin bei jeder Gelegenheit provozierte. Sie spielte einfach zu gern mit ihrer ermittlerischen Überlegenheit gegenüber der Polizistin, die bezüglich ihres Spürsinns gegenüber der alten Lady tatsächlich immer das Nachsehen hatte, was ihr verständlicherweise ganz und gar nicht gefiel. Fatalerweise hatte Mia bei Sergeant Angel auch nicht wirklich bessere Karten. Das Interesse Inspector Mellonys für Mia ging dieser gehörig gegen den Strich, war sie doch ihrerseits in den hübschen Detective Inspector verliebt.

Nach einigen Freizeichen wurde endlich abgehoben.

»Ähm … Sergeant Angel … hallo, ich hoffe, es geht Ihnen gut. Hier ist Mia Midway. Ich gratuliere herzlich zu Ihrer Beförderung.«

Kurzes Schweigen. Dann ertönte die skeptische Stimme der Ermittlerin: »Vielen Dank. Und deswegen rufen Sie an?«

»Nein, eigentlich nicht.«

»Hätte mich auch gewundert. Der Inspector ist nicht da.«

»Oh, ich will gar nichts vom Inspector.«

»Na, das ist ja ganz was Neues ...«

Mia schluckte. Wie gerne hätte sie gekontert, aber in dieser Situation war es bestimmt ratsam, die Spitze zu übergehen. »Ich möchte Sie um Polizeischutz bitten.«

Lautes Auflachen am anderen Ende der Leitung. »Sie möchten was?«

»Hören Sie, ich bin mir sicher, es hört sich übertrieben an, aber ich fürchte um mein Leben.«

Etwas dramatischer als es in Wirklichkeit gewesen war, schilderte Mia der jungen Polizistin die Verfolgung und ihre rettende Flucht in die Bibliothek. Als sie ihren Bericht beendet hatte, herrschte eine so tiefe Stille am anderen Ende der Leitung, dass Mia sich fragte, ob Sergeant Angel den Hörer während ihrer Schilderungen vielleicht einfach beiseitegelegt hatte und einen Kaffee trinken gegangen war.

»Sergeant Angel?«

»Ja?«

»Ah gut, Sie sind noch da.«

»Natürlich bin ich da, wo sollte ich denn hin?«

Die Frage ließ Mia lieber unbeantwortet. »Verstehen Sie jetzt, dass ich unbedingt Polizeischutz brauche?«

Durch die Leitung drang ein missmutiges Brummen. Dann seufzte Sergeant Angel. Unverschämtheit.

»Miss Midway, ich kann durchaus verstehen, dass Sie der Meinung sind, Sie bräuchten Polizeischutz, aber ganz so dramatisch, wie Sie sagen, scheint die Situation ja dann doch nicht gewesen zu sein, oder?«

»Ich verstehe nicht ...«

»Hat die Person, von der Sie sich verfolgt fühlten, Sie in irgendeiner Weise verbal oder körperlich angegriffen oder bedroht?«

»Nein. Sie hat mich lediglich verfolgt.«

»Aha. Und können Sie Ihre vermeintliche Verfolgerin aktuell noch irgendwo sehen?«

»Nein«, antwortete Mia wahrheitsgemäß. »Seit ich die Bibliothek betreten hatte, war sie wie vom Erdboden verschluckt.«

»Na wunderbar, dann hat sich das Problem doch quasi von selbst in Luft aufgelöst.«

»Das hat es nicht. Also für den Moment schon, aber wer sagt denn, dass sie mir nicht draußen irgendwo auflauert?«

»Sicherlich werden Sie verstehen, dass wir nicht alle Menschen, die sich davor fürchten, von anderen Menschen angesprochen zu werden, unter Polizeischutz stellen können.«

»Ach kommen Sie schon, Sergeant, das ist jetzt wirklich unfair. Ich habe keine übertriebenen Ängste.« Empört wedelte Mia mit der Hand durch die Luft. »Diese Frau hat mich real verfolgt. Sie ist mir sogar hinterhergerannt. Weiß Gott, wie die Sache ausgegangen wäre, wenn ich es nicht rechtzeitig in die Bibliothek geschafft hätte.«

» ... wo die allzeit bereite Superheldin Lady Sophie Gellam Sie vor dem Monster beschützen konnte.«

»Ey!«, brüllte Lady Sophie empört, doch Mia legte ihr beruhigend die Hand auf die Schulter.

»Wäre es vielleicht möglich, dass Sie Ihre persönlichen Vorbehalte uns gegenüber in dieser Situation aus dem Spiel lassen könnten? Es ist mir wirklich ernst.«

»Miss Midway.« Wieder atmete die Polizistin tief ein und nahm sich alle Zeit der Welt für einen ausgiebigen Seufzer. »Selbst wenn Sie verfolgt wurden, ist bisher nichts geschehen. Es müsste doch gerade Ihnen, die Sie sich so hervorragend mit Ermittlungsarbeiten auskennen, bekannt sein, dass die Polizei nicht einfach auf Verdacht irgendwo einschreiten kann. Sie wurden weder angegriffen noch verletzt, ja nicht einmal angesprochen. Wer weiß, ob die Frau, die Sie für Ihre Verfolgerin halten, es nicht einfach nur eilig hatte.«

Zu erläutern, dass sie in diesem Fall an Mia vorbeigegangen wäre, war wohl unnötig. Sergeant Angel hatte ihren Standpunkt längst festgelegt.

»Könnten Sie dann wenigstens Inspector Mellony von dem Vorfall in Kenntnis setzen und ihm sagen, dass ich mich fürchte?« Eine fiese Spitze der Eifersucht, mit voller Absicht in Sergeant Angels Herz gerammt. Mia wusste genau, dass die junge Polizistin unsterblich in ihren Chef verliebt und seine Gefühle für Mia ihr deshalb ein Dorn im Auge waren.

»Miss Midway, ich würde Ihnen von Herzen gern einen Polizeischutz gewähren.«

Ach, jetzt auf einmal ...

»Aber selbst wenn ... mir sind die Hände gebunden. Wir haben einfach nicht das Personal, um dies zu ermöglichen.«

»Oh.«

Wieder herrschte einige Sekunden lang betretenes Schweigen. Mit dieser Frau zu sprechen, war aber auch eine Herausforderung. Warum nur hatte sie das unverschämte Glück, bei fast all ihren Anrufen auf dem Revier an Sergeant Angel zu geraten?

»Kann ich sonst noch etwas für Sie tun, Miss Midway?«

»Nein.« Nun war es an Mia, zu seufzen. »Vielen Dank.«

»Gern geschehen.«

Das Tuten am anderen Ende der Leitung verriet, dass Sergeant Angel aufgelegt hatte.

»Was für eine fürchterliche Person«, ärgerte sich Mia.

Lady Sophie grinste. »Du wirst dich wundern, aber eigentlich ist sie ganz nett. Zu allen anderen außer uns beiden. Dich kann sie nicht leiden, weil Mellony auf dich steht und mich ... na ja, seien wir ehrlich, die wenigsten Menschen können mich leiden.«

»Sophie ...«

»Du brauchst mich gar nicht zu trösten, ich weiß das und ich komme damit zurecht. Jetzt zumindest. Bevor du hergekommen bist, hatte ich mir schon hin und wieder mal gewünscht, ein paar echte Freundinnen zu haben. Aber außer deiner Tante wollte niemand näheren Kontakt. Die meisten sind höflich, vordergründig zumindest, aber eine echte Freundschaft ... da bin ich Ihnen dann entweder zu direkt, zu plump, zu adlig ... ach, was weiß ich.«

»Aber bestimmt nur, weil sie dich nicht richtig kennen, Sophie. Wenn sie wüssten ...«

»Ja, wenn sie wüssten, was für eine liebenswerte Person ich bin, dann würden sie Schlange stehen oder Ritterturniere veranstalten, um mit Pferden und Lanzen den Kampf um meine Gunst anzutreten, schon klar.« Lady Sophie lachte. »Ist schon gut. Ich habe jahrzehntelang mit meiner Familie zurückgezogen in unserem Herrenhaus gelebt und die Dorfgemeinschaft gemieden. Ich mache niemandem einen Vorwurf, dass er meine Versuche, im Alter noch Anschluss zu finden, mit der notwendigen Skepsis betrachtet. Man weiß nie, wer einem Böses will. Womit wir wieder beim Thema wären … möchtest du vorübergehend bei mir einziehen? Zumindest so lange, bis wir wissen, wer deine ominöse Verfolgerin ist und sie aus dem Verkehr gezogen haben?«

Kurz zog Mia ernsthaft in Betracht, das Angebot anzunehmen, doch etwas in ihr sträubte sich gegen den großzügigen Vorschlag. Bevor sie nach Pennygrave gekommen war, war sie am Tiefpunkt ihres Lebens angelangt gewesen. Die Zusammenarbeit und Freundschaft mit Lady Sophie, die Leitung der Bibliothek und nicht zuletzt die Tatsache, dass sie maßgeblich zur Lösung eines Mordfalls beigetragen hatte, hatten ihr Selbstbewusstsein erstarken lassen. Jetzt aus purer Ängstlichkeit wieder unter Lady Sophies Rockzipfel zu kriechen, wäre ein Rückschritt in ein Gefühl der Schwäche und Hilflosigkeit, das ihr neues Ich nicht mehr zuzulassen bereit war.

»Das ist wirklich ein tolles Angebot, Sophie, vielen Dank.«

»Aber?«

»Aber ich muss ablehnen. Ich hoffe, du verstehst das.«

»Tapfere kleine Lady.«

»Danke. Aber zur Sicherheit wäre es vielleicht nicht schlecht, wenn du dein Handy in Reichweite ließest. Dann kann ich gleich Alarm schlagen, falls doch etwas sein sollte.«

»Das ehrt mich sehr und das mache ich natürlich gerne. Aber wäre es nicht sicherer, dann das Revier anzurufen?«

»Damit Sergeant Angel rangeht und mir erklärt, dass ich mir nur einbilde, diese Frau stehe hinter mir und ramme mir gleich ein Messer in den Rücken? Nein danke. Da ist es mir lieber, du rückst mit einer handelsüblichen Bratpfanne an und haust ordentlich zu.«

Grinsend kniff Lady Sophie ihre Freundin in die Wange. »Schlaues Kindchen.«

14

»Jetzt?«

Melanie McTrout brach der kalte Schweiß aus. Sie hatte gewusst, dass es einmal so kommen könnte. Dennoch hatte sie gehofft, dass dieses Einmal so weit in der Zukunft läge, dass sie sich keine Gedanken darüber zu machen bräuchte.

»Natürlich«, sagte sie dennoch mit sanfter Stimme. Wollte sie damit ihn oder sich selbst beruhigen? »Ich komme, so schnell ich kann.«

Das würde sie. Aber zuerst musste sie herausfinden, wo sich Sally aufhielt. Sie durfte auf keinen Fall mitbekommen, dass sie wegfuhr. Es würde Fragen aufwerfen und die konnte sie ganz und gar nicht gebrauchen. Und Thomas? War er eigentlich schon zurück von der Arbeit? Sie hatte die Haustür nicht gehört. Vielleicht gelang es ihr, sich davonzustehlen, bevor er nach Hause kam und ihm einen Zettel zu hinterlegen, dass sie in die Schneiderei gefahren war, in der Hoffnung, dass er die Lüge schlucken würde.

»Ich bin gleich da, mein Schatz, beruhige dich. Ich komme, so schnell ich kann. Bis gleich. Ich liebe dich. Doch, glaub mir, ich liebe dich wirklich. Bis gleich.«

Es brach ihr das Herz, so abrupt aufzulegen, doch je schneller sie das Gespräch beendete und aus dem Haus kam, desto höher standen ihre Chancen davonzukommen.

Mit klammen Fingern riss sie einen Notizzettel vom Block und notierte die kurze Lüge für Thomas und Sally.

»Thomas!«, rief sie dann. Keine Antwort. Auch die Tochter schien noch nicht zu Hause zu sein. Was für ein unverschämtes Glück.

In Windeseile nahm Melanie McTrout ihre Handtasche, schlüpfte in ihre Sneaker und eilte aus dem Haus.

»Ach Melanie, wie gut, dass ich Sie direkt antreffe.«

Lady Sophie Gellam. Na die hatte ihr gerade noch gefehlt! Und die zielstrebigen Schritte, mit denen sie ihr entgegenkam, verhießen nichts Gutes. Schnell schätzte Melanie McTrout ihre Chancen ab, das Auto zu erreichen, bevor Lady Gellam sie erreichte. Sie standen äußerst schlecht.

»Melanie, was für ein Glück, dass ich Sie hier antreffe. Ich habe es schon in der Schneiderei versucht, aber dort war geschlossen.«

»Ja, ich schließe immer um siebzehn Uhr. Wenn Sie einen Auftrag haben, kommen Sie gerne morgen dort vorbei.«

»Oh nein, ich habe eigentlich nur ein paar Fragen zum Tod von Lucas Harrison. Sie haben doch auch am Backwettbewerb teilgenommen. Ist Ihnen irgendetwas aufgefallen?«

Melanie McTrout schüttelte schnell den Kopf. »Nein, nichts.«

»Wenn Sie sich vielleicht die Zeit nehmen würden, einen Moment darüber nachzudenken. Ich bin mir sicher, dann fällt Ihnen noch etwas ein. Egal was. Die kleinste Kleinigkeit kann entscheidend sein.«

Mein Gott, war diese Frau penetrant.

Nervös knetete Melanie McTrout den Autoschlüssel so fest in ihrer Faust, dass es schmerzte. »Verzeihen Sie, Lady Gellam, aber es passt mir gerade wirklich überhaupt nicht. Ich habe es sehr eilig.«

»Oh, das haben wir doch immer alle, nicht wahr?« Lady Gellam lächelte.

»Ich habe es wirklich eilig.«

»Wo müssen Sie denn hin?«

»Ich ... also ... hören Sie mal, das geht Sie doch überhaupt nichts an!«

Lady Gellam hob beschwichtigend die Hände. »Nein, tut mir leid, natürlich nicht. Mich interessiert nur alles, wissen Sie?«

Melanie McTrout war nicht mehr zu besänftigen. »Hören Sie, gute Frau, ich habe nichts mit dem Tod von Lucas Harrison zu tun und ich weiß auch nichts. Ich mochte ihn. Sehr gern sogar. Er war ein ruhiger, freundlicher, zuvorkommender Mann, von dem sich viele andere eine Scheibe hätten abschneiden können. Aber ich kann Ihnen beim besten Willen nichts weiter sagen. Übrigens sollen wir das auch gar nicht. Inspector Mellony hat uns hier schon alle vorgewarnt, dass Sie und Miss Midway wieder heimlich ermitteln wollen und uns ans Herz gelegt, Sie dabei weder zu unterstützen noch anzustacheln, nur damit Sie es wissen.«

»Der Inspector hat was?«

Melanie McTrout nickte. »So sieht es aus, Lady Gellam. Es tut mir leid für Sie, aber ich muss jetzt wirklich los und es wäre nett, wenn Sie mir aus dem Weg gehen würden.«

»Okay. Aber wenn Ihnen noch etwas einfällt ...«

»Werde ich es umgehend dem zuständigen Revier mitteilen.«

So, das war nun hoffentlich deutlich genug. Was bildete sich diese arrogante Schnepfe eigentlich ein? Nur weil den Gellams der halbe Ort gehörte, hieß das noch lange nicht, dass alle Einwohner Leibeigene waren. Wenn sie ihr die Schneiderei kündigen wollte, sollte sie doch. Aber damit würde sie sich bei den Pennygraver Bürgern noch unbeliebter machen. Und man munkelte, dass sie genau das nicht wollte.

»Falls Sie Ihre Tochter suchen ...«, sagte Lady Gellam gefasst, während sie sich zum Gehen anschickte, »... die ist bei der alten Festhalle und knutscht mit Theodor Lawson.«

Oh Gott nein! Einen kurzen Augenblick blieb Melanie McTrout das Herz stehen. Ausgerechnet mit diesem Tunichtgut. Aber darum würde sie sich später kümmern müssen. Ohne ein weiteres Wort stieg sie ins Auto und drückte aufs Gas.

15

Kaum dass Mia am Abend in ihrem Cottage angekommen war, bereute sie den vermeintlichen Heldenmut, mit dem sie das Übernachtungsangebot von Lady Sophie abgelehnt hatte. Die dicken Steinmauern des Gellam'schen Herrenhauses hätten ihr mit Sicherheit mehr Schutz geboten, als die zweifellos hübschen, aber viel zu zarten, einfach verglasten Sprossenfenster von Tante Lenas Cottage. Ein Schlag mit der Faust und die Scheiben wären durch. Dass ihr das ausgerechnet jetzt auffallen musste. Und was ritt diese Engländer denn eigentlich, sich so krampfhaft gegen die Verwendung von Rollläden zu stemmen? Lange Vorhänge mit Blümchenmustern waren zweifellos hübsch, aber um Verbrecher abzuwehren, brauchte es schon etwas mehr als ein paar Meter kitschig bemusterter Fadengeflechte. Wie schön wäre es jetzt, zumindest die Fenster mit Rollläden verbarrikadieren zu können. Durch diese blöden hübschen Glasscheiben war Mia einem eventuellen Angreifer vollkommen ausgeliefert. Schlimmer noch, die Fremde wäre sogar klar im Vorteil, da sie Mia deutlich sehen könnte, die im Inneren des Cottages vor sich hin schlotterte. Sie selbst könnte allerdings draußen auch nichts erkennen außer Dunkelheit und hier und da mal einen Zweig, der sich durch das nächtliche Grau bewegte – ein Vorgang, der die Situation nicht gerade weniger gruselig machte.

Da! War da nicht eben eine Bewegung gewesen? Eine Gestalt?

Instinktiv wich Mia ein paar Schritte rückwärts, während sie durch die dünnen Scheiben in den Garten hinausspähte.

Doch – da war jemand.

Genau in dem Moment, als es ihr gelang, Umrisse in der Dunkelheit auszumachen, verschwand eine dünne Gestalt in den Büschen. Es war eine Frau. *Die* Frau, daran bestand gar kein Zweifel. Ihre Statur hatte sich aufgrund ihrer Panik detailliert in Mias Gedächtnis eingebrannt.

Sie zögerte keinen Augenblick. Wie für den Notfall besprochen, hastete sie zu dem alten Festnetzapparat und wählte Lady Sophies Nummer. Innerhalb einer Sekunde war die Freundin dran. Wenigstens auf eine war Verlass.

»Sophie, diese Frau ist in meinem Garten. Kannst du bitte so schnell wie möglich herkommen?«

»Ich h...re d...ch g... schlecht.«

Im Hintergrund waren Motorengeräusche zu hören. Lady Sophie war mit dem Auto unterwegs? Das konnte ja wohl nicht ihr Ernst sein! Wo trieb sich eine Achtundsechzigjährige bitte um diese Uhrzeit herum? Noch dazu, wenn ihre Freundin – die einzige wohlbemerkt – sich nachweislich in Schwierigkeiten befand.

»Sophie, bitte komm sofort her. Sie ist da und ich mache mir gleich in die Hosen.«

» ...ch ...n u...wegs«, rauschte es durch die Leitung. Blieb nur zu hoffen, dass das bedeuten sollte, dass Lady Sophie bereits unterwegs war. Auf dem Weg zu ihr. Mia legte auf.

Es klingelte. Was? Das konnte sie unmöglich schon sein. Im Hintergrund war bis zum Ende des Gesprächs das Fahrtgeräusch zu hören gewesen. Auch wenn Lady Sophie manchmal gern eine Superheldin gewesen wäre, innerhalb des Bruchteils einer Sekunde zu parken, aus dem Auto zu steigen, zum Haus zu laufen und die Klingel zu betätigen, das war sogar für sie unmöglich. Aber wer war es dann? Ihre Verfolgerin? Würde die wirklich klingeln? Vielleicht hatte Sergeant Angel recht gehabt und die Fremde war im Grunde harmlos, hatte sich aber jetzt erst dazu durchringen können, Mia anzusprechen. In ihrem Cottage. Abends um halb zehn.

Nein, wohl eher nicht.

Mit klopfendem Herzen schlich Mia zu Eingangstür. Was hätte sie jetzt für einen einfachen kleinen Türspion gegeben. Die dicke Holztür war undurchdringlich.

Von innen presste sie ihr Ohr an das Holz und lauschte. Auf der anderen Seite der Tür war keinerlei Geräusch auszumachen. Nun nahm sie allen Mut zusammen.

»Hallo?«, fragte sie leise.

Zu leise?

»Hallo?« Diesmal etwas lauter.

Nichts.

Mit zitternden Fingern und in einer Zeitlupe, die sie nur in einem Bildbearbeitungsprogramm für möglich gehalten hätte, drückte Mia die Klinke, inniglich hoffend, dass die Bewegung von draußen unbemerkt blieb. Jetzt brauchte sie nur durch den winzigen Spalt zu sehen.

Nichts. Vor der Tür war niemand.

Aber sie hatte sich das Klingeln doch nicht eingebildet.

Inzwischen schoss derart viel Adrenalin durch ihre Adern, dass ihr fast schwindelig wurde. Leise, ungeachtet der Leere vor der Tür, schloss sie diese wieder und ging zurück ins Wohnzimmer. Ein Likör. Sie würde sich jetzt erst einmal einen *King's Ginger* genehmigen. Der Ingwer würde ihre Nerven beruhigen, ganz zu schweigen vom Alkohol.

Mit schweißnassen Fingern nahm sie die Flasche und ein Glas aus dem kleinen Spirituosenschränkchen, zog den Verschluss ab und wollte gerade eingießen, da sah sie im Augenwinkel ein Gesicht genau vor dem Fenster. Mit einem lauten Schrei fuhr sie herum und riss die Hände hoch, sodass der gute Ingwerlikör durch den ganzen Raum spritzte. Scharf sog sie die Luft ein. Dann trat sie gemessenen Schrittes zur Tür und riss sie wütend auf.

»Sir William, Sie haben mich zu Tode erschreckt!«

»Ich habe geklingelt, aber es hat niemand geöffnet. Ich habe mir Sorgen gemacht. Bitte verzeihen Sie.« Er lächelte zerknirscht.

Und verdammt, warum musste er mit diesem Lächeln immer aussehen wie der Prinz aus Dornröschen?

»Miss Midway, allein die Möglichkeit, dass diese Frau Sie bereits erwischt und – Gott bewahre – vielleicht sogar verletzt haben könnte, setzt bei mir jegliche Anstandsregeln außer Kraft«, erklärte er entschuldigend.

»Sie wissen von der Frau?«

»Meine Mutter hat mir alles erzählt und mich gebeten, auf Sie aufzupassen, Miss Midway. Sie wurde von Mr Meil mit einem spontanen Candle-Light-Dinner überrascht, da hat sie mich gebeten, an ihrer statt auf Abruf zu bleiben, falls Sie sich melden sollten. Leider hat sich herausgestellt, dass auf der Burg, auf der das Dinner stattfindet, zwar eine sehr romantische Atmosphäre, aber ein ganz fürchterlicher Handyempfang herrscht. Ich habe meine Mutter mehrfach angerufen, aber jedes Mal kaum etwas verstanden. Da dachte ich, ich schaue lieber direkt bei Ihnen vorbei. Bitte seien Sie mir nicht böse. Bei unserer letzten Begegnung haben Sie mehr als deutlich gemacht, dass Sie meinen Schutz nicht wünschen, aber unter diesen Umständen halte ich es doch für sicherer und ...«

Schluchzend warf sich Mia in seine Arme und klammerte sich an ihm fest. »Oh Gott, Sie haben ja keine Ahnung, wie froh ich bin, Sie zu sehen«, jammerte sie.

Erstaunt hielt er inne und erwiderte ihre heftige Umarmung. »Das freut mich sehr zu hören.« Zärtlich strich er ihr übers Haar.

Mia hob ihren Kopf. Ihre Blicke trafen sich und verfingen sich wortlos ineinander. Mit einem Mal begann ihr Herz zu rasen, doch diesmal nicht aus Angst. Wie in Zeitlupe nahm sie wahr, wie Sir William seine Augen schloss und sein Gesicht dem ihren näherte. Gedanken, Ängste, der ganze Raum flogen davon und verschwammen zu einem bedeutungslosen Nichts, während sie ebenfalls die Augen schloss und die weiche Berührung seiner Lippen auf ihren spürte. Ihre Beine gaben nach, aber er hielt sie so fest, dass es gar nicht notwendig war, zu stehen. Unter ihren Handflächen spürte sie seine spielenden Rückenmuskeln und zog ihn noch etwas fester an sich. In ihrem Herzen explodierte ein Feuerwerk. In diesem Moment löste er seine Lippen und schob sie sacht von sich.

»Oh Gott, Miss Midway, es tut mir furchtbar leid, ich wollte Ihre Situation auf keinen Fall ausnutzen.«

»Das haben Sie nicht.« Was für eine Überwindung, ihn loszulassen, wo sich seine festen Muskeln unter dem Sakko so gut anfühlten. »Denken Sie nicht, es wäre Zeit, dass wir zum Du übergehen? Ich meine, gerade angesichts der Tatsache, dass wir uns eben ...«

»Geküsst haben, meinst du?« Er hielt inne, als werde ihm jetzt erst bewusst, was geschehen war. »Ja, ich denke, das ist eine gute Idee.«

»Schön.« Verträumt lächelte sie ihn an. »Und glaubst du, wir könnten das noch mal wiederholen?«

»Bestimmt.« Er erwiderte ihr Lächeln. »Aber zunächst sollten wir uns um dein Problem kümmern, meinst du nicht?«

»Diese Frau. Die habe ich für den Moment doch tatsächlich vergessen.«

»Das ehrt mich sehr. Aber deshalb ist ja das Problem noch nicht gelöst.«

Nein, das war es leider nicht. Diese bescheuerte Fremde. Jetzt nervte sie noch mehr als am Morgen. Da war sie nur eine beängstigende Bedrohung gewesen, jetzt aber war sie zusätzlich ein wilde Knutschereien verhinderndes Ärgernis. Wenn sie nicht wäre, dann hätte sie sich jetzt mit William auf dem Sofa niederlassen und diesen unglaublichen, fantastischen, atemberaubenden Kuss wiederholen können. Aber nein ...

Notgedrungen ließ sie Sir William los. Sie musste unbedingt den Garten wieder in den Blick bekommen und das wiederum war nicht möglich, wenn sie weiterhin mit der Wange an seiner Brust klebte.

»Du bist doch durch den Garten gekommen. Hast du
sie gesehen?«

»Die Frau? Nein.«

»Aber ich glaube, sie ist hier. Hier in meinem Garten.
Oder schleichst du etwa schon länger hier herum?«

Mit ernster Miene legte er eine Hand auf seine Brust.
»Erst seit ich geklingelt habe, Ehrenwort. Mein erster
Weg führte mich ordnungsgemäß zur Haustür.«

»Dann ist sie hier.« Mia spähte in die Dunkelheit des
Gartens. »Vielleicht hat deine Anwesenheit sie vertrie-
ben. Aber sie war hier. Ich bin mir ganz sicher. Und ich
weiß nicht, was geschehen wäre, wenn du nicht aufge-
taucht wärst.«

»Soll ich bleiben?«

»Wie meinst du das?«

»Soll ich heute Nacht bei dir bleiben? Nur zur Sicherheit. Ich werde selbstverständlich auf dem Sofa schlafen, aber wenn du meinst, dass die Frau bereits hier
war oder ist, dann wäre es doch ein sehr langer Weg
von Gellam Manor bis hierher, um dir zu Hilfe zu eilen.
Und ich möchte auf keinen Fall, dass dir etwas ge-
schieht.«

»Ja, bleib.« Mit einem Nicken unterstrich sie ihre Entscheidung. »Es ist mir unangenehm, dich darum zu bitten, aber da du es anbietest: Es wäre mir tatsächlich
wohler, wenn du bleiben würdest.«

»Dann bleibe ich.«

»Danke.«

»Ach Mia ...« Die Zärtlichkeit, mit der er ihren Namen
aussprach, ließ ihr Herz erneut höher schlagen. »Das ist
doch selbstverständlich.«

»Nein, das ist es nicht. Aber dafür werde ich dich mit allem verwöhnen, was du dir vorstellen kannst.«

Sir William hob die Augenbrauen und errötete leicht. Erst dadurch wurde Mia bewusst, wie zweideutig ihre Aussage geklungen haben musste. Sofort lief sie ihrerseits knallrot an.

»Oh nein nein, ich meinte mit Wein, Likör, einem Abendessen, Chips, Pralinen, was immer du gerne magst.«

»Nichts anderes hatte ich verstanden.«

Doch, hatte er. Oder zumindest verstehen wollen. Aber es war sicherlich besser, das nicht zum Thema zu machen. Die Situation war an sich schon unangenehm genug.

»Was kann ich dir denn Gutes tun? Wein? Bier? Sekt?«

»Ein Glas Wasser wäre gut. Ich denke, falls es doch noch zum Äußersten kommen sollte, wäre es gut, wenn ich im Vollbesitz meiner geistigen und körperlichen Kräfte wäre.«

Was auch immer er mit dem Äußersten meinen mochte. »Oh natürlich, wie dumm von mir.«

»Du wolltest nur eine gute Gastgeberin sein.«

»Schön, dass du das so hindrehen kannst.« Sie schenkte ihm ein keckes Lächeln und verschwand mit einem betont sexy Hüftschwung in der Küche. Verrückt. Kaum dass er an ihrer Seite war, fühlte sie sich sicher.

Wenig später kam sie mit zwei Gläsern Wasser zurück. Irritiert sah sie sich im leeren Wohnzimmer um. Sir William war verschwunden. Dafür stand die Tür zum Garten offen. War er hinausgegangen? Hatte er die Frau gesehen?

Mit klopfendem Herzen trat Mia auf die Sprossentür zu und rief leise durch den Spalt: »William? Bist du da draußen?«

Keine Antwort. Dann war es vielleicht doch besser, die Tür wieder zu schließen. Er konnte ja klopfen, falls sie ihn damit aussperrte. Eventuell war er nur kurz zur Toilette gegangen.

Im gleichen Moment, wie Mia die Türflügel zuziehen wollte, schoss eine dunkle Gestalt aus der Mitte der Dunkelheit auf sie zu. Der unerwartete Aufprall kam mit solcher Wucht, dass sie hilflos nach hinten umkippte. Schlagartig wurde alle Luft aus ihrem Brustkorb gepresst, sodass sie nicht einmal mehr die Möglichkeit hatte, um Hilfe zu rufen. Über sich sah sie das wutverzerrte Gesicht ihrer Verfolgerin, die sie auch in jeder noch so absurden Situation zweifelsfrei wiedererkannt hätte. Unter den braunen Haarsträhnen, die ihr wild ins Gesicht hingen, blitzten die wütenden Augen hervor, die nun das Letzte sein würden, was Mia in ihrem Leben sehen würde. Was für ein unwürdiger, absurder Tod. Eine Wahrsagerin hatte ihr mal prophezeit, sie werde friedlich im Alter von über neunzig Jahren in ihrem Bett dahinscheiden. Wie fahrlässig, sich darauf zu verlassen.

In Erwartung dessen, dass die Frau sie gleich erwürgen, erstechen, erschießen oder sonst wie zur Strecke bringen würde, schloss Mia die Augen.

Mit einem Mal wurde ihr Körper ganz leicht. War sie tot? So schnell ging das?

»Mia, wir brauchen etwas, um diese Dame hier zu fesseln, schnell, bitte.«

Williams Stimme!

War er auch tot?

Vorsichtig öffnete Mia ihre Augen einen Spalt breit. Durch den hellen Schlitz erkannte sie, dass Sir William die Frau bäuchlings auf den Boden gelegt hatte, auf ihrem Hintern saß und ihre Arme so nach hinten auf ihrem Rücken verdreht hatte, dass sie sich nicht mehr bewegen konnte. Mit Ausnahme ihres Kopfes, den sie unablässig hob und wieder senkte wie ein Specht, als könnte sie sich dadurch freirütteln.

So schnell es ihr möglich war, sprang Mia auf und rannte hilflos durch das Wohnzimmer. »Ich habe keine Ahnung, wo Tante Lena etwas zum Fesseln hat. Wenn sie so etwas überhaupt hat.«

»Es müssen ja keine Handschellen sein.« Suchend ließ auch Sir William seinen Blick durch den Raum schweifen. »Das Telefonkabel von mir aus. Hauptsache irgendwas, um sie außer Gefecht zu setzen, bis die Polizei hier ist.«

»Dieses alte Telefon ist meine einzige Verbindung nach draußen, das brauche ich noch. Ich habe eine bessere Idee.« Flink wie eine Gämse kletterte Mia auf die Sofalehne und knotete die stabile Vorhangkordel von der Stange ab. »Wird das hier gehen?«

»Perfekt«, lobte Sir William, als er das Pseudo-Seil entgegennahm und begann, die Hände der Frau mit einem höchst professionellen Knoten zu verschnüren.

»Das sieht ja sehr fachmännisch aus.«

»Seemannsknoten. Hat mir meine ... na ja, kann man eben, wenn man hier an der Küste wohnt.« Er errötete leicht. Wie süß.

»So, das hätten wir. Sehen wir uns doch mal an, wen wir da haben.«

Nachdem er die Festigkeit des Knotens ein weiteres Mal überprüft hatte, drehte er die Frau auf den Rücken, sodass sie nun schmerzhaft auf ihren gefesselten Händen lag. »Wenn Sie versprechen, dass Sie weder treten noch davonlaufen, helfe ich Ihnen, sich aufzusetzen.«

Mia fasste ihn vorsichtig an der Schulter. »William, ich weiß nicht, ob man auf das Wort einer Frau vertrauen sollte, die mich gerade noch umbringen wollte.«

»Dem Wort einer Lady ist immer Glauben zu schenken. Aber wir können ja Vorsichtsmaßnahmen treffen. Gibt es da nicht eine zweite Kordel?« Mit einer Kopfbewegung wies er zum Vorhang.

Schnell wie der Blitz kletterte Mia erneut auf die Sofalehne und löste auch die linksseitige Kordel. Mit flinken Fingern band Sir William die Knöchel der jungen Frau damit zusammen und half ihr dann, sich aufzusetzen.«

»Also«, sagte er dann in seinem gewohnt höflichen Tonfall. »Wer sind Sie und was wollen Sie von Mia?«

»Mia?« Die Fremde runzelte die Stirn.

»Sie wissen nicht einmal, wie ich heiße und greifen mich an? Was ist denn mit Ihnen los?«

Verwirrung zeichnete das Gesicht der Fremden. »Wieso heißen Sie denn Mia? Ich denke, Sie heißen Cleopatra.«

»Ich? Unsinn. Mein Name ist Mia Midway und ich wüsste wirklich zu gern, warum sie mich verfolgen und angreifen. Ich habe Ihnen nichts getan. Ich kenne Sie ja nicht einmal.«

Sir William hob die Hand. »Moment. Cleopatra? Meinen Sie Cleopatra Fairwell?«

Eifrig nickte die Fremde. »Genau. Sie brauchen gar nicht zu lügen. Sie sind es. Kein Zweifel.«

»Aber ich bin doch nicht Cleopatra Fairwell.« Verächtlich schnaubte Mia und schenkte der Fremden einen Blick, als hätte sie die bescheuertste Antwort aller Zeiten gegeben. »Also wenn Sie mich wirklich mit Mrs Fairwell verwechselt haben, dann sollten Sie ganz dringend mal zum Augenarzt. Mrs Fairwell ist garantiert zehn Jahre älter als ich, außerdem hat sie eine andere Statur, ein vollkommen anderes Gesicht und überhaupt ... also nein, uns kann man ja wohl wirklich nicht verwechseln.«

»Aber es stand so in der Zeitung.«

»In der was?«

Fassen Sie mal in meine linke Gesäßtasche.

»Ganz sicher nicht, wie komme ich denn dazu?«

»Bitte. Da ist das Foto drin.«

»Ein Foto?«

Mehr als eigenartig, was diese Frau von sich gab. Eigentlich hatte Mia wirklich keine Lust, dieser blöden Tussi am Hintern rumzufummeln, aber neugierig war sie nun doch und bevor William noch auf die Idee kam ...

Während die Fremde ihre Pobacke so gut es in sitzender, gefesselter Position möglich war, vom Boden abhob, fasste Mia in die Gesäßtasche der engen Jeans und fischte tatsächlich ein Stück Papier heraus. Schnell entfaltete sie es. Das schwarz-weiße Zeitungsbild zeigte sie selbst neben Cleopatra Fairwell und dem Bürgermeister auf der Blumenausstellung vor zwei Wochen. Ein Schnappschuss, der aber wirklich gut gelungen war.

»Das hier ...«, Mia drehte das Bild in Richtung der Fremden und tippte darauf, »... das hier ist Cleopatra Fairwell.«

Mit einem Mal wirkte die Fremde sehr zerknirscht. Dann sagte sie leise: »Nein. Laut Zeitungsartikel ist das Mia Midway und Sie sind Cleopatra Fairwell. Oh Gott. Ich bin so dumm. Es tut mir schrecklich leid, Miss Midway. Eine bescheuerte Verwechslung.«

Nun betrachtete auch Mia die Bildunterschrift genauer. Sie sah das Foto nicht zum ersten Mal. Es war auch im *Pennygraver Boten* abgedruckt gewesen. Sehr wohl sah sie aber zum ersten Mal, dass unter dem Bild die Namen in der falschen Reihenfolge abgedruckt waren, sodass sie selbst als Cleopatra Fairwell ausgewiesen wurde.

»Eine Verwechslung? Sie wollten mich aus Versehen umbringen?«, rief Mia schrill aus, als ihr die Folgen dieses Zeitungsfehlers bewusst wurden.

»Ich wollte Sie überhaupt nicht umbringen. Ich wollte Ihnen lediglich ein bisschen wehtun. Meine Wut loswerden«, antwortete die Gefesselte fast trotzig.

Mia blieb skeptisch. »Aber warum sind Sie denn überhaupt so wütend auf mich? Beziehungsweise auf Mrs Fairwell?«

»Weil diese Schlampe eine Mörderin ist. Sie hat meinen Prince umgebracht.«

Zwei! Konnte es wirklich wahr sein? Wenn Mrs Fairwell einen Mann namens Prince auf dem Gewissen hatte, vielleicht lag Lady Sophie dann doch richtig und sie war auch die Mörderin von Lucas Harrison. Wie schrecklich. Und von dieser Frau hatte sie Kuchen gegessen. Oh Gott! Allein beim Gedanken daran, dass dieselben Hände, die den Kuchenteig gerührt hatten, auch für den Tod zweier Menschen verantwortlich waren, krampfte sich Mia der Magen zusammen.

»Wann war das?«, fragte sie leise. »Vor oder nach dem Mord an Lucas Harrison?«

»Wer ist denn Lucas Harrison?«

»Ein Bürger dieser Stadt. Er hat vorgestern den Backwettbewerb gewonnen und wurde dann umgebracht.«

»Ach. Auch von dieser Hexe?«

»Das ist noch nicht bewiesen, wäre aber naheliegend. Sie hätte vermutlich den Backwettbewerb gewonnen, wurde dann aber disqualifiziert, weil jemand ihre Zuckermischung gestohlen hatte und ... ach, das führt jetzt alles zu weit. Auf jeden Fall gibt es einiges, was darauf hindeutet, dass sie die Mörderin ist, ja.«

»Ach, dann ist sie schon im Gefängnis?« Eine Mischung aus Erstaunen und Freude ließ die Augen der jungen Frau kurz aufleuchten.

Mia schüttelte den Kopf. »Nein. Die hiesige Polizei behauptet, dass sie ein Alibi habe, aber der Inspector möchte mir nicht verraten, welches.«

»Ein Alibi?« Die Fremde zuckte verächtlich mit den Mundwinkeln. »Ich kann Ihnen garantieren, wenn es um einen Wettbewerb ging und dabei jemand zu Schaden kam, dann ist Mrs Fairwell die erste Adresse für eine Tatverdächtige. Diese Frau ist vom Siegen besessen. Verlieren kann sie nicht, nicht einmal, wenn es das Leben anderer kostet. Bei Prince war es doch dasselbe. Sie hat ihn nur vergiftet, damit er nicht gewinnt.«

»Vergiftet?«

»Ja. Sie hat ihm eine Überdosis Dopingmittel verabreicht.«

»Prince war ein Sportler?«

»Ein Pferd. Mein Rennpferd.«

»Ein Pferd?« Mit einem Mal wurde Mia von einem unkontrollierten Lachanfall geschüttelt. Sie lachte und lachte und konnte einfach nicht mehr damit aufhören. Selbst als ihre Bauchmuskeln bereits schmerzten und der wütende Blick der Fremden sie durchbohrte wie ein ganzes Arsenal Speerspitzen, konnte sie sich nicht beherrschen. »Ein Pferd!« Sie lachte kopfschüttelnd. »Und ich dachte die ganze Zeit, Mrs Fairwell habe zwei Menschen auf dem Gewissen.«

Sir William versuchte ihr mit hilflosen Gesten zu verstehen zu geben, dass sie sich zusammenreißen möge, aber es war einfach nichts zu machen. Sie versuchte es ja.

»Wie kommen Sie denn dazu, über den Tod meines Pferdes zu lachen?«, schrie die Fremde auf einmal. »Sie haben ja nicht die geringste Ahnung, was Prince mir bedeutet hat. Er war mein Ticket in eine glänzende Zukunft. Hätte diese blöde Kuh statt seiner fünf Männer umgebracht, wäre es immer noch besser gewesen.«

»Es tut mir leid.« Endlich gelang es Mia, sich zu beruhigen und ein zumindest einigermaßen ernstes Gesicht aufzusetzen. »Gott, es tut mir wirklich leid, Miss ... wie heißen Sie denn überhaupt?«

»Leyla. Leyla Bennett.«

»Miss Bennett, Leyla.« Sie hatte sich wieder im Griff. »Ich habe keine Ahnung, warum ich auf einmal so lachen musste, ich wollte mich keinesfalls über Ihre Trauer lustig machen. Natürlich hat Ihnen Ihr Pferd viel bedeutet und es tut mir aufrichtig leid, was mit ihm geschehen ist. Ich glaube, es war einfach die Erleichterung darüber, dass Mrs Fairwell keine kaltblütige Mörderin ist, die einen nach dem anderen abmetzelt. Genau dieses Bild war nämlich in meinem Kopf entstanden.«

»Aber genau dieses Bild entspricht der Wahrheit, glauben Sie mir.«

Lange Zeit hatte Sir William der Auseinandersetzung der beiden Frauen schweigend beigewohnt. Jetzt meldete er sich mit einer ruhigen, tiefen Stimme zu Wort, die ihm sofort die Aufmerksamkeit der Anwesenden zusicherte.

»Miss Bennett, wollen Sie uns nicht erst einmal in Ruhe erklären, was eigentlich geschehen ist? Wie kommen Sie denn überhaupt zu der Überzeugung, Mrs Fairwell hätte Ihr Pferd auf dem Gewissen? Es tut mir aufrichtig leid, besonders um Ihren tierischen Freund, aber ich kann mir trotzdem beim besten Willen nicht vorstellen, dass unsere stadtbekannte Backfee eine so kaltblütige Mörderin sein soll. Ich kenne sie von Kindesbeinen an als freundliche, zuvorkommende Frau, die Kuchen verkauft und den Kindern immer mal wieder Naschzeug von der Zuckerdekoration zusteckt. Es fällt mir schwer, meine persönlichen Erfahrungen mit der Vorstellung einer eiskalten Killerin in Einklang zu bringen.«

»Doch, aber genau das ist sie!«, keifte Leyla Bennett. »Eine eiskalte Killerin, Sie sagen es. Für einen Sieg geht sie über Leichen. Sie mögen diese Frau als freundliche Mitbürgerin kennen, aber Sie haben keine Ahnung, welche Abgründe sich hinter der Fassade verbergen.«

»Das fällt mir wirklich schwer zu glauben.«

»Ja ...«, Leyla Bennett schnaubte verächtlich, »... genauso schwer wie es allen Menschen fällt, zu glauben, dass ihr Nachbar, ihr Freund oder gar Vater ein Mörder ist. Haben Sie je ein Interview nach der Festnahme eines Killers gesehen, bei dem die Menschen, die mit ihm Kontakt hatten, gesagt haben: Ach, das habe ich mir doch gleich gedacht, dass der ein Mörder ist? Haben Sie das auch nur ein einziges Mal erlebt?«

Sir William schüttelte den Kopf.

»Sehen Sie. Und Mrs Fairwell ist bei Weitem nicht die liebe, freundliche Frau, als die sie sich Ihnen gegenüber präsentiert. Seit Jahren gilt sie im Bereich der illegalen Pferderennen als gefürchtet. Ja, das hätten Sie nicht gedacht, nicht wahr?«, fügte sie schnell hinzu, als Mia und Sir William gleichermaßen erstaunt die Augen aufrissen. »Doch doch, aber so ist es. Meine Schwester nahm mit meinem Pferd Prince seit ungefähr drei Jahren an illegalen Pferderennen teil. Auf diese Weise finanzieren wir uns das Studium.« Sie senkte traurig den Blick und korrigierte: »Finanzierten. Jetzt, wo Prince tot ist, müssen wir wohl beide abbrechen. Es sei denn, Sie kennen jemanden, der uns ein paar tausend Dollar schenken will.«

Wieder schüttelten beide den Kopf. Leyla Bennets Geldsorgen waren traurig, aber darum ging es jetzt nicht. Lieber nicht darauf eingehen, vielleicht kam sie dann ganz von allein wieder zum eigentlichen Thema zurück.

Das tat sie: »Tja, das dachte ich mir. So ging es uns vor Prince auch. Cora hatte ihn gestohlen. Ursprünglich hatte er einen anderen Namen. Generell war es die Idee meiner Schwester, unsere finanzielle Notlage mit illegalen Pferderennen zu lösen. Meine Begeisterung hielt sich in Grenzen, aber was sollten wir tun? Wir wollten beide studieren, kommen aber aus armem Elternhaus. Wir brauchten das Geld. Und es ist immer noch besser, als mit Drogen zu handeln, irgendwo einzubrechen oder seinen Körper für Geld an fremde Männer zu verkaufen, oder? Ich meine, im Prinzip schaden wir ja niemandem.«

»Na, wenn es illegal ist, dann wird es schon irgendjemandem schaden, oder? Sonst wäre es doch nicht verboten«, rutschte es Mia heraus.

Auch Sir Williams Neugier war geweckt. »Wie darf ich mir denn solche illegalen Rennen vorstellen? Davon habe ich noch nie gehört.«

»Im Prinzip funktionieren sie wie öffentliche Rennen auch. Allerdings sind die Veranstalter privat und leider häufig von der Mafia.«

»Es gibt eine Mafia in Pennygrave?«

»Die Mafia ist überall. Sie würden sich wundern, Miss Midway. Es gibt hier sogar illegale Rennen, die von der italienischen Casa Nostra veranstaltet werden.«

»Das ist doch nicht Ihr Ernst?«

»Doch, absolut. Aber wer sie veranstaltet, ist im Prinzip ja auch egal. Im Grunde genommen geht es darum, dass, wie auch bei jedem legalen Rennen, Wetten abgeschlossen werden. Allerdings geht es hier häufig mit unlauteren Mitteln zu, was den Zustand der Pferde angeht. Viele sind gedopt. Manche haben Watte mit einer Mischung aus Eukalyptus und Kokain in den Nüstern, sodass sie direkt beim Losgaloppieren einen Energiekick bekommen. So kann man nie wirklich sagen, wer tatsächlich der Favorit ist. Der Nervenkitzel ist unbeschreiblich. Was bei einem solchen Rennen an Geld fließt, können Sie sich nicht vorstellen. Cora und ich haben immer gehofft, dass Prince mal gewinnt und er hatte verdammt gute Chancen. Die besten. Deshalb hat Cleopatra Fairwell wohl eingegriffen.«

»Was hatte Mrs Fairwell denn mit diesen Pferderennen zu schaffen?«

»Na, sie hat ein eigenes Pferd am Start. Bullet, ein Hengst wie ein Geschoss, der Name passt wirklich perfekt zu ihm.«

»Ich wusste gar nicht, dass Mrs Fairwell eine Pferdeliebhaberin ist«, sagte Sir William erstaunt.

Leyla Bennett grinste hämisch. »Ist sie auch nicht. Sie hat eher verstanden, dass sich mit diesen Tieren sehr schnell sehr viel Geld verdienen lässt.«

Ebenso wie Leyla Bennett und ihre Schwester Cora, doch jetzt war wohl der falsche Moment, um sie darauf hinzuweisen, dass sie in dieser Hinsicht keinen Deut besser war als ihre auserkorene Erzfeindin. Unweigerlich fiel Mia ein, was Lady Sophie über das Haus der Fairwells erzählt hatte. Alles voller Pferde. Offenbar hatte Mr Fairwell zwar das Traditionsgestüt, lange aber nicht seine Leidenschaft für die edlen Tiere aufgegeben. Allerdings war die Art und Weise, wie diese ihren Ausdruck in den Pferderennen fand, äußerst fragwürdig. War es seine Idee gewesen, den Hengst ins Rennen zu schicken? Oder war sie auf Cleopatras Mist gewachsen? Das wäre äußerst interessant zu wissen.

»Mrs Fairwell dopt die Tiere bis zum Kollaps«, unterbrach Leyla Bennett Mias Gedanken. »Dass Bullet noch nicht krepiert ist, liegt lediglich daran, dass er außergewöhnlich robust ist. Diese Hexe schreckt vor nichts zurück: Kokain, Adrenalin, Liquid Ecstasy.«

»Liquid Ecstasy? K.-o.-Tropfen?«

Leyla Bennett nickte. »Genau. Damit hat sie meinen Prince vergiftet. Als sie mitbekommen hat, dass er ernsthafte Chancen hat, zu gewinnen, hat sie ihm so viel davon verabreicht, dass er einen Herzstillstand hatte und wir ihm den Gnadenschuss geben mussten. Das hatte er nicht verdient. Und wir auch nicht. Cora und ich haben so hart für unseren Erfolg gekämpft. Jetzt ist alles dahin. Mist verdammter.« In ihren Augen funkelte es.

Nachdenklich betrachtete Mia die junge Frau. Ein Stück weit konnte sie deren Wut verstehen, aber ihre eigene schwelte ebenfalls. Noch immer steckte ihr der Schreck darüber in den Knochen, dass Leyla Bennett sie einfach angegriffen hatte. Außerdem war längst nicht erwiesen, ob die Geschichte, die sie ihnen da gerade auftischte, überhaupt stimmte. Das klang doch alles reichlich absurd. Andererseits passte es auch wunderbar zusammen und mit diesen neuen Informationen ergab zum ersten Mal alles ein stimmiges Bild: Cleopatra Fairwells Probleme damit, bei einem Wettkampf zu verlieren! Die K.-o.-Tropfen! Zwei zu prägnante Parallelen, um sie als Zufall abzutun oder zu ignorieren. Aber wie sollten sie ihr den Mord an Lucas Harrison nachweisen, wenn Inspector Mellony bereits von ihrer Unschuld überzeugt war? Es wäre wirklich interessant, wie er zu dieser Überzeugung gelangt war, wenn doch alle offensichtlichen und neu erfahrenen Indizien gegen sie sprachen. Vielleicht musste sie dem guten Mann noch mal ein bisschen auf die Pelle rücken. Möglicherweise konnte sie ihn dazu bringen, sich zu verplappern. Es sei denn, er hatte sie tatsächlich angelogen und Mrs Fairwell hatte gar kein Alibi. Das wäre allerdings der Gipfel der Unverschämtheit.

»Was haben Sie denn jetzt mit mir vor? Werden Sie mich anzeigen?«

»Hm?« Die Frage Leyla Bennetts unterbrach Mias Gedanken jäh.

Vorsichtig zuckte Leyla Bennett mit den Schultern und senkte schuldbewusst den Blick.

Sir William trat zu Mia und legte den Arm um sie. »Theoretisch könntest du sie wegen versuchter Körperverletzung anzeigen.«

»Stimmt. Oder wegen versuchten Mordes«, fügte Mia hinzu und verschränkte die Arme vor der Brust. Vielleicht etwas übertrieben, aber beim Gedanken an den Angriff loderte sofort die Wut in ihr wieder auf.

»Ich wollte Sie nicht umbringen, ehrlich«, rief Leyla Bennett schnell.

»Was denn dann?«

»Ich weiß auch nicht. Ich wollte Sie beobachten. Sehen, wie sich die Frau verhält, die meinen Prince auf dem Gewissen hat. Mich vergewissern, dass es Ihnen wenigstens leidtut. Aber als ich dann mitansehen musste, wie Sie sich Ihres Lebens freuten und auch noch im Begriff waren, einen romantischen Abend zu verbringen, da sind bei mir alle Sicherungen durchgeknallt. Trotzdem hätte ich Sie nicht umgebracht, ganz sicher nicht. Vielleicht ein wenig verprügelt. Die Haare ausgerissen oder so. Ich weiß auch nicht. Als ich gesehen habe, wie Sie vollkommen unbeschwert Ihren Mann geküsst haben, da bin ich durchgedreht.«

»Ich bin nicht ihr Mann«, stellte Sir William mit sachlicher Stimme richtig.

Leyla Bennett wirkte aufrichtig überrascht. »Ach … nicht?«

»Nein. Mein Name ist Sir William Gellam.«

»*Der* Sir William Gellam? Von den Gellams?«

»Ich denke schon.«

»Wow, angenehm. Es freut mich sehr, Ihre Bekanntschaft zu machen, Mylord.«

Die Bewunderung, die sich auf dem Gesicht der jungen Frau spiegelte, ließ in Mia unweigerlich die Frage aufkeimen, ob sie Sir Williams Rang und Namen nicht gewaltig unterschätzte. Dieser errötete leicht, während Leyla Bennett ihn mit glühenden Augen anhimmelte.

Was war denn jetzt los? Das war ja fast schon widerlich, wie sie sich ihm zu Füßen warf. Sprichwörtlich, wohlbemerkt, denn genaugenommen saß sie ja bereits zu seinen Füßen. Noch immer gefesselt übrigens – ein weiterer Vorteil, denn sonst hätte sie sich ihm bestimmt an den Hals geworfen. Ekelhaft. Mylord! Man konnte ja wohl alles übertreiben. Und Sir William dachte sich offenbar gar nichts dabei! Als ob es nicht schlimm genug wäre, dass es ihn mehr interessierte, das Missverständnis über ihren Beziehungsstatus aufzuklären, als die Frage nach einer Anzeige.

»Ich weiß noch nicht, ob ich Anzeige erstatten möchte.« Bewusst platzierte Mia den Satz trotzig zwischen Leyla Bennetts anhimmelnde Blicke.

»Bitte zeigen Sie mich nicht an.« Schlagartig hatte sich Leyla Bennetts Blick von einem Sir William anhimmelnden in einen Mia anflehenden verwandelt. »Sie wissen nicht, was Sie mir damit antun würden. Durch den Tod von Prince steht mein Studium sowieso schon auf der Kippe. Mit einer Anzeige kann ich es garantiert vergessen. Sie verdammen mich damit zu einem Leben auf der Straße oder als Barfrau oder Prostituierte oder ...«

Sir William hob beschwichtigend die Hände. »Na na, Miss Bennett, so schlimm wird es doch wohl nicht sein, oder?«

»Schlimmer. Sie haben ja keine Ahnung«, rief diese. Die Verzweiflung in ihrer Stimme war entweder echt oder verdammt gut gespielt.

»Gut.« Mia verschränkte die Arme vor der Brust. »Dann machen wir Sie jetzt los und wünschen Ihnen viel Spaß dabei, die echte Cleopatra Fairwell zu finden und anzugreifen, oder wie?«

Leyla Bennett schüttelte energisch den Kopf. »Nein nein, ich schwöre, wenn Sie mich losbinden, werde ich Mrs Fairwell nichts tun. Vermutlich hätte ich ohnehin keine Chance gegen diese Frau. Ich werde sie anders bestrafen.«

»Ach ja? Und wie? Wollen Sie vielleicht ihr Haus anzünden? Ihr Brot vergiften? Oder ihren Mann umbringen – nach dem Motto: Leben gegen Leben?«

»Jetzt wirst du aber etwas zynisch, Mia.« Sir William warf ihr einen irritierten Blick zu. Offenbar schien die Mitleidstour dieser Frau bei ihm besser anzuschlagen als bei Mia.

»Ich bin überhaupt nicht zynisch, ich bin nur der Meinung, dass diese Frau dort alles andere als harmlos ist. Wer weiß schon, was sie tut, wenn wir sie losbinden?«, protestierte diese.

»Ich schwöre, ich werde gar nichts tun«, versprach Leyla Bennett schnell. »Ich werde auf direktem Weg zum Bahnhof von Grandhall gehen. Allein das sind schon zwei Stunden Fußmarsch. Dann werde ich auf den Zug warten und nach Hause fahren.«

»Ja, wer's glaubt ...«

»Ich kann Sie nicht zwingen, mir zu glauben. Ich kann Ihnen nur versichern, dass ich normalerweise eine nette und vollkommen harmlose junge Frau bin, die weder Ihnen noch sonst jemandem etwas Böses will.«

»Eine harmlose Betrügerin, die an illegalen Pferderennen teilnimmt und harmlose Bürgerinnen angreift, ja klar. Wer weiß, ob Ihre Geschichten überhaupt wahr sind.«

Wie bei einem Tennismatch drehte Sir William den Kopf von Einer zur Anderen und beobachtete den Schlagabtausch irritiert.

»Ha!«, schrie Mia plötzlich auf. »Lügnerin! Jetzt weiß ich, was mich schon die ganze Zeit gestört hat: Wie können Sie denn behaupten, mich mit Cleopatra Fairwell verwechselt zu haben, wenn Sie schon seit drei Jahren an diesen illegalen Pferderennen teilnehmen? Da müssten Sie ja wohl sehr gut wissen, wie sie aussieht, oder nicht? Lügnerin! Alles erstunken und erlogen! Raus mit der Sprache: Was wollten Sie wirklich von mir?«

»Ich habe nicht gelogen«, protestierte Leyla Bennett schnell. Aus ihrer Stimme klang Verzweiflung. »Ich selbst nehme nicht an den Rennen teil. Cora kümmert sich um alles. Sie übergibt mir zwar anteilig die Gewinnsummen für mein Studium, aber ich selbst habe mich auf den Rennen nie blicken lassen. Das ist viel zu riskant. Ich studiere Jura. Wenn offenkundig wird, dass ich Verbindungen in irgendein kriminelles Milieu habe, kann ich meinen Abschluss vergessen. Dann bekomme ich doch niemals eine Zulassung als Anwältin. Nicht als Vorbestrafte. Ich habe Mrs Fairwell noch nie zuvor gesehen, das müssen Sie mir glauben.«

»Gar nichts muss ich.«

Beschwichtigend legte Sir William eine Hand auf Mias Schulter. »Also, ich finde, das klingt sehr plausibel.«

Mia schüttelte sich leicht, sodass er die Hand wieder zurückzog. Er brauchte erst gar nicht den Versuch zu unternehmen, sie zu beruhigen. Was sie glaubte und was nicht, entschied sie immer noch selbst.

In aller Ruhe ließ sie sich die ganze Situation nochmals durch den Kopf gehen, während die anderen beiden sie abwartend anstarrten. Leyla Bennett ängstlich und Sir William mit der Ruhe eines Staatsanwaltes, der auf das Urteil für die Angeklagte wartete.

»Gut. Ich denke, wir können sie freilassen, wenn sie verspricht, sofort nach Hause zu fahren und mir nie wieder unter die Augen zu kommen«, sagte Mia schließlich mit ernster und betont gönnerhafter Stimme.

»Das verspreche ich.« Leyla Bennett hob sogar die Hand zum Schwur und bemühte sich um einen glaubwürdigen Gesichtsausdruck.

Mia war noch nicht fertig. Um ihren Worten besondere Bedeutung zu verleihen, hob sie den Zeigefinger. Sofort war es mucksmäuschenstill.

»Ich möchte Sie ausdrücklich daran erinnern, Miss Bennett, dass ich Sie in der Hand habe. Sollten Sie mir noch einmal zu nahe kommen oder irgendjemandem, der mir lieb ist, dann werde ich Sie auffliegen lassen und Sie können sich Ihr Studium an den Hut stecken, welchen Sie nie in Ascot tragen werden, ist das klar?«

Leyla Bennett nickte. »Absolut klar.«

»Gut. Dann binde sie meinetwegen los, William. Ich möchte ihr ehrlich gesagt nicht zu nahe kommen.« Mit einem giftigen Blick wandte sie sich an Leyla Bennett: »Und Sie verschwinden sofort aus meinem Haus!«

Wieder nickte die junge Frau, während Sir William sich hinunterbeugte, um ihre Fesseln zu lösen.

»Ich werde Sie zum Bahnhof bringen. Wenn ich nach Gellam Manor fahre, muss ich ohnehin in diese Richtung.«

»Was? Ich denke, du wolltest hier schlafen?«, protestierte Mia.

»Ja schon, aber ehrlich gesagt ist mir wohler, wenn ich weiß, dass diese junge Dame möglichst schnell möglichst weit weg von dir ist. Wenn ich sie höchstpersönlich in den Zug setze, dann bin ich beruhigter.«

»Okay. Lieb von dir, danke.« Mia schenkte ihm das liebenswürdigste Lächeln, zu dem sie in dieser abgedrehten Situation in der Lage war. »Und danach kommst du wieder her?«, fragte sie dann vorsichtig. Immerhin hatte er vorgehabt, hier zu übernachten. Zwar war sie nun nicht länger in Gefahr, aber das war ja nur ein noch besserer Anlass, um einen gemeinsamen Abend zu verbringen.

Zu ihrer Enttäuschung schüttelte Sir William den Kopf. »Ich werde vom Bahnhof aus direkt nach Gellam Manor fahren. Immerhin bist du nun nicht mehr in Gefahr.« Plötzlich wich er ihrem Blick aus. »Das war ohnehin eine dumme Idee mit der Übernachtung, verzeih mir Mia.«

Verzeihen? Was gab es denn da zu verzeihen? Sie hätte sich nichts mehr gewünscht, als dass er hier geschlafen hätte.

Was wollte er denn jetzt von ihr hören? Ja, vordergründig war die Idee gewesen, die bedrohliche Situation als Grund für eine Übernachtung vorzuschieben, aber nun, nachdem sie sich geküsst hatten, brauchten Sie doch keinen Grund mehr. Im Gegenteil: Wenn Leyla Bennett endlich aus dem Haus verschwinden würde, könnte man sich doch einen richtig schönen, entspannten Abend machen, mit *King's Ginger*, Pfefferminztee und einer emotionalen Unterhaltung über das Erlebte. Das Ganze selbstverständlich mit offenem Ausgang. Kein Szenario in Mias Kopf hatte den Part vorgesehen, dass Sir William das Cottage vor Sonnenaufgang verlassen würde.

»Mia?«

Sie winkte ab. »Ja natürlich, bring diese Verbrecherin nur zum Bahnhof und geh dann schlafen«, brummte sie missmutig.

Sir William wirkte irritiert. »Mia, ist alles in Ordnung? So kenne ich dich gar nicht.«

Ach, Überraschung, so kannte sie sich selbst auch nicht. »Nein, alles bestens, geh nur. Vielleicht hat mir die ganze Situation mehr zugesetzt, als ich dachte. Ich gehe jetzt ins Bett. Du weißt ja, wo die Tür ist. Schönen Abend, William, auf Nimmerwiedersehen, Miss Bennett.«

Mit diesen Worten drehte sich Mia um und verschwand aus dem Wohnzimmer. Langsam stieg sie die Treppen hinauf. Wenn sie sich jetzt in einem schönen Schnulzenfilm befinden würden, dann würde Sir William ihr folgen. Sie lauschte ein paar Sekunden. Schritte. Leises Gemurmel. Wehe, er entschuldigte sich jetzt bei dieser Tussi für ihr Verhalten. Und wehe, diese Frau versuchte nochmals, mit ihm zu flirten. In letzterem Fall war es besser, dass sie die Szenerie verlassen hatte, sonst würde sie Leyla Bennett noch an die Gurgel gehen.

Endlich hörte sie, wie die Haustür ins Schloss fiel und seufzte erleichtert auf. Die plötzliche Stille fühlte sich an wie eine schwere Decke, die sich über ihr und dem gesamten Haus ausbreitete.

Mia schleppte sich ins Bad, zog sich um und putzte sich die Zähne. Dann legte sie sich ins Bett und zog die Decke bis zum Kinn. Jetzt wäre es schön, Sir Williams leises Schnarchen aus dem Wohnzimmer zu hören. Oder mit ihm noch etwas zu trinken. Mit ihm zu reden.

Reden. Und schlafen.

Bleischwer drückte sie die Müdigkeit in einen wirren Traum. In diesem sah sie Sir William vor dem Altar der Pennygraver Kirche stehen. Durch den langen Mittelgang schritt eine Frau im weißen Brautkleid auf ihn zu. Als sie neben ihm stand, hob sie den Schleier. Dann drehte sie sich um und zwinkerte Mia bösartig zu. Es war Leyla Bennett. Mia sprang auf, spürte aber, dass jemand ihre Hand nahm und sie wieder zurück in die Bank zog. »Lass ihnen ihr Glück. Wir haben das unsere«, sagte eine sanfte Stimme. Mia wandte den Kopf und blickte in die grünsten grünen Augen, die sie je gesehen hatte.

»Hört auf, um den Tisch herumzurennen, bis sich noch einer von euch den Kopf stößt! Ich habe heute keine Zeit, mit euch ins Krankenhaus zu fahren!«, brüllte Sissi Ratherford, während sie zum vierten Mal an diesem Morgen die Klospülung drückte und sich anschließend den Mund mit kaltem Wasser auswusch. Keine Zeit, keine Kraft und keine Nerven. Am liebsten hätte sie die Badezimmertür abgeschlossen, sich auf den Boden gelegt und geschlafen. Aber das ging ja nicht, weil vier Kinder durch den Wohnbereich tobten und mit Sicherheit gleich jemand heulen würde. Dann musste getröstet, gepflastert und gekuschelt werden. Vier Kinder. Und in ihrem Bauch wuchs nun das fünfte heran. Lange hatte sie den Gedanken zu verdrängen versucht, aber das änderte nichts an den Tatsachen. Sie war schwanger. Schon wieder. Wie hatte das nur passieren können? Als sie sich damals so sehnlich ein Kind gewünscht hatte, hätte sie sich niemals vorstellen können, dass sie eines Tages hier auf dem kalten Badezimmerboden sitzen würde und sich nur einen Moment wünschte, in dem keine Kinder um sie herumtobten, niemand nach Mami schrie, ihr Shirt weder verkotzt noch versabbert noch von Milch- oder Breiflecken besudelt war. Aber was jammerte sie denn? Kinder waren ein Segen. Das hatte sie damals gewusst und das hatte sie umso mehr zu schätzen gewusst, seit sie realistische Angst davor gehabt hatte, keine haben zu können. Deshalb packte sie auch jetzt sofort wieder das schlechte

Gewissen. Ja, sie waren anstrengend und wild und man hatte keinen Moment mehr für sich. Aber im Grunde waren sie doch das größte Glück, das sie hatte.

Sissi atmete tief durch. Dann ging sie ins Wohnzimmer und begutachtete lächelnd ihre Rasselbande. Sie hatte unverschämtes Glück. Alle vier Kinder hatten ihre markanten Gesichtszüge geerbt. Sie konnte nur hoffen, dass das Schicksal sich noch einmal erbarmte.

Zärtlich legte sie die Hand auf ihren Bauch und streichelte ihn. Noch einmal. Ein einziges Mal noch musste alles gut gehen. Danach würde sie nichts mehr riskieren.

17

Obwohl sie während der gesamten Nacht nicht ein einziges Mal aufgewacht war, fühlte sich Mia am nächsten Morgen, als hätte sie kein Auge zugetan. Wirre Träume hatten sie verfolgt, in denen sie von zähnefletschenden Frauen angegriffen worden war, deren Gesichter immer unterschiedlich gewesen waren, aber alle eine erschreckende Ähnlichkeit mit Leyla Bennett aufwiesen. Als Sir William zu guter Letzt auf einem weißen Pferd herangeritten war, um sie aus den Klauen einer der Furien zu befreien, hatte sie sich schon in Sicherheit gewähnt. Da war das Pferd auf einmal wimmernd unter ihnen zusammengebrochen. Während sich Sir William in Inspector Mellony verwandelt hatte, der sie fragend ansah, war Lucas Harrison vom Himmel herabgeschwebt, in der Hand die geheime Zuckermischung von Cleopatra Fairwell. Unter schallendem Gelächter hatte er den Zucker über Theodor Lawson herabrieseln lassen, woraufhin sich die einzelnen Zuckerkörner in Geldscheine verwandelt hatten, die den gesamten Boden bedeckten und auch das tote Pferd unter sich begruben. Gerade als Cleopatra Fairwell auf der Bildfläche erschienen war, erwachte Mia keuchend.

So schnell war sie noch nie aus dem Bett gesprungen. Die anschließende kalte Dusche vermochte zwar den Angstschweiß abzuwaschen, doch die wirren Traumfetzen blieben in ihrem Bewusstsein kleben und begleiteten sie in den Tag hinein. Mia frühstückte mit einem unguten Gefühl. Dann machte sie sich auf den Weg zur

Bibliothek. Unablässig grub sich der wirre Traum bei jedem Schritt wie ein Maulwurf durch ihre Gedanken. So wirr er auch war, so hatte er doch klar erkennbare Bezüge zur Realität. Außer der Präsenz von Theodor Lawson waren die Ursprünge für die meisten Erscheinungen erklärbar. Was dieser Junge in ihrem Traum zu suchen hatte, blieb allerdings ein Rätsel. Sie musste unbewusst irgendetwas wahrgenommen haben, was er gesagt oder getan hatte, aber so sehr sie es auch versuchte, sie konnte sich einfach nicht erinnern.

Gerade war sie auf Höhe des kleinen Keramikladens angekommen, als sie mit einem Mal wieder das alarmierende Gefühl überfiel, das sie auch gestern verspürt hatte, als sie von Leyla Bennett beobachtet worden war. Konnte das sein? Wagte diese Frau es tatsächlich, ihr erneut nachzustellen? Nein, Unsinn. Der Grund für ihre Verfolgung hatte sich ja inzwischen als Missverständnis herausgestellt. Aber warum fühlte sie sich dann noch immer beobachtet?

Mit einem Ruck drehte sie sich um. Gerade noch konnte sie sehen, wie eine junge, blonde Frau in Sekundenschnelle den Blick von ihr abwandte und konzentriert auf ein Blumenbeet starrte. Das durfte ja wohl nicht wahr sein!

Wutentbrannt machte Mia kehrt und lief auf sie zu. Die Frau starrte konzentriert auf die Bluebells, als seien sie eine noch nie dagewesene Sensation. Wie in einer Zeitschleife präsentierte sich dasselbe Bild wie am Tag zuvor, lediglich die Frau, die sich auf die Blumen konzentrierte, war eine andere. Diesmal ließ Mia sich aber nicht beirren. In ihrem Bauch ballte sich die Wut zusammen wie eine Feuerkugel, die nur darauf wartete, auf ein armes Opfer geschleudert zu werden.

»Was soll das?«, keifte sie die blonde Frau an. Auch wenn die Wut ihre Stimme bedrohlich klingen ließ, war jede Faser ihres Körpers angespannt. Jetzt bloß keinen Fehler machen. Falls die Fremde auf sie losgehen sollte, musste sie sofort bereit sein, zurückzuschlagen, sich mit allen Kräften zu wehren. Als äußerst friedliebender Mensch hasste sie körperliche Auseinandersetzungen und war bisher auch noch nie in eine geraten, doch jetzt war sie so wütend, dass sie sich zu allem imstande fühlte.

Die blonde Frau hob den Kopf. In ihren Augen flackerte Angst. Damit hatte sie nicht gerechnet. War Mia gerade im Begriff, eine harmlose Touristin zur Schnecke zu machen? Diese Möglichkeit hatte sie allerdings auch bei Leyla Bennett in Betracht gezogen und bei ihr hatte ihr Instinkt sie nicht getrogen. Auch diesmal sagte er ihr, dass die Blonde keine gewöhnliche Passantin war, sondern ihr Aufenthalt auf dieser Straße definitiv etwas mit ihr, Mia Midway, zu tun hatte.

»Warum verfolgen Sie mich? Sind Sie die Schwester von Leyla? Sind Sie Cora Bennett? Hören Sie genau zu: Ich bin nicht Mrs Fairwell. Ich bin Mia Midway und egal, was Sie zu wissen glauben, ich habe mit Mrs Fairwells Machenschaften, mit Ihnen oder Ihrer Schwester nichts zu tun. Überhaupt nichts! Nicht das Geringste. Lassen Sie mich gefälligst in Ruhe!«

Die blonde Frau betrachtete Mia einen Moment. Schweigend. Nachdenklich. Dann zuckte sie leicht mit den Schultern, drehte sich um und ging davon. Mia kochte. Was fiel dieser Tussi ein, sie so eiskalt zu ignorieren? Was war das überhaupt für eine aufgetakelte Schnepfe?

Fassungslos starrte sie ihr hinterher, wie sie auf ihren mindestens acht Zentimeter hohen Stiletto-Sandalen davonstakste. Sollte sie sich doch auf dem Pennygraver Kopfsteinpflaster die Füße brechen. Okay, das war gemein. Die Nerven gingen langsam mit ihr durch. Zeit für einen Beruhigungstee.

Ungeachtet dessen, dass sie durch den Zwischenfall ohnehin spät dran war, machte sie einen kleinen Abstecher in die Bäckerei der Fairwells. Ihre Hand lag bereits auf der Klinke, da zögerte sie einen Moment. War es wirklich eine gute Idee, einen Tee in der Bäckerei der Frau zu trinken, die einen Mann mit einem Getränk vergiftet hatte?

Gerade wollte sie ihre Hand wieder zurückziehen, da fiel ihr Blick ins Innere der Bäckerei. Hinter dem Tresen stand Oliver Fairwell und warf ihr einen so erbarmungswürdigen Blick zu, dass sie es nicht übers Herz brachte, wieder zu gehen. Seufzend öffnete sie die Tür und trat ein. Die kleine Bäckerei, die ansonsten um diese Uhrzeit aus allen Nähten platzte, war vollkommen leer.

»Oh Gott sei Dank, Miss Midway, Sie lassen mich nicht im Stich. Egal, was Sie wollen, heute geht alles aufs Haus.«

»Oh, das ist wirklich sehr großzügig, Mr Fairwell, vielen Dank. Ich hätte gerne eine Tasse Ihres berühmten Lavendeltees, bitte.«

»Mit dem größten Vergnügen, Miss Midway. Vielen Dank für Ihr Vertrauen.«

Mit einer Geste wies Mia auf die leeren Stehtische. »Was ist denn hier los? Wo sind denn alle?«

»Ach, Miss Midway, es ist ein Elend. Niemand kommt mehr. Sie wissen sicherlich, dass meine Frau Cleopatra des Mordes verdächtigt wird?«

»Ich war auch beim Backwettbewerb. Aber ich denke, Sie müssen sich keine Sorgen machen, Mr Fairwell. Laut Polizei ist Ihre Frau gar nicht mehr unter den Verdächtigen.«

»Nein. Aber laut der Bevölkerung. Alle denken, dass sie eine Mörderin ist. Alle.«

Mia schwieg. Zu widersprechen, wäre eine zu eindeutige Lüge gewesen.

»Sie halten sie auch für schuldig, nicht wahr?« Er musterte sie mit großen, neugierigen Augen.

Mia nickte leicht. »Es tut mir wirklich leid, Mr Fairwell, aber meiner Meinung nach hatte Ihre Frau das Motiv und die Gelegenheit, die tödlichen Tropfen in die Champagnerflasche zu füllen. Es ist einfach naheliegend, dass sie es war.«

Mr Fairwell seufzte tief. Dann ging er nach hinten, holte die Tasse Tee und übergab sie an Mia. »Wissen Sie, ich glaube ja selbst, dass sie es war.« Wieder sah er ihr direkt in die Augen. Abwartend. Lauernd.

Mia tat ihm nicht den Gefallen einer Antwort. Auf der einen Seite kam diese Information überraschend, auf der anderen war sie mehr als nachvollziehbar. »Es tut mir wirklich leid für Sie. Das alles«, sagte sie schließlich leise.

»Danke, das ist nett.«
Ein paar Sekunden lang herrschte Stille.

»Könnten Sie mir vielleicht einen Gefallen tun, Miss Midway?«

»Kommt darauf an.«

»Können Sie den Menschen hier im Dorf sagen, dass Sie keine Angst vor uns zu haben brauchen? Die Waren in unserer Bäckerei sind nach wie vor einwandfrei und wir sind darauf angewiesen, dass sie sich verkaufen. Wenn die Pennygraver unsere Bäckerei weiterhin meiden, dann stehen wir sehr bald vor dem Bankrott. Wir haben nicht viele Rücklagen, um solch schwere Zeiten zu überstehen. Wissen Sie was? Sagen Sie einfach, jeder, der kommt und etwas kauft, bekommt ein Produkt gratis. Und falls es hilft: Meine Frau ist nicht einmal hier. Sie ist seit gestern Abend verschwunden. Ich habe keine Ahnung, wo sie ist, aber wenn sie wieder auftaucht, dann werde ich dafür sorgen, dass sie sich zunächst von der Bäckerei und den Kunden fernhält. Könnten Sie das verbreiten?«

»Ich bin zwar nicht Melody, aber ich werde mein Bestes geben.«

»Danke. Das bedeutet mir wirklich viel. Sie sind ein guter Mensch, Miss Midway. Es ist schön, dass Sie nach Pennygrave gekommen sind.«

Verlegen lächelte Mia. Es war nett, so mit Komplimenten bedacht zu werden, aber so richtig damit umzugehen wusste sie nicht. Mr Fairwell lächelte sie ein paar Sekunden schweigend an. Dann ging ein Ruck durch seinen Körper, als fiele ihm gerade erst etwas Wichtiges ein.

»Oh, Mrs Fairwell, nehmen Sie noch unbedingt eines von diesen Schokotörtchen mit.« Er nahm einen kleinen Pappteller und drapierte zwei Schokotörtchen darauf. »Besser zwei. Sie können ja eins unterwegs verschenken. Das müsste jeden davon überzeugen, dass wir trotz des dummen Zwischenfalls nichts an Qualität eingebüßt haben.« Er überzog den Teller mit Folie und reichte ihn Mia über den Tresen. »Ach, wissen Sie was ... und noch eins auf die Hand kann nicht schaden. Sie können es vertragen.«

Noch ein Kompliment. So selbstsicher wie möglich nahm Mia auch das dritte Törtchen entgegen. Während ihr der süße Duft in die Nase stieg, betrachtete sie die süße Versuchung gierig. Es sah einfach zu lecker aus, als dass sie hätte widerstehen können. Ein kleiner Bissen würde sie schon nicht umbringen. Herzhaft biss sie hinein und spürte, wie ein weiches, warmes Glücksgefühl aus flüssiger Schokolade sie durchströmte, als sei sie in einen Kakaosee im Schlaraffenland gefallen.

»Das ...«, murmelte sie kauend und schüttelte glückselig mit dem Kopf, während sie mit dem Finger auf das Schokoladenglück in ihrer Hand zeigte, »... also das ist wirklich unglaublich. Sie haben die Törtchen genauso perfekt hinbekommen wie Ihre Frau. Wenn nicht sogar noch einen Hauch besser. Also das ist doch nicht zu fassen.« Gierig nahm Mia noch einen Bissen und wusste schon jetzt, dass es ihr außerordentlich schwerfallen würde, eines der Törtchen zu verschenken. Wenn Mr Fairwell imstande war, so unglaubliche Leckereien zu zaubern, dann war es wohl doch das Beste gewesen, dass er das Gestüt verkauft und in die Bäckerei investiert hatte. Der Geschmack toppte alles, was sie bisher gegessen hatte und das war mehr als ein Model in seinem ganzen Leben zu sich nahm.

»Schön zu sehen, dass es Ihnen so schmeckt«, freute sich Mr Fairwell.

»Schmecken ist ja gar kein Ausdruck! An Ihnen ist ein Konditormeister verlorengegangen, Mr Fairwell.«

»Oh, der Ruhm gebührt mir nicht. Die Törtchen hat Patrick gebacken.«

»Patrick?«

Mr Fairwell drehte sich um und rief mit lauter Stimme: »Patrick, kommst du mal bitte? Ein Fan deiner Törtchen möchte dich gerne kennenlernen.«

»Aber mit dem größten Vergnügen«, ertönte eine Stimme aus der Backstube.

Mia hatte die Stimme schon mal gehört, konnte sie aber im ersten Moment nicht mit einem passenden Gesicht in Verbindung bringen. Als das dazugehörige Konterfei gleich darauf in der Tür erschien, blieb Mia der Mund offen stehen.

»Mr Gloster?«

»Live und in Farbe.« Der Fernsehkoch strahlte.

Aus der Nähe betrachtet wirkte seine orangefarbene Koboldfrisur noch lächerlicher als aus der Entfernung. Nichtsdestotrotz waren seine Törtchen denen Cleopatra Fairwells ebenbürtig, das musste sie anerkennen. Nein, nicht nur das, sie schmeckten genau gleich. Mit einem Mal erstarrte sie.

»Sie!«, rief sie dann mit krächzender Stimme. Der Versuch, die plötzliche Erkenntnis hinunterzuschlucken, hatte aus ihrer Kehle ein Reibeisen werden lassen. Schnell hustete sie trocken und deutete dann mit dem Finger auf Patrick Gloster, in dessen Gesichtszüge sich erstes Unbehagen abzeichnete. »Sie haben Mrs Fairwells Zuckermischung gestohlen, habe ich recht?«

Die Mimik des Starkoches schwankte zwischen Entsetzen und einem ironischen Lächeln. Allein das bestätigte Mia in ihrer Annahme.

Das Lächeln nahm überhand. »Aber Miss ...«

» ... Midway«, half Mr Fairwell aus.

»Miss Midway«, knüpfte Gloster an, noch immer süffisant grinsend, als habe sie einen vorzüglichen Scherz gemacht. »Sie machen sich lächerlich. Was sollte ich denn mit der Zuckermischung einer gewöhnlichen Landbäckerin?«

Mia stellte die Törtchen auf dem Tresen ab und zeigte anklagend mit dem Finger darauf. »Mrs Fairwell ist keine gewöhnliche Landbäckerin, sondern vermutlich die beste in ganz Cornwall, wenn nicht sogar in ganz England. Ihre Zuckermischung verleiht ihren süßen Backwaren einen ganz besonderen Geschmack. Eben jenen, den Ihre Törtchen auch aufweisen. Es ist nicht möglich, Mrs Fairwells Törtchen so exakt nachzubacken, ohne über ihre spezielle Zuckermischung zu verfügen, da können Sie mir erzählen, was Sie wollen.« Erkennend schlug sie sich mit der flachen Hand an die Stirn. »Oh ja natürlich, jetzt passt alles zusammen. Mrs Fairwells Zuckermischung verschwand auf dem Wettbewerb. Als Jurymitglied hatten Sie jederzeit Zugang zu allen Kandidatenplätzen und auch zu den Zutaten. Gott, war ich dumm! Vermutlich hatten Sie es die ganze Zeit schon auf die Zuckermischung abgesehen. Haben Sie etwa auch den armen Mr Harrison vergiftet?«

»Nein nein nein, halt! Stopp!« Während Mias laut ausgesprochenem Erkenntnisprozess hatten sich die verschiedensten Stimmungen in Patrick Glosters Gesicht gespiegelt, jetzt beschränkte es sich auf eine: Schrecken.

Nun schien auch Mr Fairwell aus seiner Starre zu erwachen. Mit weit aufgerissenen Augen sah er Mr Gloster an. »Sie haben die Zuckermischung gestohlen?«

»Ich rufe jetzt die Polizei«, verkündete Mia mit fester Stimme.

»Nein, halt, warten Sie! Bitte keine Polizei«, wandte Patrick Gloster aufgebracht ein und stürmte hinter dem Tresen hervor auf Mia zu. Diese trat instinktiv zwei Schritte zurück. Mit dem Po stieß sie an etwas, fasste hinter sich und bekam einen Schirm zu greifen, den irgendjemand in dem breiten Alueimer vergessen hatte. Drohend erhob sie ihn gegen Mr Gloster. »Kommen Sie mir nicht zu nahe«, warnte sie. »Es ist zwar nur ein Schirm, aber Sie können mir glauben, wenn es darauf ankommt, verfüge ich über eine beeindruckende Schlagkraft.«

Ergeben hob Patrick Gloster die Hände. »Schon gut, schon gut, ich werde Ihnen nichts tun, keine Angst. Aber ich bitte Sie: keine Polizei. Das wäre das Ende meiner Karriere.«

»Ja, bei Ihnen endet nur die Karriere, dem armen Lucas Harrison haben Sie das Leben beendet.«

»Das habe ich nicht!« Er schrie.

»Mit Lautstärke versucht der Mensch auszugleichen, was ihm an Überzeugungskraft mangelt«, belehrte ihn Mia. Die dämlichen Sprüche aus ihrer Vergangenheit als Lehrerin würden sie wohl ihr Leben lang begleiten.

Patrick Gloster seufzte. »Ich garantiere Ihnen, ich habe dem armen Mr Harrison nichts getan.«

»Ach. Dann ist es nicht so, dass er Sie dabei ertappt hat, wie Sie Mrs Fairwells Zuckermischung gestohlen haben und Sie ihn deshalb aus dem Weg geräumt haben?«

»Ganz und gar nicht«, protestierte Patrick Gloster kopfschüttelnd. »Ich gebe es zu, ich habe die Zuckermischung gestohlen. Oh Gott ja. Es ist mir so peinlich, ich würde am liebsten hier an Ort und Stelle im Erdboden versinken. Aber ich habe mit dem Mord an Mr Harrison nichts zu tun, das müssen Sie mir glauben.«

»Ich muss überhaupt nichts«, entgegnete Mia. Oh wie sehr sie Floskeln hasste. Und doch geriet sie immer wieder in die Notwendigkeit ihrer Benutzung.

»Nein. Natürlich nicht.« Patrick Gloster ließ die Hände und den Kopf sinken. Mit einem Mal wirkte er wie ein Häufchen Elend. »Dann lassen Sie mich wenigstens erklären.«

»Erklären Sie. Erklären Sie, so viel Sie wollen, ich bin für jedes Wort dankbar, das ein bisschen Licht in diesen wirren Fall bringt.«

»Ich gestehe, dass ich die Zuckermischung von Mrs Fairwell gestohlen habe. Die war ehrlich gesagt der einzige Grund, warum ich noch einmal bereit war, am Pennygraver Backwettbewerb teilzunehmen. Andernfalls hätte ich wohl nie wieder einen Fuß in dieses Nest gesetzt. Aber mir ist zu Ohren gekommen, dass diese Zuckermischung einzelne Backwaren seit Jahrzehnten zu einem kulinarischen Hochgenuss erhebt. Die Krone des Ganzen war dann, dass ein Paar aus Pennygrave bei mir in der Sendung war. Wie immer wird das Publikum dabei mit Pröbchen verköstigt. Und dann sagte die

Dame tatsächlich: Also ich muss sagen, das ist gut, aber die von Mrs Fairwell sind viel besser.«

»Und da hat Sie die Eifersucht gepackt wie die Königin aus Schneewittchen und Sie sind hinter die sieben Berge nach Pennygrave gereist, um die unliebsame Konkurrenz zu vergiften?«

»Nein nein nein.« Vehement schüttelte Patrick Gloster den Kopf. »Ich wollte niemandem etwas antun. Weder Mr Harrison noch Mrs Fairwell. Ich wollte nicht einmal ihre Zuckermischung stehlen. Ich wollte lediglich eine Probe nehmen.«

»Und warum haben Sie das nicht einfach getan?«

»Das wollte ich ja. Ich bin Mrs Fairwell extra gefolgt. Sehr schnell hatte ich herausgefunden, dass sie ihre Spezialmischung in einer pinkfarbenen Zuckerdose transportiert. Diese habe ich dann, so gut es ging, im Auge behalten. Und dann hat Mrs Fairwell tatsächlich die Dose auf ihrem Platz abgestellt, während die Tische noch aufgebaut wurden. Dann wurde sie von einer alten Dame gerufen, ist weggelaufen und ich habe die Gunst der Stunde genutzt, um mir das Döschen zu schnappen. Ich wollte nur einen Teelöffel davon umfüllen, ich schwöre es. Sie hätte es gar nicht bemerkt.«

»Ach, und was ist schiefgegangen?«

»Theresa Morten. Sie hat mich angesprochen.«

»Auf Ihre langen Finger?«

»Nein, darauf, wie wichtig es ihr sei, dass diesmal beim Wettbewerb alles mit rechten Dingen zuginge. Sie kennen bestimmt die Gerüchte über mich und eine gewisse Dame bei meiner erstmaligen Teilnahme in der Jury?«

»Kenne ich. Da haben Sie sich nicht gerade mit Ruhm bekleckert.«

»Nein. Und auch darauf bin ich nicht stolz. Also, da spricht mich diese Pfarrersfrau an und redet mir ins Gewissen. Ich war angesichts ihrer moralischen Überlegenheit vollkommen hilflos und steckte die Dose einfach in die nächstbeste Tasche. Es gelang mir nicht einmal mehr, sie ordentlich zu schließen.«

»Die Sporttasche von Lucas Harrison.«

»Das wurde mir erst später klar. Ich habe sie nach dem Wettbewerb unter der Bühne entdeckt und die Dose so schnell wie möglich an mich genommen, um kein Aufsehen zu erregen. Die Tasche habe ich gelassen, wo sie war.«

»Das weiß ich, ich habe sie gefunden. Inklusive des Großteils der Zuckermischung auf dem Boden. Wo ist die Dose mit dem Rest?«

Seufzend ging Patrick Gloster zurück in die Backstube. Während Mia und Mr Fairwell sich wortlos ansahen, kam er zurück und schwenkte eine pinkfarbene Dose durch die Luft. Mit gesenktem Kopf übergab er sie an Mr Fairwell.

»Mr Fairwell, es tut mir leid. Ich weiß, ich habe damit ein Familiengeheimnis gestohlen. Diese Mischung ist unglaublich. Trotzdem verspreche ich Ihnen hiermit, sie nicht mehr zu verwenden, wenn Sie mir im Gegenzug versprechen, es bei meiner Entschuldigung bewenden zu lassen. Bitte zerstören Sie nicht meine Karriere.«

»Ihre Karriere ist mir vollkommen egal«, erklärte Mr Fairwell traurig. »Meinetwegen können Sie die Mischung auch verwenden. Es macht ja den armen Lucas Harrison nicht mehr lebendig.«

Was für eine Größe. Jeder andere wäre vermutlich ausgerastet. Beeindruckt sah Mia dabei zu, wie die beiden Männer sich die Hände reichten. Dann zog Patrick Gloster seine Schürze aus, mit der er Mr Fairwell offensichtlich in der Backstube geholfen hatte.

»Ich denke, es ist das Beste, wenn ich nun meine Sachen packe und diesen Ort für immer verlasse. Pennygrave bringt mir kein Glück. Ich habe zwar kein Geld hier begraben müssen, aber doch fast meine Karriere. Es tut mir leid. Ich hoffe, Sie können mir mein unüberlegtes Handeln verzeihen.«

»Mooooooooment.« Mia hob die Hand. »Und wer garantiert uns, dass Sie wirklich nichts mit dem Tod an Lucas Harrison zu tun haben? Ich meine, man darf ja nicht jedem alles glauben, nicht wahr?«

Patrick Gloster zuckte mit den Schultern. »Zunächst nur ich. Aber ich bin sicher, die Polizei wird den wahren Schuldigen finden. Oder Sie, wenn Sie so weitermachen. Falls mich jemand sucht, mein jeweiliger Aufenthaltsort ist dank der regionalen Presse leider niemals ein Geheimnis. Also hetzen Sie mir ruhig die Polizei auf den Hals, wenn Sie das für notwendig erachten. Ich kann Ihnen nur weiterhin meine Unschuld beteuern. Zumindest, was den Mord betrifft. In allem anderen … na ja, Sie wissen es ja. Ich wäre Ihnen wirklich dankbar, wenn das alles unter uns bliebe. Aber mehr als bitten kann ich Sie nicht. Tun Sie, was Sie tun müssen.«

Mit gesenktem Kopf verließ der große Patrick Gloster die Bäckerei wie ein geprügelter Hund. Ein einziger moralischer Fehltritt hatte ihn von seinem überheblichen Sockel stürzen und zu Mias Füßen kriechen lassen können. War das zu fassen? Schade, dass Lady Sophie dieser Szene nicht beigewohnt hatte, sie hätte sie gefeiert. Noch nie hatte sie den, wie sie ihn nannte, arroganten Schnösel von Möchtegernkoch leiden können.

»Ich weiß nicht, was ich sagen soll«, murmelte Mr Fairwell hilflos, als die Tür hinter dem berühmten Fernsehkoch ins Schloss gefallen war.

»Das ist wirklich unglaublich«, bestätigte Mia. »Aber wenigstens wissen wir jetzt, wer die Ursache des ganzen Desasters war. Beziehungsweise, wer Ihrer Frau das Leben gerettet hat. Immerhin hat Mr Harrison dank ihm den tödlichen Champagner getrunken und nicht Ihre Frau.«

»Stimmt. Dann müsste ich ihm wohl sogar dankbar sein.«

»Müssen tun Sie gar nichts«, wiederholte Mia ihre Standardfloskel für vermeintlich erwartetes Verhalten. »Außer mir vielleicht einen neuen Tee bringen. Dieser hier ist leider kalt geworden.«

»Aber selbstverständlich, sofort, Miss Midway.«

»Dann hoffe ich mal, dass bald wieder Kundschaft in die Bäckerei kommt. Ich werde auf jeden Fall Werbung machen. Ach, wissen Sie was, Mr Fairwell? Gießen Sie mir doch den Lavendeltee bitte in einen ihrer Becher mit dem Logo der Bäckerei. Vielleicht wird es viele Menschen schon allein beruhigen, zu sehen, dass ich ein Produkt von hier trinke und nicht tot umfalle.« Zumindest hoffte sie Letzteres.

»Was für eine wunderbare Idee!« Mr Fairwell strahlte über das ganze Gesicht. Dann brachte er einen der typischen To go-Pappbecher und schüttete den Lavendeltee hinein. »Miss Midway, vom heutigen Tag an ist Lavendeltee für Sie in unserer Bäckerei grundsätzlich gratis.«

»Oh, das ist wirklich nicht nötig.«

»Es ist mir ein persönliches Anliegen.«

»Vielen Dank.«

»Nein, ich danke Ihnen. Sie sind einfach ... ach, einfach toll.«

Bevor sich Mr Fairwell in weiteren Komplimenten ergehen konnte, bedankte sich Mia und machte dann, dass sie hinauskam. Der arme Mann. Er konnte einem wirklich leidtun.

Wie versprochen trug sie den Becher mit dem Logo nach vorn vor sich her und marschierte nun schnurstracks zur Bibliothek. Lady Sophie würde sich über das Schokotörtchen von Mr Gloster bestimmt freuen. Vielleicht verschwieg sie einfach, dass er es gebacken hatte. Obwohl – wenn sie Lady Sophie von ihren neuen Erkenntnissen erzählte, würde sie um diese Information wohl kaum herumkommen. Immerhin war der extravagante Geschmack der Schlüssel gewesen, der sie überhaupt erst auf die Lösung gebracht hatte.

Wenige Meter vor der großen Glastür hielt sie inne. Das konnte doch wohl nicht wahr sein. Auf der anderen Straßenseite stand die blonde Frau und spähte herüber. Fest stemmte Mia ihre freie Hand in die Hüfte und schoss zornige Blicke zu ihr hinüber, aber die blonde Schnepfe machte keinerlei Anstalten, sich davonzuscheren.

»Da bist du ja endlich!« Wie ein Brummkreisel kam Lady Sophie aus der Bibliothek geschossen. »Ich dachte schon, es sei dir doch noch was passiert. Oh Mann, ich hätte William umgebracht, das kann ich dir sagen. Na ja, nicht wirklich, aber ihm doch zumindest eine Ohrfeige verpasst, die er sein Leben lang nicht vergessen hätte. Dass er dich nach dem Schock einfach allein gelassen hat. So habe ich ihn nicht erzogen.«

Da Mia ihren Blick noch immer auf die blonde Frau gerichtet hielt, sah nun auch Lady Sophie hinüber. In diesem Moment erstarrte das bisher so unbeeindruckte Gesicht der jungen Frau. Mit einem Ruck drehte sie sich um und rannte davon.

Erstaunt wandte Mia sich an Lady Sophie. »Was war das denn? Hast du den Killerblick oder so? Ich versuche seit einer halben Stunde, diese Barbie zu verscheuchen und du schaust sie einmal an und sie rennt davon?«

Lady Sophie zuckte mit den Schultern. In ihrem Gesicht spiegelte sich Verärgerung.

»Jetzt mal im Ernst, Sophie, vielleicht solltest du meinen Bodyguard spielen. Diese Frau ist schon die zweite, die mich verfolgt. Ich dachte eigentlich, nachdem die Sache mit Leyla Bennett geklärt ist, wäre ich in Sicherheit, aber seit heute Morgen verfolgt mich dieses blonde Großstadtpüppchen. Allerdings jagt sie mir nicht halb so viel Angst ein wie Leyla Bennett, muss ich zugeben. Ich glaube kaum, dass sie mir mit diesen Schuhen hinterherkommt, wenn ich losrenne. Und prügeln wird sie sich mit diesen Fingernägeln auch eher nicht wollen.« Sie kicherte. Wahnsinn, wie schnell man abhärtete, wenn man solch absurde Dinge erlebte.

Lady Sophie drehte sich um und marschierte zurück in die Bibliothek. »Gut, dass du endlich da bist«, plapperte sie dabei vor sich hin. »In der Bibliothek streiten sich Miss Clearmont und Mrs Clottingham um dasselbe

Buch wie zwei Hühner auf Speed und ich weiß nicht, wie ich den Streit schlichten soll. Mrs Clearmont besteht darauf, dass sie als Ältere das Buch zuerst lesen darf, Mrs Clottingham ist aber schon länger Mitglied des Fördervereins der Bibliothek. Was also tun?«

»Auslosen«, schlug Mia vor.

Gemein von Lady Sophie, dass sie die erneute Verfolgung nicht ernst nahm. Übertrieb sie? Immerhin war die Blonde weggerannt. Nachdenklich folgte sie der Freundin hinein zu den beiden Streithühnern, die beide dasselbe Taschenbuch festhielten und keinen Zentimeter nachgaben.

Gebieterisch klatschte Lady Sophie in die Hände. »Meine Damen, wir losen aus.«

In Windeseile riss sie einen Notizzettel von dem kleinen Blöckchen auf dem Verleihtresen und kritzelte die Namen der beiden Frauen darauf. Dann nahm sie jeweils einen in eine Hand und streckte die Arme mit geschlossenen Fäusten nach vorn. Mia tippte auf die linke Faust. Lady Sophie öffnete sie und verkündete: »Miss Clearmont bekommt das Buch als Erste.«

Mrs Clottingham schnaubte, während Melody Clearmont triumphierend grinste und das begehrte Buch an sich riss. Nun konnte auch Mia den Titel erkennen: *Pendeln für Anfänger. Mit Schwingungen aus anderen Sphären zur Wahrheit.*

Nur mit Mühe konnte sie sich das Kichern verkneifen.

Miss Clearmont drückte das Buch noch etwas fester an sich. »Sie brauchen gar nicht so zu grinsen, Miss Midway, es gibt mehr Dinge zwischen Himmel und Erde, als Sie sich vorstellen können.«

»Tut mir leid«, entschuldigte sich Mia schnell. »Ich möchte mir keinesfalls ein Urteil über Ihre Lesevorlieben erlauben, Miss Clearmont. In unserer Bibliothek soll jeder das lesen, was ihm Spaß macht.«

»Oh, mit Spaß hat das gar nichts zu tun. Im Gegenteil. Oft fördert ein Pendel gerade die unliebsamen Wahrheiten zutage, die man selbst nicht sehen will.«

Allein die Vorstellung von Melody Clearmont, die dasaß und mit vor Konzentration hochrotem Kopf versuchte, einem Stück Stein die Wahrheit über ein Dorfgerücht zu entlocken, ließ Mia fast platzen. Dennoch zwang sie sich zu Haltung und einem ernsten Gesichtsausdruck, auch wenn sie sich einen kleinen Scherz dann doch nicht verkneifen konnte.

»Sie können ja mal auspendeln, wer der Mörder von Lucas Harrison ist«, schlug sie vor.

»Das kann man nicht auspendeln. Für so etwas bräuchte man ein Ouija-Brett mit Buchstaben. Das ist schwarze Magie, damit will ich nichts zu tun haben. Einem Pendel können Sie nur Fragen stellen, die sich mit Ja oder Nein beantworten lassen.«

»Na, dann fragen Sie das Pendel doch nach jedem Mitbürger einzeln. Vielleicht wäre das eine schöne Möglichkeit, um Cleopatra Fairwell festzunageln. Oder um sie zu entlasten, je nachdem.«

»Dazu braucht es kein Pendel. Cleopatra war es nicht.«

Sofort wandten sich alle Köpfe Clara Clottingham zu.

»Bist du jetzt plötzlich zur Hellseherin mutiert oder wie darf ich das verstehen?«, keifte Melody Clearmont, doch ihre Stimme verriet neugierige Irritation über Mrs Clottinghams Einwurf.

Diese schüttelte heftig den Kopf. »Cleopatra war es nicht. Das kann ich beweisen.«

»Jetzt machst du mich neugierig«, gab Melody Clearmont aufrichtig zu.

»Und mich erst«, ergänzte Lady Sophie, während sie Mrs Clottingham so eindringlich musterte, als könne sie mit einem stechenden Blick jegliche Informationen aus ihr herauslasern.

In plötzlicher Erkenntnis weiteten sich Mias Augen. »*Sie* sind die Zeugin, deren Identität Mellony nicht verraten wollte und die Mrs Fairwell ein Alibi verschafft hat!«, platzte sie fassungslos heraus. »Na, da bin ich aber jetzt wirklich gespannt auf die Beweise.«

»Tja ...« Mrs Clottingham verschränkte lächelnd die Arme vor der Brust. »Es tut mir sehr leid, dass ich euch in eurer neugierigen Unwissenheit schmoren lassen muss. Ich werde alles für mich behalten. Es sei denn ...« Sie machte eine dramatische Pause, wohlwissend, dass alle drei anwesenden Frauen ihr an den Lippen hingen. »... ich bekomme das Buch zuerst.«

Melody Clearmont war anzusehen, welcher Kampf in ihrem Inneren tobte. Sollte sie der Konkurrentin tatsächlich das Buch überlassen, welches das Schicksal ihr zugelost hatte? Auf der anderen Seite würde sie sicherlich explodieren, wenn Clara Clottingham etwas wusste, das sich ihrer Kenntnis entzog.

»Nun geben Sie ihr schon das Buch«, schimpfte Lady Sophie ungeduldig.

»Wir finden sicher etwas Vergleichbares für Sie«, beschwichtigte Mia schnell. »Oder ich bestelle Ihnen das Buch gleich heute nach. Dann ist es morgen, spätestens übermorgen, auch hier.«

Mitleiderregend, mit welchem Widerstreben Miss Clearmont das Buch schließlich an Clara Clottingham übergab, die es sofort an sich presste.

»Dann aber auch raus mit der Information. Sofort!«, keifte sie die Rivalin an.

»Cleopatra Fairwell kann es nicht gewesen sein«, begann Mrs Clottingham erneut. »Direkt nach ihrer Disqualifikation hat sie sich die Siegesflasche geschnappt und ist davongelaufen. Ich habe auf Video, wie sie die Flasche öffnet, einen Schluck daraus trinkt und sie anschließend ordentlich wieder verschließt. Sie hat ganz sicher nichts hineingetan.«

»Auf Video? Aber wie konnten Sie das denn filmen?«, fragte Mia überrascht. »Sie haben doch die ganze Zeit neben uns gestanden, wenn ich mich nicht irre.«

»Das habe ich. Aber seit einiger Zeit finde ich immer wieder leere Getränkedosen, Zigarettenpäckchen und Kaugummipapier bei uns im Vorgarten. Deshalb habe ich heimlich Überwachungskameras angebracht. Ich möchte diese jugendlichen Vandalen zur Verantwortung ziehen.«

»Warum machen Sie denn dann nicht öffentlich, dass Mrs Fairwell unschuldig ist? Das ganze Dorf verdächtigt sie. Sie leidet darunter und ihr Mann hat schon Angst, dass die Bäckerei bankrottgeht, weil die Kundschaft ausbleibt.«

»Ach Unsinn, so schnell gehen die nicht bankrott. Außerdem habe ich Inspector Mellony die Aufnahmen gezeigt. Ich möchte nur nicht, dass bekannt wird, dass mein Vorgarten überwacht wird, bis ich diese Mistköter ertappt habe, die meinen hübschen Garten zumüllen.«

Ein Grinsen breitete sich auf Melody Clearmonts Gesicht aus. »Oh liebste Clara …«, flötete sie.

»Was?« In böser Vorahnung presste Mrs Clottingham das Buch fester an sich.

»Meine Liebe, die Überwachungskamera ist dein Geheimnis, richtig?«

»Sozusagen.« Nicht nur Mrs Clottingham war irritiert von dem eigenartigen Tonfall in Melody Clearmonts Stimme.

Deren Augen funkelten verdächtig. »Und wie viel ist dir dein Geheimnis wert?«

»Was?«

»Ach Clärchen. Wenn ich herumerzähle, dass du eine Überwachungskamera hast, wirst du, wie du sicher erkannt hast, die jugendlichen Vandalen nicht ertappen können, richtig?«

Mrs Clottingham nickte. Sie schien noch immer nicht zu begreifen. Da streckte Melody Clearmont eine Hand nach dem Buch aus.

»Das Buch, meine liebe Clara. Oder innerhalb einer Stunde weiß die ganze Stadt von deinem kleinen Geheimnis.«

Während Mrs Clottingham das Buch noch fester an sich presste, standen Mia und Lady Sophie die Münder offen.

»Das Buch, Clara«, forderte Miss Clearmont unerbittlich, trat noch einen Schritt nach vorn und griff danach.

Es kostete die arme Mrs Clottingham sichtliche Überwindung, doch schließlich gab sie das Buch wieder an die Rivalin zurück.

»Man kann das Schicksal nicht austricksen«, feixte diese und reichte das Erpresste wie eine Trophäe an Lady Sophie weiter, damit diese es abscannen konnte. Dann ließ sie das Buch in ihrer Tasche verschwinden, nicht ohne einen letzten schadenfrohen Blick in Richtung Clara Clottingham zu werfen, und rauschte davon.

»Eines Tages werde ich sie umbringen«, knurrte Mrs Clottingham.

»Oh, das lassen Sie mal besser bleiben«, sagte Lady Sophie leise, doch Mrs Clottingham reagierte nicht darauf.

»Mrs Clottingham?«, fragte Mia vorsichtig.

Alarmiert blickte die frustrierte Frau sie an. Witterte sie hinter jedem, der sie ansprach, direkt etwas Schlechtes?

»Ich habe mich gefragt ...«, fuhr Mia fort, da Mrs Clottingham sie abwartend ansah, »... ob Sie vielleicht bereit wären, uns die Videos ebenfalls sehen zu lassen. Ich meine ... Sie erwähnten, dass Sie die Aufnahmen der Polizei gezeigt haben, aber vielleicht fällt uns ja noch etwas auf, was der entgangen ist.«

»Das würde mich wundern«, antwortete Mrs Clottingham schroff.

»Echt?«

»Nein. Kein bisschen.« Nun lachte Clara Clottingham laut auf. Es schepperte blechern, als sei ihr das Lachen vor langer Zeit im Halse stecken geblieben und inzwischen stark verrostet. »Nein nein, ein Scherz, nur ein Scherz natürlich. Es würde mich nicht im Geringsten wundern, wenn die Polizei entscheidende Hinweise übersehen hätte. Die sind doch zu dumm zum Sch...«

»Na na na«, unterbrach Lady Sophie schnell. »Verehrte Mrs Clottingham, wir befinden uns in einer Bibliothek, in der man die Wahl der richtigen Worte doch etwas genauer überdenken sollte, meinen Sie nicht?«

»Ja ja, schon gut. Also, ich glaube nicht nur, sondern ich bin mir sicher, dass die Polizei das Wichtigste übersehen hat. Allein schon deshalb, weil die mich einfach nicht ernst nehmen. Besonders diese Sergeant Angel. Seit ihrer Beförderung hält sie sich sowieso für etwas Besseres. Hat mich abgefertigt, als sei ich nicht ganz dicht, sie mit solchen Anliegen zu behelligen. Aber ich denke doch, dass die Zerstörung und mutwillige Verschmutzung von Privateigentum ...« Sie sah kurz zu Lady Sophie, offenbar stolz auf ihre vornehme Formulierung.

Lady Sophie tat ihr den Gefallen und nickte anerkennend.

Mrs Clottingham fuhr lächelnd fort: »... eine Schande ist. Aber diese Frau hat mich abgefertigt, Sie können es sich nicht vorstellen.«

»Oh doch, glauben Sie mir, das kann ich. Normalerweise bin ich nicht begeistert davon, über die Polizei herzuziehen, aber Sergeant Angel ... da rennen Sie bei mir offene Türen ein.«

Beim Gedanken daran, wie diese mit ihr umzuspringen pflegte, rollte Mia genervt mit den Augen. Exakt diese Geste schien Clara Clottingham endgültig zu überzeugen.

»Wissen Sie was?«, fragte Mrs Clottingham und zog ihr Handy hervor. »Ich gebe Ihnen den Zugangscode zu meiner Kamera. Dann können Sie jederzeit darauf zugreifen und auch die alten Aufnahmen nochmals durchsehen. Im Gegenzug informieren Sie mich sofort, wenn Ihnen auch nur die kleinste Kleinigkeit auffällt, in Ordnung? Ich habe weder Zeit noch Lust, mich ständig mit diesen Videos herumzuschlagen, nur um dann ein weiteres Mal festzustellen, dass nichts Kompromittierendes drauf ist.«

Mia strahlte. »Mrs Clottingham, das wäre einfach fantastisch!«

»Gut«, bestätigte diese und suchte den Code auf ihrem Handy heraus.

Mit Staunen stellte Mia fest, dass die Dame trotz mittleren Alters sehr pfiffig zu sein schien, was den Umgang mit modernen Medien anging. Allein dass die Überwachungskamera von ihrem Handy aus gesteuert wurde, war ein Knaller und zugegebenermaßen für einen Ort wie Pennygrave, der wirkte, als sei er entwicklungstechnisch hundert Jahre zurückgeblieben, eine echte Sensation.

Dankbar nahm Mia den Code entgegen, versprach, Stillschweigen zu bewahren sowie die Abmachung ihres Teils der Vereinbarung einzuhalten, und ließ den kleinen Zettel in ihrer Hosentasche verschwinden.

Zufrieden verließ Clara Clottingham die Bibliothek. Offenbar war sie der Überzeugung, damit doch noch einen wirklich guten Deal gemacht zu haben.

Lady Sophie blickte ihr nachdenklich hinterher. »Was hältst du von der Geschichte?«

Mia zuckte mit den Schultern. »Es ist der Beweis, den wir gesucht haben, oder? Endlich wissen wir, dass Inspector Mellony Mrs Fairwell zu Recht als Täterin ausschließt.«

»Hm. Also stehen wir wieder am Anfang.«

»Theoretisch.« Mia presste die Lippen aufeinander. »Mist. Es hat aber auch alles so gut zusammengepasst.«

»Tja. Gepasst hat es. Aber offenbar haben die richtigen Teile hier ein falsches Bild ergeben.«

»Und was machen wir jetzt?«

»Überlegen. Eine Liste von Verdächtigen erstellen.«

»Eine Liste? Sophie, mir fällt außer Mrs Fairwell kein einziger Verdächtiger ein. Wenn sie es nicht war, wer um Himmels Willen sollte Interesse daran gehabt haben, den armen Lucas umzubringen?«

»Das weiß ich allerdings auch nicht. Ich habe mich mal ein bisschen umgehört. Er hatte weder Familie noch eine Freundin. Er war Einzelkind mit früh verstorbenen Eltern. Er lebte allein und sein Hobby war das Backen und Gärtnern. Ein paar Menschen haben angegeben, dass sie ihn wirklich mochten, den meisten war er aber einfach egal. Traurig, aber immerhin hatte so niemand etwas gegen ihn. Es gibt also tatsächlich keinen einzigen Verdächtigen.«

»Hm«, sagte Mia leise. »Vielleicht muss uns Lucas Harrison wirklich egal sein.«

»Das finde ich aber jetzt echt gemein, dass du das sagst. Er war so ein netter Kerl.«

In die Ferne blickend, als seien die dicken Wände der Bibliothek gar nicht vorhanden, schüttelte Mia leicht den Kopf. »Nein nein, so meinte ich das nicht. Ich meine, vielleicht ging es tatsächlich nicht um Lucas. Vielleicht ist er nur ein zufälliges Opfer.«

»Du meinst, der Mörder hat die Flasche vergiftet und es war ihm egal, wen es erwischt? Das wäre aber ganz schön skrupellos.«

»Oh, so habe ich es auch noch nicht gesehen. Das könnte genaugenommen auch noch als Möglichkeit in Betracht kommen, aber das meinte ich nicht. Ich habe eher daran gedacht, dass es vielleicht um Cleopatra Fairwell ging. Was, wenn der Anschlag ihr galt?«

»Moment, vor einer halben Stunde war sie noch unsere Hauptverdächtige und jetzt ist sie plötzlich das Opfer?«

»Sie hat zumindest mehr Feinde als Mr Harrison, siehe Leyla Bennett. Die hätte sie zwar nach eigener Aussage nicht umgebracht, aber vielleicht jemand anderes. Wer weiß ... Mrs Fairwell scheint ja generell bei diesen illegalen Pferderennen recht skrupellos vorzugehen. Da hat sie sich doch mit Sicherheit jede Menge Feinde gemacht. Außerdem muss ich dir noch was erzählen. Ich weiß, wer die Zuckermischung gestohlen hat.«

»Was?«

So knapp wie möglich fasste Mia das Geschehen in der Fairwell'schen Bäckerei für ihre Freundin zusammen. Lady Sophie lauschte mit offenem Mund und gespitzten Ohren. Sie sog jedes Detail der Informationen in sich auf. Eventuell war sie vielleicht sogar ein bisschen neidisch, dass sie nicht diejenige gewesen war, die in die Bäckerei gegangen war. Patrick Gloster auflaufen zu lassen, wäre ihr bestimmt ein inneres Blumenpflücken gewesen.

»Und jetzt?«, fragte sie stattdessen, als Mia ihren Bericht beendet hatte.

Diese zuckte mit den Schultern. Ja, was jetzt?

»Vielleicht sollten wir uns mal bei einem dieser illegalen Rennen einschleichen. Da könnten wir uns ein Bild von Mrs Fairwells Verhalten und vor allem von den Reaktionen der anderen Beteiligten machen.«

»Das ist eine fantastische Idee. Aber wie willst du denn da reinkommen? Die Rennen sind illegal, sie werden wohl kaum in der Zeitung angekündigt.«

»Stimmt. Mist.« Wieder wanderte Mias Zeigefinger zu ihrer Unterlippe.

»Du könntest dich als Rennpferd verkleiden und ich mich als Jockey«, schlug Lady Sophie grinsend vor. »Dann gehen wir zu Mrs Fairwell und behaupten, wir wollen am Rennen teilnehmen. Wenn sie eine gute Prämie wittert, nimmt sie uns bestimmt mit.«

»Sophie, das ist die Idee!« Mias Augen leuchteten.

»Das war ein Scherz, Kindchen, nur ein Scherz.«

»Das weiß ich auch. Aber die Idee ist brillant. Mrs Fairwell ist unsere Eintrittskarte. Wir gehen zu ihr und sagen, dass wir glauben, jemand trachte ihr nach dem Leben. Außerdem konfrontieren wir sie damit, dass wir von den illegalen Rennen wissen und den Mörder dort vermuten. Glaubst du nicht, sie wäre uns dankbar, wenn wir ihn entlarven würden, ohne sie wegen der illegalen Rennen anzuzeigen? Dann wäre sie wieder in Sicherheit. Sie müsste uns doch dankbar sein.«

»Du hast recht. Genaugenommen müsste sie uns sogar dafür bezahlen, dass wir den Fall in ihrem Sinne lösen wollen.«

»Ja, genau. Oder warte, ich habe noch eine bessere Idee.«

»Na jetzt aber.«

»Wir fragen diese Leyla Bennett, ob sie uns zu einem dieser illegalen Rennen einschleust. Sie oder zumindest ihre Schwester werden doch wissen, wo eines stattfindet. Dann können wir sogar ermitteln, ohne dass Mrs Fairwell etwas davon mitbekommt. Damit verhindern wir, dass sie sich verstellt und vielleicht können wir dann direkt sehen, wer sich ihr gegenüber feindselig oder zumindest auffällig verhält. Meinst du, William kann den Kontakt zu Leyla Bennett herstellen? Er hat sie doch nach dem Angriff auf mich zum Bahnhof gefahren.« Allein die Erinnerung daran, dass diese Frau einen romantischen Abend zwischen ihr und Sir William verhindert hatte, ließ Mia mit den Zähnen knirschen.

Lady Sophie musterte sie mitleidig. »Das passt dir nicht, stimmt's?«

»Und wenn schon. Dein mitleidiger Tonfall passt mir auch nicht. Ist doch egal jetzt.«

»Bist du in William verliebt?«

»Sophie, das ist doch jetzt wirklich nicht das Thema.«

»Ich muss es wissen, Mia: Bist du in meinen Sohn verliebt?«

Der tiefe Seufzer ließ sich nicht unterdrücken. »Ich bin mir nicht sicher. Ich glaube schon.«

Lady Sophie nickte wissend. »Gut. Dann würde ich dich jetzt bitten, mir für den Rest des Tages freizugeben. Und dir selbst auch. Und dafür möchte ich dich herzlich um fünf bei uns zum Tee einladen.«

»Ich möchte keinen Tee. Ich möchte diesen Fall lösen. Jetzt konzentriere dich doch bitte mal.«

»Du hast mich falsch verstanden: Ich lade dich nicht höflich ein, ich bitte dich eindringlich, zu kommen. Verlangen kann ich es nicht, aber glaube mir, es wäre zu deinem Besten. Ich kann das nicht länger mitansehen.«

»Was mitansehen?«

»Das siehst du dann.«

»Dir ist schon klar, dass das das bescheuertste Wortspiel aller Zeiten war?«

Lady Sophie zuckte mit den Schultern. »Der Zweck heiligt die Mittel.«

»Ach Sophie ...« Mia seufzte. »Ich habe gerade echt keine Lust auf irgendwelche Rätselspielchen. Dieser Fall nervt mich tierisch. Es geht nichts vorwärts und nichts rückwärts, es gibt keine Erkenntnisse, wir tappen genauso sehr im Dunkeln wie die Polizei. Das frustriert mich. Es ist nett gemeint, aber mir ist wirklich nicht nach Kuchen und Tee.«

Während Lady Sophie bereits den Computer ausgeschaltet hatte und ihre Handtasche umhängte, warf sie Mia einen besorgten Blick zu. »Es hat nichts mit dem Fall zu tun. Bei dieser Sache geht es um dich. Nur um dich. Fünf Uhr englischer Tee auf Gellam Manor. Bitte komm, Mia. Bitte.«

»Dann sag mir doch wenigstens, um was es geht.«

»Das sagte ich. Um dich. Bitte komm.«

Nachdem sie mit der ihr typischen Eleganz zur Tür herausgeschritten war, sah Mia ihr lange nach. Was sollte das alles? Sie war sich noch nicht sicher, ob sie die Einladung wahrnehmen würde. Am liebsten würde sie es nicht tun, einfach nur, um Lady Sophie für diesen Auftritt mal so richtig zu ärgern. Dabei hatte sie nicht das Gefühl, dass ihr seltsames Verhalten überheblich gemeint gewesen war. Eigenartig. So hatte sie die

Freundin noch nie erlebt. Aber wenigstens war es noch Zeit bis fünf Uhr. Genau genommen drei Stunden.

Emotional angefressen packte auch Mia ihre Habseligkeiten zusammen, schrieb auf einen Zettel, dass die Bibliothek heute aus privaten Gründen geschlossen blieb und hängte diesen an die Tür. Sie war schon jetzt gespannt darauf, welches Gerücht über die privaten Gründe Melody Clearmont in die Welt setzen würde. Allein das war es wert, die Bibliothek vorzeitig zu schließen.

Sie verriegelte die gläserne Eingangstür und machte sich auf den Heimweg. Jemand anderem gegenüber würde sie es niemals eingestehen, aber wenn sie schon nach Gellam Manor ging, dann wollte sie sich wenigstens noch ein wenig zurechtmachen. Möglicherweise würde auch Sir William zum Tee anwesend sein.

18

»Junge, konzentriere dich bitte. Diese blauen Pillen sind enorm wichtig für mich. Mrs Mostly bringt mich um, wenn ich ohne die Dinger nach Hause komme.«

Mit einem Ruck wandte sich Theodor wieder seinem Kunden zu. »Sehen Sie diese Schönheit dort drüben, Mr Mostly?«

»Allerdings.« Der betagte Mann grinste so spitzbübisch, dass Theodor Lawson sich zum ersten Mal vorstellen konnte, dass die kleinen blauen Pillen bei diesem alten Ehepaar tatsächlich zum Einsatz kamen. Angewidert verscheuchte er den Gedanken und konzentrierte sich wieder auf die hübsche blonde Frau, die sich in einem Gebüsch gegenüber der Bibliothek versteckte und die gläserne Tür beobachtete. Als er vor zwanzig Minuten hergekommen war, hatte sie dort schon gestanden. Theodor hätte vermutlich gar nicht so lange auf Mr Mostly gewartet, wenn er nicht so fasziniert von der schönen Unbekannten gewesen wäre, dass die Minuten unbemerkt verstrichen waren. Diese Frau hatte ein Geheimnis. Dafür hatte er einen Riecher. Wie gerne würde er es lüften. Vorzugsweise bei einer hübschen Flasche Wein, den er vielleicht mit ein oder zwei speziellen Tropfen versehen könnte, sodass sie sich ihm willig hingeben würde, wenn er dann …

»Junge, was ist los mit dir, hier bin ich.« Verärgert schnippte Mr Mostly mit dem Finger vor Theodors Gesicht, um dessen Aufmerksamkeit zurückzuerlangen, obwohl es kaum sinnvoll war, während eines Deals auf diese Weise auf sich aufmerksam zu machen.

Schnell wandte sich Theodor wieder seinem Kunden zu.

»Etwas mehr Konzentration bitte«, verlangte der alte Mann und sah seinem jugendlichen Gegenüber eindringlich in die Augen. »Ich bin neunundneunzig Jahre alt, mein Guter, für mich zählt jede Sekunde.«

»Tut mir leid, Mr Mostly.« Schnell kramte Theodor die Tabletten hervor, tauschte sie gegen den Umschlag des alten Mannes und nickte kurz, zum Zeichen, dass das Geschäft damit abgeschlossen war.

»Wirklich ein heißer Feger«, kommentierte Mr Mostly, der Theodors Blick gefolgt war. »Verbrenn dir bloß nicht die Finger, Junge. Diese Frau ist bestimmt zehn Jahre älter als du.«

»Auf alten Gäulen lernt man das Reiten.« Theodor grinste frech.

Drohend hob Mr Mostly den Zeigefinger. »Finger weg von Mrs Mostly, ich sage es dir im Guten.«

Theodor lachte freundlich über den Scherz, obwohl sich ihm allein beim Gedanken, die knittrige Haut der vierundneunzigjährigen Catherine Mostly berühren zu müssen, die Haare sträubten. Bei der blonden Schönheit, die sich gegenüber im Gebüsch versteckte, hätte er dagegen gern jeden Zentimeter ihrer leicht gebräunten Haut mit den Lippen erkundet.

In diesem Moment kam Miss Midway, die Neue in der Stadt, aus der Bibliothek.

»Verdammt nochmal, zwei rattenscharfe Feger auf weniger als zehn Quadratmetern in Pennygrave. Ich beneide dich um deine Jugend, mein Junge.« Mr Mostly klopfte Theodor auf die Schultern. Dann ging er.

Theodor blieb grinsend zurück. Wo der alte Mann recht hatte, hatte er recht.

19

Mia erkannte die Blonde sofort. Hatte sie sich vorhin nicht klar ausgedrückt? Sofort stieg die Wut wieder in ihr auf und verdrängte jegliches Bewusstsein für eventuell lauernde Gefahren. Was fiel dieser Frau überhaupt ein? Glaubte sie wirklich, sich im Busch vor ihr verstecken zu können? Sicher, ihre Figur war makellos, aber so dünn, wie sie zu sein meinte, wenn sie wirklich glaubte, sich hinter dem schmalen Baumstamm verstecken zu können, war sie nun auch wieder nicht.

»Jetzt reicht es mir aber!«, schimpfte Mia, stemmte die Hände in die Hüften und marschierte los. Ihre Schritte rammte sie mit einer solchen Wut in den Boden, dass es ein Wunder war, dass sie keine Dellen im Beton hinterließen. Vermutlich war ihr Gesicht knallrot vor Wut, aber das war jetzt so etwas von egal.

Mit einem Aufschrei trat die Blonde plötzlich hinter dem Gebüsch hervor und rannte davon.

Nein! So nicht. Nicht mit ihr! Ohne zu registrieren, was sie tat, rannte Mia der schlanken Frau hinterher und musste bereits nach wenigen Metern feststellen, dass sich diese trotz der Absätze schneller als erwartet fortbewegte, sodass sie tatsächlich Mühe hatte, an ihr dranzubleiben. Dass dieses Püppchen auf Absätzen, auf denen sie selbst nicht einmal zu gehen imstande wäre, rennen konnte wie ein panisches Karnickel, brachte Mia noch mehr in Rage, sodass die Wut ihr Tempo zusätzlich beschleunigte. Vergeblich, die Blonde war uneinholbar, bog nun ab und flitzte durch den Stadtpark davon. Statt auf dem Weg zu bleiben, kürzte sie über den Rasen ab. Bestimmt hoffte sie, durch die Büsche verschwinden zu können. Mit etwas Glück würden ihre Absätze sich in den Rasen bohren und ihre Flucht verlangsamen. Leider blieb es bei der Vorstellung. In atemberaubendem Tempo raste Miss Barbie am Stadtpavillon vorbei. Bald schon würde sie die Büsche erreichen. Mia musste noch schneller werden, stattdessen spürte sie, wie ihre Lunge brannte. Mit sehnsüchtigem Blick streifte sie das kleine Ruhebänkchen, das im Stadtpavillon aufgestellt war.

Der Schock ließ Mia so plötzlich innehalten, dass sie bei dem plötzlichen Bremsvorgang fast über ihre eigenen Beine gestolpert wäre. Auf dem Ruhebänkchen saß Cleopatra Fairwell. In der rechten Hand hielt sie einen der typischen To go-Becher mit dem Logo der eigenen Bäckerei.

»Mrs Fairwell«, rief Mia überrascht und ging die kleinen Stufen zum Pavillon hinauf. Die Blonde war aufgrund des unerwarteten Stopps sowieso nicht mehr zu sehen und wahrscheinlich schon über alle Berge.

»Mrs Fairwell?«, fragte Mia erneut.

Irgendetwas war seltsam. Mrs Fairwell reagierte nicht, ja wandte ihr nicht einmal den Blick zu. Stattdessen starrte sie mit offenen Augen geradeaus und ihre Arme hingen so schlaff an ihrem Körper herab, dass der Tee aus der kleinen Öffnung des Becherdeckels in einem dünnen Strahl auf den Boden floss.

»Mrs Fairwell?«, fragte Mia ein drittes Mal, obwohl ihr in diesem Moment bereits klar war, dass Mrs Fairwell nicht mehr reagieren würde. Nie mehr.

»Oh nein«, ächzte sie gerade noch, während der Pavillon sich bereits zu drehen begann, schließlich in weite Ferne rückte und die Welt dann schwarz wurde.

20

Erschrocken sprintete Theodor Lawson zu der hübschen Bibliothekarin. Mit zwei Fingern tastete er nach dem Puls an ihrer Hauptschlagader. Noch vor wenigen Minuten hatte er sich gewünscht, diese Frau einmal berühren zu können, doch das hatte er sich ehrlich gesagt anders vorgestellt.

Ein Glück, sie lebte. Sie war nur ohnmächtig. Das schien ihr öfter zu passieren. Auf dem Backwettbewerb am vergangenen Wochenende hatte er sie auch schon auf dem Boden liegen sehen.

Was nun? Sollte er bleiben und einen Krankenwagen rufen? Sollte er versuchen, sie zu wecken?

Aber Mrs Fairwell ... sicher würde es hier in Kürze vor Polizei nur so wimmeln. Und natürlich würden sie ihn durchsuchen, immerhin befand er sich in unmittelbarer Nähe zu einer Toten. Andererseits konnte er Miss Midway ja auch schlecht einfach so da liegen lassen. Deren Augenlider zuckten bereits, als hätte sie einen besonders wilden Traum.

So schnell er konnte, rannte er davon. Außer Sichtweite zog er sein Handy heraus, stülpte den Ärmel seines Pullovers über das Mikrofon und rief einen Krankenwagen.

21

»Miss Midway?«

Erschrocken schlug Mia die Augen auf. »Inspector! Ich darf doch sehr bitten. Raus aus meinem Schlafzimmer, aber sofort!«

»Verehrte Miss Midway, wenn Sie den Stadtpavillon nicht angemietet haben und kurzerhand hier eingezogen sind, dann befinde ich mich auf öffentlichem Eigentum.«

Es wäre gar nicht nötig gewesen, sich über sie lustig zu machen. Im gleichen Moment, in dem sie die Augen aufgeschlagen hatte, bemerkte sie ihren Irrtum ganz von allein. Dann fiel ihr Blick auf Mrs Fairwell, die noch immer starr auf der Bank saß, glücklicherweise fast vollständig verdeckt von Doc Kenzos Körper.

»Ist sie tot?«, fragte Mia leise.

Der Inspector nickte und Mia senkte wissend den Kopf.

»Miss Midway, ich weiß nicht, ob ich verärgert, überrascht oder beeindruckt davon sein sollte, dass Sie andauernd über Leichen stolpern.«

»Na fragen Sie mich mal«, erwiderte Mia trotzig.

Also ob sie etwas dafür konnte. Ihr wäre es auch lieber, die Menschen in Pennygrave wären alle friedlich und quicklebendig. Schließlich war ihr das von ihrer Tante Lena versprochen worden, als diese sie gebeten hatte, sie für zehn Monate in der Bibliothek zu vertreten. »Pennygrave ist der idyllischste, friedlichste Platz auf Erden«, hatte sie geschwärmt – was für ein Witz!

»Fühlen Sie sich denn schon in der Lage, Angaben zum Dahinscheiden Mrs Fairwells machen zu können, Miss Midway? Oder wäre es Ihnen lieber, wenn Doc Kenzo Sie zuerst untersucht? Immerhin waren Sie erneut ohnmächtig.«

»Oh nein nein, bloß das nicht«, wehrte Mia schnell ab. »Ich möchte nicht untersucht werden, schon gar nicht von Doc Kenzo. Es geht mir hervorragend. Es ist nur der Anblick dieser toten Menschen, der mir jedes Mal den Boden unter den Füßen wegzieht. Aber da bin ich bestimmt nicht die Einzige.«

»Bisher ist mir kein weiterer Fall zu Ohren gekommen, bei dem eine Person beim Anblick von Leichen zuverlässig in Ohnmacht fällt.«

»Was aber auch daran liegen könnte, dass Sie nicht besonders viele Menschen kennen, die in ihrem Leben schon mehrere Tote gefunden haben, oder?«

»Möglicherweise.«

»Gut. Also, ich bin durchaus in der Lage, Ihre Fragen zu beantworten, aber ich kann im Prinzip gar nicht viel sagen. Als ich kam, habe ich Mrs Fairwell auf der Bank sitzend entdeckt, genau so, wie Sie sie jetzt sehen. Wurde sie vergiftet?«

Inspector Mellony lachte laut auf. »Ja, das hätten Sie wohl gerne. Nein, es sieht alles nach plötzlichem Herzstillstand aus, nicht wahr, Doc Kenzo?«

»Den Anzeichen nach ja«, bestätigte der Mediziner. »Allerdings wissen wir noch nicht, was den Herzstillstand ausgelöst hat.«

Ein verschmitztes Lächeln huschte über Mias Gesicht. »Ich wette eine Flasche *King's Ginger*, dass es K.-o.-Tropfen in ihrem Tee waren.«

Während Inspector Mellony das Gesicht verzog, als habe er auf eine Zitrone gebissen, öffnete Doc Kenzo seine Arzttasche und nahm ein kleines Stäbchen heraus.

»Einen Moment, das haben wir gleich«, kündigte der Mediziner strahlend an, während er den Becher aus Mrs Fairwells inzwischen starren Fingern löste und das Stäbchen tief hineintauchte.

»Sieh mal einer an, es ist eindeutig«, freute er sich kurz darauf. »Detective Inspector, Sie schulden der jungen Dame eine Flasche *King's*. So schnell, wie der Test anschlägt, muss da eine ordentliche Menge GBL im Getränk sein. Die gute Mrs Fairwell sollte entweder verführt oder getötet werden. Auf jeden Fall wollte sie jemand in der Horizontalen sehen.« Er lachte tief und kehlig.

K.-o.-Tropfen also. Wieder. Der Mörder hatte zum zweiten Mal zugeschlagen. Ein Umstand, der die Annahme nur wahrscheinlicher machte, dass es beim Backwettbewerb schon Mrs Fairwell und nicht den armen Mr Harrison hätte treffen sollen. Mia spürte die Gänsehaut an ihren Armen. Wie tragisch für den armen Lucas Harrison, ein Opfer des Irrtums gewesen zu sein. Das Gefühl war ihr seit der Begegnung mit Leyla Bennett nur allzu vertraut. Oder hatte jemand beabsichtigt, beide umzubringen? Ein Serienkiller in Pennygrave? Allein der Gedanke ließ Mia erschaudern.

»Miss Midway, selbstverständlich bekommen Sie Ihren Siegeslikör. Ich erkenne Ihren Spürsinn neidlos an.« Inspector Mellony verneigte sich leicht in ihre Richtung. »Möchten Sie vielleicht auch schon einen Tatverdächtigen präsentieren?«

Mia zögerte. Jetzt wäre der perfekte Zeitpunkt, um ihm von Leyla Bennett und den illegalen Pferderennen zu erzählen. Aber genau jetzt brachte sie es nicht übers Herz, die junge Frau in die Pfanne zu hauen. Außerdem hatte Miss Bennett versprochen, Mrs Fairwell nichts anzutun. Sollte sie wirklich die Zukunft dieser jungen Frau zerstören, nur um Mellony eine Verdächtige präsentieren zu können? Nein, da war sie doch zu sehr Pädagogin und ihr Herz zu mitleidig. Sie würde Leyla Bennett selbst nochmals zur Rede stellen. Aber ihr Gefühl sagte ihr, dass diese nicht als heimtückische Mörderin taugte. Dafür war ihr Handeln viel zu impulsiv. Der oder die Mörderin von Mr Harrison und Mrs Fairwell handelte klug, eiskalt und mit exaktem Kalkül. Entweder mussten da jede Menge Emotionen im Spiel sein oder gar keine.

»Mir fällt beim besten Willen niemand ein«, schwindelte sie.

»Das ist äußerst bedauerlich«, antwortete Inspector Mellony. Es war ihm anzusehen, dass er ihren Worten nicht viel Glauben schenkte.

»Wenn Sie nichts dagegen haben ...«, sagte Mia schnell, »... ich müsste los. Dringend. Ich bin zum Tee bei Lady Sophie eingeladen.«

»Ach.«

»Sie brauchen gar nicht so mit den Augen zu rollen. Lady Sophie ist meine beste Freundin.«

»Und mit Sicherheit nicht der beste Umgang für Sie.«

»Bitte?«

»Verzeihung. Sie sind erwachsen und müssen selbst wissen, was Sie tun.«

»Das sehe ich ganz genauso.«

»Gut.«

»Gut.«

Plötzlich prustete Mia los. »Wissen Sie was, Inspector, es ist wirklich seltsam, wenn Sie sich verhalten, als seien Sie mein Vater.«

Ein schiefes Grinsen verriet, dass der Inspector den Vergleich nicht ganz so lustig fand wie Mia, aber immerhin vertiefte sich das Grinsen allmählich zu einem Lächeln.

»Nichts liegt mir ferner, als Ihr Vater sein zu wollen«, versicherte er. »Trotzdem wäre es wunderbar, wenn Sie sich an meinen Rat hielten, etwas vorsichtiger zu sein. Sie geraten selbst schon gerne in Schwierigkeiten. Diesem Umstand ist die Risikobereitschaft von Lady Gellam nicht gerade zuträglich. Ich mache mir nur Sorgen um Sie, Miss Midway.«

»Und das finde ich außerordentlich nett von Ihnen, Inspector. Aber Ihre Sorge ist vollkommen unbegründet. Lady Sophie hat mich lediglich zum Tee eingeladen. Was soll denn da schon passieren?«

»Oh, man weiß nie.«

»Falls wir neue Erkenntnisse gewinnen, melde ich mich bei Ihnen«, versprach Mia. Dann griff sie kurzerhand nach seinem Handgelenk und drehte es so, dass sie auf das Ziffernblatt seiner Armbanduhr sehen konnte. Augenblicklich erschrak sie. »Oh nein, ich muss jetzt wirklich los, ich werde viel zu spät kommen und das hasse ich genauso sehr wie Sophie.«

»Passen Sie auf sich auf, Miss Midway«, rief Inspector Mellony ihr noch hinterher, doch da hatte Mia schon zu rennen begonnen.

22

Theresa Morten strich so zärtlich über den Gegenstand in ihrer Hand, als handle es sich um ihren wertvollsten Schatz und nicht um den Besitz eines anderen Menschen. Was war das auch für ein wundervolles Stück. Es war mit Sicherheit die schönste Armbanduhr, die sie je in ihrem Leben gesehen hatte. Die einzelnen Glieder des goldenen Bandes griffen so filigran ineinander, dass man die diversen Verbindungen kaum als solche wahrnahm. Und das Ziffernblatt erst. In der Mitte befand sich mit geschwungenen Buchstaben eine Gravur innerhalb eines diamantenen Herzens: *Joseph und Amelia until eternity*. In jeder anderen Uhr hätte sich das Liebespaar bestimmt mit der Standardformulierung *forever* begnügt, das auch heute noch in den Popsongs besungen wurde. Nicht in dieser. Theresa war sich sicher, noch nie etwas so Schönes in den Händen gehalten zu haben. Das Ziffernblatt war ein einziges Wunderwerk. Jede Zahl war von winzigen Diamanten umgeben, die funkelten und leuchteten, wenn das Sonnenlicht auf sie fiel. Ergriffen drehte sie es hin und her, sodass die reflektierende Sonne die langweilige beigefarbene Tapete in ein Farbenmeer aus Lichtsprenkeln tauchte.

»Was machst du denn da?«

Erschrocken zuckte Teresa zusammen. Sie war so in ihren Betrachtungen versunken gewesen, dass sie gar nicht bemerkt hatte, wie ihr Mann Martin den Raum betreten hatte. Nun stand er bereits direkt neben ihr, was eine Erklärung eigentlich überflüssig machte. Dennoch versuchte sie sich an einer passenden.

»Sieh nur, was ich gefunden habe, Martin. Ist diese Uhr nicht wunderschön?«

Er nickte. »So wunderschön, dass sie sicherlich schon von jemandem vermisst wird.«

»Bestimmt. Aber wie sollen wir den Besitzer nur ausfindig machen?«

Er griff nach der Uhr. Theresa verspürte den tiefen Nadelstich in ihrem Herzen, als ihr Mann der Berührung dieses Wunderwerks ein jähes Ende bereitete. Auf seiner Stirn zeigten sich tiefe Falten.

»Ich würde mal tippen, dass ein Joseph und eine Amelia die Besitzer dieser Uhr sind. Ich kenne nur ein Paar dieses Namens: die Lamperts. Und da Joseph Lampert nicht mehr unter den Lebenden weilt, würde ich vorschlagen, du fragst mal Mrs Amelia Lampert, ob ihr die Uhr gehört. Wie ich hörte, hat sie die ihre auf dem Backwettbewerb verloren.«

»Ach.«

»Wo hast du sie denn gefunden?«

»In der Hecke von den Clottinghams, dort, wo sie den Gehweg berührt. Ich dachte, jemand habe bestimmt beim Spazierengehen mit dem Handgelenk die Hecke gestreift und sie dabei verloren.«

»Eine nachvollziehbare Annahme.«

Theresa Morten senkte betreten den Blick.

»Amelia Lampert kommt jeden Tag um die gleiche Zeit auf den Friedhof. Wenn es dir recht ist, werde ich ihr die Uhr morgen früh direkt übergeben.«

Sie nickte. Natürlich. Warum sollte es ihr nicht recht sein.

»Gut.« Martin Morten nickte ebenfalls. Dann schloss er die Faust um die Uhr und küsste seine Frau auf die Stirn. »Ich glaube, du hast mit deinem Fund eine alte Dame sehr glücklich gemacht.«

23

Oh wie sehr Mia das Anwesen der Gellams liebte. Das imposante Herrenhaus hatte mehrere Jahrhunderte überdauert und ragte dennoch strahlend weiß und von Rosen umrankt aus dem weitläufigen Parkgrundstück auf. Nie im Leben würde sie den Moment vergessen, in dem sie dieses prächtige Anwesen zum ersten Mal gesehen hatte. Es war mitten in der Nacht gewesen, was den Anblick des Gebäudes nicht weniger märchenhaft hatte erscheinen lassen.

In den vergangenen vier Wochen hatte Mia das Herrenhaus so oft bei Tageslicht gesehen, dass sie inzwischen jedes Fenster, jeden Erker und jedes Stuckdekor auswendig kannte. Ein bisschen hatte sie jedes Mal das Gefühl, nach Hause zu kommen, wenn sie die pompöse weiße Fassade vor sich aufragen sah. Das mochte allerdings auch daran liegen, dass sie von den Menschen im Haus immer so freundlich und wohlwollend empfangen und behandelt wurde. Lady Sophie stand ihr trotz des eklatanten Altersunterschieds emotional näher als jede Freundin zuvor. Walter, der Butler, gab ihr das Gefühl, keine Fremde, sondern ein Teil der Familie zu sein und Sir William war nur ein weiterer Grund, warum sich Mia nur zu gern hier aufhielt. Insgeheim hatte sie schon öfter mit dem Gedanken gespielt, hier tatsächlich zu wohnen, an der Seite von Sir William, als seine Frau. Natürlich hätte sie das niemals laut ausgesprochen, sondern im Gegenteil, den Gedanken immer wieder aktiv zu verdrängen versucht, aber ihr Herz sprach eine andere Sprache. Durch den Kuss vor wenigen Tagen war der Gedanke wieder präsenter und ließ sich kaum noch beiseiteschieben. Umso mehr freute sich Mia nun über die Einladung zum Tee. Sir Williams Wagen stand in der Auffahrt, er würde wohl auch da sein.

Sofort begann Mias Herz ein bisschen schneller zu schlagen. Es war perfekt. Sie würde ihn wiedersehen und außerdem konnte sie zugleich Lady Sophie von der erneuten Verfolgungsjagd mit der blonden Tussi erzählen und natürlich vom Tod Mrs Fairwells. Die Arme. Nun war sie umgebracht worden, während das Dorf sie noch selbst für eine Mörderin gehalten hatte. Das Leben nahm manchmal groteskere Züge an, als es ein Roman vermocht hätte.

Mit einem Lächeln auf den Lippen schritt Mia die imposante Steintreppe hinauf. Sie war noch nicht ganz oben, da öffnete sich schon die Haustür – besser gesagt das Haus-Tor – und Walter, der Butler verneigte sich höflich vor ihr.

»Hallo, Walter«, begrüßte Mia ihn fröhlich.

»Miss Midway, ich darf Sie direkt in den Teesalon begleiten. Die Herrschaften haben sich dort bereits eingefunden.«

Schweigend folgte Mia dem freundlichen alten Mann. Er war zwar immer höflich und sie sich sicher, dass er sie auch mochte, doch von Lady Sophie hatte sie sich erklären lassen, dass Walter noch ein Butler der alten Schule war und es als äußerst unangebracht erachtet hätte, sich über das Notwendige hinaus mit der Herrschaft zu unterhalten. Das schloss Smalltalk jeglicher Couleur mit ein.

Als sie den Teesalon erreichten, blieb er stehen, öffnete die Tür und wies mit einer Geste hinein. Selbstverständlich würde er nicht vor ihr den Raum betreten, das hatte Mia inzwischen auch begriffen. Anfangs war ihr Walters Verhalten überaus steif vorgekommen, doch wenn man sich erst einmal daran gewöhnt hatte, wurde es nach und nach zur Normalität. Außerdem war es mehr als angenehm, sich in einem Umfeld aufzuhalten, in dem es höflich und geregelt zuging. Es mochte ein bisschen spießig sein, zugegeben, aber Mia mochte es gerne mal ein bisschen konservativer. Außerdem war Lady Sophie mit ihrer eher unkonventionellen Art eine ständige Herausforderung. Langweilig würde es trotz aller Gediegenheit mit ihr garantiert niemals. Ja, je mehr sie den Gedanken zuließ, desto mehr rückte es vom Bereich des Möglichen in den des Wünschenswerten, ein Teil der Gellam'schen Familie zu werden und in diesem Haus zu leben. An Sir Williams Seite.

Sofort schlug ihr Herz wieder schneller. Hatte er seiner Mutter inzwischen von dem Kuss erzählt? Und wie würde sie darauf reagieren? In den vergangenen Wochen hatte sie leider ganz und gar nicht erfreut auf die knisternde Spannung zwischen ihr und Sir William reagiert. Vielleicht hatte sie aber auch nur Angst vor den Komplikationen, die eine etwaige Konkurrenz mit ihrem eigenen Sohn hervorbringen könnte. Dass Lady Sophie ihren einzigen Spross vergötterte, war weder ein Wunder noch ein Geheimnis. Möglicherweise befürchtete sie, dass eine Beziehung der beiden die Freundschaft zwischen ihr und Mia gefährden oder zumindest einschränken würde. Eine unbegründete

Angst, denn als Schwiegermutter würde sie ihr noch näher stehen, als nur als Freundin. Wie auch immer, man musste sowieso alles auf sich zukommen lassen.

Lächelnd trat Mia in den hübschen Teesalon und erstarrte. Sir William stand am Fenster, sah hinaus und schien ihr Eintreten gar nicht zu bemerken. Lady Sophie saß auf einem der mit blauem Samt bezogenen Sofas und direkt neben ihr saß die blonde fremde Tussi, die Mia vorhin noch verfolgt hatte. Vor Schreckt riss Mia ihre Augen so weit auf, dass sie meinte, sie würden gleich aus den Höhlen purzeln.

»Da ... da ... da ... das ist sie«, stotterte sie und zeigte mit dem Finger auf die Blonde. »Sophie, das ist die Frau, die mich zur Bibliothek verfolgt hat. Und vorhin hat sie mir aufgelauert und ist dann weggerannt, als ich sie zur Rede stellen wollte. Was macht sie hier? Wer zum Teufel sind Sie?«, schrie sie die Fremde an.

»Das ist Miss Persephone Agispolas, Williams Verlobte.«

»Williams was?« Fassungslos sah Mia zu Sir William, der sich inzwischen umgedreht hatte und betreten zu Boden blickte. Als Mia ihn wortlos anstarrte, in der Hoffnung auf irgendeine Art von Erklärung, zuckte er kaum merklich mit den Schultern. »Ach, und wann wollt ihr heiraten?«

»Wir wollten diesen Herbst heiraten«, sagte Sir William leise.

»Diesen Herbst? Das ist in ein paar Monaten!«

Lady Sophie, die bis jetzt in einer erstaunlichen Ruhe auf dem Sofa gesessen hatte, erhob sich nun in einer für sie erstaunlich langsamen Geschwindigkeit. Sie trat zu Mia und legte ihr sanft eine Hand auf die Schulter.

»Mia, ich war mehrfach kurz davor, es dir zu sagen. Aber es ist Williams Angelegenheit. Ich wollte mich nicht einmischen. Immer wieder habe ich ihn gebeten, dir die Wahrheit zu sagen, aber was soll ich sagen: In dieser Hinsicht ist mein Sohn offensichtlich ein Feigling.«

Mit einem Ruck schüttelte Mia die Hand von ihrer Schulter. Sie wollte Lady Sophie nicht verletzen, doch in diesem Moment konnte sie die Berührung einfach nicht ertragen. Mit wütendem Blick wandte sie sich Sir William zu: »Und warum zum Teufel verfolgt mich deine Verlobte?«

Er verzog angespannt seine Mundwinkel. »Sie wollte sehen, wer du bist. Ich habe sie gebeten, die Hochzeit zu verschieben. Da dachte sie, ich hätte eine Affäre.«

»Aha.« Es waren keine weiteren Worte notwendig. Er hatte sie gebeten, die Hochzeit zu verschieben. Er hatte sie nicht abgesagt. Und das, was zwischen ihnen war, das stetige Prickeln, der Kuss, verdiente offenbar nicht einmal die Bezeichnung Affäre. Erniedrigend. Sie hatte sich das doch nicht eingebildet …

Wortlos machte Mia auf dem Absatz kehrt und verließ den Salon. Raus hier. Weg. So schnell wie möglich.

»Mia, warte!«, tönte das Rufen Lady Sophies aus dem Salon.

Mia begann zu rennen. Auf keinen Fall wollte sie darüber reden. Mit niemandem. Nicht einmal darüber nachdenken.

Sie stürmte an Walter vorbei, der ihr erschrocken die Tür aufhielt. Selbst in dieser Situation bewahrte er die Contenance … unfassbar!

Kurz schoss ihr der Gedanke durch den Kopf, nochmals umzukehren und William die kräftigste Ohrfeige seines Lebens zu verpassen, doch ihr Herz drängte weiter vorwärts, raus, hinaus aus diesem Haus, in dem sie aufs Übelste verraten worden war. Wie hatte sie glauben können, das hier könnte einmal ihr Zuhause werden? Wie hatte sie auch nur eine Sekunde glauben können, dass William Interesse an ihr haben könnte? Ernsthaftes Interesse. Sie war eine Frau aus einfachen Verhältnissen, er ein Adliger in weiß der Himmel wievielter Generation. Natürlich würde er niemals in Betracht ziehen, sie zu heiraten.

Endlich hatte sie es geschafft. Warum waren die Gänge in diesem Haus auch so verdammt lang, sodass es eine halbe Ewigkeit dauerte, von einem Raum nach draußen zu kommen. Hier wohnten drei Leute, verdammt. Warum brauchten die kilometerlange Gänge?

Das grelle Sonnenlicht schlug ihr entgegen wie eine Offenbarung. Aber auch hier draußen hörte sie nicht auf zu rennen. Ihre Lungen brannten längst, doch das war ihr egal, sie würde nicht langsamer werden, ehe sie dieses verdammte Haus hinter sich gelassen hatte. Jetzt konnte sie verstehen, dass die Dorfbewohner keine enge Beziehung zu den Gellams pflegten. Was für ein verlogenes Pack, alle beide. Hätte ihr Lady Sophie einfach von Anfang an die Wahrheit gesagt, dann hätte sie sich emotional doch niemals so weit auf Sir William eingelassen. Aber konnte man das wirklich steuern? Zumindest hätte sie sich von ihm ferngehalten. Aber nein, ins offene Messer hatte sie sie rennen lassen. Tolle Freundin! Und Sir William? Er hatte doch mit ihr geflirtet, oder nicht? Hatte sie sein Verhalten so missinterpretiert? War sie so schlecht darin, ein solches zu deuten? Kaum zu glauben. Er hätte ein Wort sagen können, nur ein Wort! Nein, sagen müssen! So was wie: *Ich bin übrigens verlobt.* Oder *Meine Verlobte hat mal dies und das gesagt.* Oder *Ich habe keine Zeit, ich muss mich um meine Hochzeitsvorbereitungen kümmern.* Ein Wort, ein winziger Hinweis, der sie davor geschützt hätte, ihr Herz in tausend Scherben zersplittern zu sehen. Genau so fühlte es sich an. Ein Stechen, das sie nun weder ihrer Lunge noch ihrem Herzen zuordnen konnte. Alles pochte und stach, ihr gesamter Brustkorb stand in Flammen. Wahrscheinlich würde sie gleich an Ort und Stelle zusammenbrechen und sterben. Na ja, dann könnte Doc Kenzo wenigstens mal einen echten Herzinfarkt diagnostizieren. Dann hatte sie wenigstens noch eine gute Tat vollbracht. Im Gegensatz zu den Gellams zählte sie nämlich zu den netten Menschen.

Schokolade! Sie brauchte Schokolade. Und Sahne. Kuchen. Sofort! Sie würde sich den größten Zuckerschock ihres Lebens anfressen, vorausgesetzt, ihr Herz hielt noch bis zu Fairwells Tresen durch.

Mia war so wütend, dass sie nicht einmal bemerkte, dass sie schon fast an der Bäckerei angekommen war. Wie schnell war sie denn den langen Weg gelaufen? Oder hatte die Wut ihr Zeitgefühl gefressen? Möglich. Und vollkommen irrelevant. Wichtig war nur, dass die Auslage der Fairwells mit ordentlich viel Kuchen gefüllt war. Kraftvoll riss sie die Tür auf und betrat die kleine Bäckerei.

»Hallo?«, rief sie lauter als beabsichtigt. Es war nicht fair, Mr Fairwell unter dem leiden zu lassen, was die Gellams verbockt hatten.

Niemand antwortete. Im Laden war es vollkommen still. Warum war nicht einmal Mr Fairwell da, wenn man ihn brauchte? Hatte sich die ganze Welt gegen sie verschworen?

Die Erkenntnis traf Mia wie ein Stromschlag: Mrs Fairwell war tot. Sie würde nie wieder in dieser Bäckerei stehen. Und Mr Fairwell? Sicherlich hatte ihn die Polizei inzwischen darüber informiert, dass seine Frau auf dieselbe Weise vergiftet worden war wie Mr Harrison. Oh Gott, der Arme. Bestimmt war er vollkommen durcheinander.

»Mr Fairwell?«, rief Mia erneut. Diesmal hatte das Mitleid die Wut in ihrer Stimme abgelöst. Wieder keine Antwort. Vielleicht war er an die frische Luft gegangen und hatte vergessen, den Laden abzuschließen. Wäre mehr als verständlich in seiner Situation.

»Mr Fairwell, sind Sie da? Hier ist Mia Midway. Ich brauche ungefähr fünfzig bis hundert von diesen Schokotörtchen.«

Keine Antwort. War ihm etwas passiert? Oh nein ... was, wenn er ohnmächtig hinten in der Backstube lag? Was, wenn der Mörder es nicht nur auf Mrs Fairwell abgesehen hatte, sondern auch auf ihren Ehemann?

»Mr Fairwell, brauchen Sie Hilfe?«, fragte sie laut ins Nichts.

Keine Antwort.

»Mr Fairwell, ich komme nach hinten«, kündigte sie an.

Dann ging sie am Tresen vorbei und trat durch die Türöffnung in den hinteren Bereich der Bäckerei. Hier war sie noch nie gewesen. Die Backwaren schienen tatsächlich frisch hier zubereitet zu werden. Auf den Blechen lagen frische Teigrohlinge, die nur darauf warteten, in den Ofen geschoben zu werden. In diesem buken Brötchen. Mr Fairwell konnte also nicht besonders weit sein. Gut, dass sie gekommen war. Notfalls könnte sie das Blech selbst aus dem Ofen ziehen und damit vielleicht sogar einen Brand verhindern. Besser, wenn sie sich schon mal mit dicken Ofenhandschuhen ausstattete.

Froh darüber, etwas tun zu können, zog sie die erste Schublade auf, in der sie die Handschuhe vermutete. Sofort fiel ihr Blick auf drei kleine Fläschchen. Ungewöhnlich. Vielleicht ein Spezialaroma, ähnlich wie die geheime Zuckermischung. Gemein, sich dieser Art eines Familiengeheimnisses zu bemächtigen, aber Mia konnte nicht anders. Vorsichtig zog sie die Fläschchen heraus. Zwei davon waren leer, das dritte nur noch zur Hälfte gefüllt. Sie fühlte sich wie eine Verbrecherin, als sie das Handgeschriebene Schild las: *Gamma-Butyrolacton.* GBL. Mia erstarrte.

Drei Fläschchen! Die Gedanken in ihrem Kopf begannen sich zu drehen wie bei einem Kinderkarussell mit kaputten Bremsen. Lucas Harrison, Mrs Fairwell. Die Tropfen. Sie waren in der Bäckerei. Mrs Fairwell hätte es gewesen sein können. Aber die hatte ein glasklares Alibi für den Mord an Lucas Harrison gehabt. Sie hatte selbst aus der vergifteten Flasche getrunken. Sie hätte das Opfer sein sollen. Und sie wurde es. Sie hatte sich garantiert nicht selbst vergiftet. Aber wenn sie es nicht gewesen war und die Tropfen in der Schublade der Fairwell'schen Bäckerei versteckt waren, dann musste …

»Miss Midway, was für eine unangenehme Überraschung. Müssen Sie Ihre Nase eigentlich immer in die Angelegenheiten stecken, die Sie nichts angehen?« Mr Fairwell trat in die Backstube, den Blick auf die Fläschchen in Mias Hand gerichtet.

Mit einem Ruck drehte sie sich um. »Mr Fairwell, wie schön, Sie zu sehen. Ich dachte, ich könnte Ihnen ein bisschen helfen. Ich bin auf der Suche nach Backofenhandschuhen. Diese Fläschchen waren im Weg.« Mit einem hilflos schiefen Grinsen stellte sie die Fläschchen in die Schublade zurück. »Ich habe auch gar nicht gelesen, was auf dem Etikett steht. Bestimmt ist es eine geheime Backzutat. Ich möchte ja nicht Ihre Familiengeheimnisse stehlen oder so.«

Mr Fairwell lachte auf. »Netter Versuch, Miss Midway. Aber im Gegensatz zu vielen anderen hier halte ich Sie nicht für naiv. Sie werden sicherlich verstehen, dass ich Sie jetzt nicht mehr gehen lassen kann. Mit der rechten Hand nahm er ein Messer von der Anrichte. Und was für eines. Es hätte eher in eine Fleischerei gepasst als hierher. Wofür brauchte man denn so eine riesige Klinge beim Backen? Und wie, verdammt nochmal, könnte sie an ihm vorbei aus dem Laden stürmen, ohne dass er sie damit aufschlitzte?

»Mr Fairwell, ich möchte wirklich gerne gehen. Wir haben uns doch immer gut verstanden. Ich werde auch nichts verraten.«

»Bedaure.« Er trat noch einen Schritt näher auf sie zu.

Okay, bis sie eine Idee für eine unversehrte Flucht hatte, musste sie ihn wenigstens irgendwie hinhalten.

»Mr Fairwell, Sie haben schon zwei Menschen auf dem Gewissen.«

»Eben. Da kommt es mir auf eine mehr oder weniger auch nicht mehr an.«

»So sind Sie doch gar nicht. Mr Fairwell, Sie sind doch kein kaltblütiger Mörder, kommen Sie schon. Lucas Harrison war doch sicherlich nur ein Unfall, oder? Sie wollten von Anfang an Ihre Frau erwischen, habe ich recht?«

»Das mit Lucas tut mir wirklich leid. Aber wie hätte ich auch damit rechnen sollen, dass meine Frau ausgerechnet dieses Jahr den Backwettbewerb nicht gewinnt? Ich habe die Kuchenkreation probiert, mit der sie antreten wollte. Sie war unschlagbar.«

»... wenn sie nicht wegen der Zuckermischung ausgerastet und disqualifiziert worden wäre.«

»Ein dummer Zufall.«

»Der Lucas Harrison das Leben kostete. Wie konnten Sie nur seelenruhig mitansehen, wie er das Gift in sich hineinschüttete?«

»Ich habe die Augen geschlossen, Miss Midway. Es tat mir wirklich leid, das können Sie mir glauben. Aber ich wusste nicht, wie ich es verhindern sollte, ohne mich selbst des Mordes zu überführen und zudem noch meine Frau zu warnen.« Ehrliches Bedauern schimmerte in seinen Augen.

»Warum haben Sie Ihre Frau eigentlich umgebracht? Was hat sie Ihnen getan? Ich dachte, Sie seien ein glückliches Ehepaar.«

»Das waren wir mal. Sehr glücklich. Ich zumindest. Heute weiß ich, dass ich vor Liebe einfach blind war. Blind und saudumm.«

»Aber Mr Fairwell ...«

»Doch doch. Absolut dumm. Ich könnte mich heute noch täglich dafür ohrfeigen. Als ich Cleopatra geheiratet habe, standen wir vor einer sehr schwierigen Entscheidung, wissen Sie. Ich hatte das Gestüt meiner Eltern geerbt. In vierter Generation. Cleopatra dagegen die Bäckerei in achter Generation. Ich hätte das Gestüt gerne behalten, aber sie auch die Bäckerei. Beide Betriebe zu führen, wäre unmöglich gewesen. Schon einer davon verschlingt viel mehr Zeit und Energie, als Sie sich vorstellen können.«

Darüber hatte Mia noch nie nachgedacht. »Sie haben schließlich nachgegeben und die Bäckerei weitergeführt«, schlussfolgerte sie logisch. »Was ist mit dem Gestüt passiert?«

»Ich habe es verkauft. Das Geld ist längst aufgebraucht. Einen Teil haben wir zum Leben gebraucht, einen Großteil davon haben wir in die Modernisierung der Bäckerei gesteckt.«

»Aber das war doch gut investiert, wenn ich mir Ihren Betrieb heute anschaue.«

»Theoretisch ja. Praktisch ist für mich alles verloren, wenn ich mich von Cleopatra scheiden lasse.«

»Wieso das denn?«

»Weil ich Idiot einen Ehevertrag unterschrieben habe, in dem garantiert ist, dass die Bäckerei als Erbe vollständig im Besitz von Cleopatra bleibt, sollten wir uns eines Tages scheiden lassen.«

»Oh ...«

»Ja, genau: Oh. Bei einer Scheidung hätte ich ohne einen Penny dagestanden. Fast ironisch, nicht wahr? Pennygrave ist tatsächlich der Ort, an dem ich mein ganzes Geld begraben habe. Jeden Penny.«

»Kommt daher der Name des Ortes?«

»Ich habe keine Ahnung. Aber das ist auch egal, oder nicht?«

»Nein. Mich würde das ehrlich interessieren.«

»Tja, dann tut es mir sehr leid, dass Sie in dieser Frage unwissend sterben werden.«

Er trat noch einen Schritt weiter auf sie zu. Instinktiv wich Mia zurück, doch der Küchenschrank versperrte ihr den rückwärtigen Fluchtweg.

»Apropos sterben. Warum wollte sich Ihre Frau denn überhaupt scheiden lassen? Haben Sie sie betrogen?«

»Warum geht ihr Weiber immer gleich davon aus, dass wir Männer unsere Frauen betrügen?«

»Weil es oft vorkommt.«

Er überging den Einwand. »Cleopatra wollte sich nicht scheiden lassen. Ich wollte die Scheidung. Als ich begriff, dass ich mit einem Monster verheiratet war, konnte ich sie nicht länger ertragen. Aber dann wäre ich wie gesagt vollkommen leer ausgegangen. Die bessere Variante war, sie umzubringen. Sie hatte den Tod verdient, das können Sie mir glauben.«

»Da bin ich zwar anderer Meinung, aber überzeugen Sie mich gerne vom Gegenteil.«

Es funktionierte. Kaum zu glauben, aber solange sie das Gespräch am Laufen hielt, schien Mr Fairwell noch keine konkreten Anstalten machen zu wollen, sie zu töten. Vielleicht hatte sie noch eine Chance und konnte sich mit ihm unterhalten, bis ihr eine Möglichkeit einfiel, sich zu wehren oder zu fliehen.

»Cleopatra war eine Hexe. Skrupellos. Immer schon. Aber als sie den illegalen Rennsport für sich entdeckt hatte, war es endgültig vorbei.«

»Aber wie ist das denn eigentlich? Ich dachte, Sie seien derjenige, der mit Pferden zu tun hatte.«

»Das war ich auch. Ich Idiot habe sie ja überhaupt erst auf diese Idee gebracht. Beim Frühstück hatte ich eine Bemerkung darüber gemacht, dass ich auf keinen Fall nach Italien in den Urlaub fahren möchte, weil die italienische Mafia dort illegale Pferderennen unter schlimmsten Bedingungen veranstaltet. Ich würde übrigens auch nicht nach Spanien reisen – wegen der Stierkämpfe.«

Schau an, Mr Fairwell war ein wahrer Tierfreund. Ein ganzes Land für das zu verurteilen, was Wenige taten, war zwar nicht ganz richtig, aber vermutlich war jetzt der falscheste Zeitpunkt, ihn darauf hinzuweisen.

»Das kann ich gut verstehen«, pflichtete Mia ihm stattdessen bei. »Was Menschen den Tieren manchmal antun, ist wirklich grausam.« Konnte Sie damit vielleicht ein paar Sympathiepunkte bei ihm machen?

»Sie sagen es, Miss Midway, Sie sagen es. Bei diesen Rennen geht es nicht im Geringsten um die Tiere, sondern nur um das Vergnügen der Menschen und natürlich um jede Menge Geld. Sie können sich nicht vorstellen, was da abgeht. Bei den Rennen sind normalerweise sogar Abdecker dabei, die mindestens einmal pro Veranstaltung zum Einsatz kommen. Die Tiere sind Material, mehr nicht.«

»Schrecklich.«

»Ja, schrecklich. Diese Menschen sind Monster. Und meine Frau war eines von ihnen. Als sie mitbekam, wie lukrativ solch illegale Pferderennen sind und dass sie inzwischen auch hier in England ausreichend viele Liebhaber gefunden haben, war sie nicht mehr zu bremsen. Sie hatte sich ein Pferd besorgt und ist mit diesem angetreten. Bullet. Eine wahre Schönheit von einem Hengst. Aber dann hatte sie mitbekommen, dass in ausgerechnet dem Rennen, in welchem sie eine enorme Summe auf Bullet gesetzt hatte, ein anderes Pferd der Favorit war. Daraufhin hatte sie sich GBL besorgt. K.-o.-Tropfen, diese dort.« Er zeigte auf die Schublade, in die Mia die Fläschchen wieder gelegt hatte. »Sie hat das Konkurrenzpferd damit umgebracht. Sie hatte ihm die Tropfen ins Wasser und auf die Zunge getan und sogar eine hohe Dosis gespritzt. Das Pferd starb noch während des Rennens.«

»Das ist ja fürchterlich. So eine Grausamkeit hätte ich Ihrer Frau niemals zugetraut.«

»Ja, niemand hat das. Aber wenn es ums Gewinnen ging, dann war sie bereit, über Leichen zu gehen. Deshalb wäre ich ja auch niemals darauf gekommen, dass sie den Backwettbewerb nicht gewinnen könnte. Das war einfach absurd. Aber ich konnte mit dieser Frau nicht mehr zusammenleben. Eine Scheidung wäre der einzige legale Weg gewesen. Ich hatte ihr gesagt, dass ich mich scheiden lassen möchte, aber sie meinte, dass sie mir keinen Penny lassen würde. Und laut Ehevertrag hatte sie dazu alle Möglichkeiten. Ich war also praktisch gezwungen, sie zu töten. Und sie hatte es verdient. Immerhin hatte sie ein Pferd getötet. Leben gegen Leben, das ist nur fair.«

»Na ja, es ist schon schlimmer, zwei Menschen zu töten als ein Pferd, wenn wir ehrlich sind, oder?«

»Drei.« Mr Fairwell hob das Messer. »Auch um Sie tut es mir leid, Miss Midway. Ich hätte nicht gedacht, dass wegen Cleopatra drei Unschuldige ihr Leben lassen müssen: Prince, Mr Harrison und nun auch noch Sie. Aber es passt zu ihr. Es passt einfach zu dieser Hexe.«

»Aber Sie müssen mich doch gar nicht umbringen, Mr Fairwell. Seien Sie doch vernünftig. Lassen Sie mich einfach gehen. Sie wollen das doch gar nicht.«

»Wollen nicht. Aber ich will auch nicht ins Gefängnis. Also kommen Sie schon her, bringen wir es hinter uns.« Er trat zwei weitere Schritte auf sie zu.

In diesem Moment sprang Mia kreischend auf und versuchte, an ihm vorbeizustürmen. Es war die einzige Chance, die sie hatte. Und sie vermasselte sie. Fest spürte sie den Griff Mr Fairwells an ihrem Handgelenk. Dann wurde sie herumgeschleudert, spürte seinen Körper in ihrem Rücken und die Messerklinge an ihrer Kehle. Intuitiv hielt sie die Luft an, um jegliche Bewegung ihres Halses zu vermeiden.

»Ich weiß, es ist nicht die feine englische Art, jemandem von hinten die Kehle durchzuschneiden, aber ich kann Sie dabei nicht ansehen, ich hoffe, Sie verstehen das.«

Wie gerne hätte sie widersprochen, aber sie wagte nicht, sich zu regen. Sollte sie mit dem Fuß nach hinten ausschlagen?

»Hey, Fairwell!«

War das Lady Sophies Stimme? Mit einem Ruck drehte sich Mr Fairwell um und riss Mia unweigerlich mit sich. Im letzten Moment sah sie noch, wie eine

Torte aus Lady Sophies Hand direkt auf sie zuflog. Mia ging in die Knie, hinter ihr klatschte es. Dann spürte sie die Klinge nicht mehr an ihrem Hals. In derselben Sekunde ließ sie sich zu Boden fallen und krabbelte auf allen Vieren nach vorn, Hauptsache weg von Mr Fairwell in ihrem Rücken und dem Messer an ihrem Hals. Wie in einem Film sah sie Lady Sophie auf sich zu rennen. Dann sprang diese mit einem Satz über sie hinweg, genau in die entgegengesetzte Richtung, in die Mia zu fliehen versuchte. Oh nein! Sie würde direkt in Mr Fairwells Arme rennen! War sie verrückt geworden?

Unbeholfen sprang Mia auf die Beine und drehte sich um. Das Bild, das sich ihr bot, brachte sie augenblicklich zum Lachen, obwohl die Situation alles andere als lustig war. Mr Fairwell stand mit erhobenen Händen noch an der Stelle, an der er sie eben fast getötet hätte. Sein Gesicht war über und über mit Torte verschmiert und von seinem Kinn tropfte die Sahne. Hinter ihm stand Lady Sophie und drückte ihm Gretchen, ihren neuen Revolver in den Rücken.

»Sophie, oh mein Gott!«, schrie Mia erleichtert auf. Dann musste sie wieder lachen. »Hast du Mr Fairwell etwa mit einer Torte abgeschossen?«

»Gut kombiniert, Kindchen.« Lady Sophie grinste. »Wenn du bitte jetzt die Güte haben würdest, Inspector Mellony zu rufen? Ich würde ihm gerne unter die Nase reiben, dass ich ihm einen Mörder übergeben möchte.«

Einen Mörder. Noch immer tat es Mia leid, dass Mr Fairwell zu einem solchen geworden war. Unter anderen Umständen hätte er sicher das ruhige Leben eines braven Bürgers geführt. Aber jeder war nun einmal für seine Taten verantwortlich. Was er getan hatte, war falsch. Sie sollte kein Mitleid mit jemandem haben, der sie fast umgebracht hätte. Das war bescheuert.

Mit flinken Fingern tippte sie die Nummer des Polizeireviers und erklärte der verwirrten Angela Angel nur zu gerne die Situation, in der sie sich gerade befanden. Als sie erwähnte, dass Lady Sophie Mr Fairwell mit einem hervorragend gezielten Tortenwurf ausgeschaltet hatte, übte diese schon einmal ihr triumphierendes Grinsen, das sie Inspector Mellony bei dessen Eintreffen wenige Minuten später in aller Pracht präsentierte.

Während Sergeant Angel dem niedergeschmetterten Mr Fairwell die Handschellen anlegte, bedachte Inspector Mellony die beiden Bibliothekarinnen mit strengem Blick.

»Meine Damen, ich muss sagen, ich bin ganz und gar nicht amüsiert darüber, dass Sie sich schon wieder in einen Mordfall eingemischt haben. Ich dachte, direkt beim Backwettbewerb hätten wir geklärt, dass ich Ihnen Einblick in die Mordursache gebe und Sie sich dafür aus den Ermittlungen heraushalten.«

»Aber das ist doch nicht unsere Schuld, Inspectorchen«, flötete Lady Sophie liebenswürdig. »Wir wollten uns ja heraushalten. Wirklich. Und falls es Sie tröstet: Wir waren auch auf einer vollkommen falschen Spur. Aber unsere Mia hier hat irgendwie ein Talent dafür, über die Lösungen der Fälle zu stolpern, die Sie nicht zu klären vermögen. Also wäre es vielleicht angebracht, eher dankbar als empört zu sein, meinen Sie nicht?«

Nachdenklich legte der Inspector den Kopf schief. Dann streckte er Mia die Hand entgegen. »Miss Midway, ich möchte mich herzlich bei Ihnen für die Lösung dieses Falls bedanken. Dennoch wäre es mir ein persönliches Anliegen, dass Sie sich zukünftig aus allen Mordangelegenheiten heraushalten.«

»Aber das wollte ich doch«, protestierte Mia.

»Ich korrigiere ...«, ergänzte Mellony, »... es wäre wünschenswert, dass Sie sich nach Kräften bemühen, sich aus allen Mordangelegenheiten herauszuhalten. Wenn es Ihnen gelingt, wunderbar. Falls Sie wieder mal über einen Mörder stolpern, wäre es vielleicht ganz gut, wenn Lady Gellam mit einer Torte in der Nähe wäre.« Er zwinkerte der alten Dame verschmitzt zu.

Das war ja ganz was Neues. Normalerweise hatten er und Lady Sophie sich eher angefahren. Zum ersten Mal war jetzt aber eine gewisse Sympathie zwischen den beiden zu spüren. Insbesondere deshalb, weil Lady Sophie nicht mit einem frechen Kommentar konterte, sondern ihrerseits zurückzwinkerte.

»Lady Gellam, ich möchte mich auch bei Ihnen herzlich dafür bedanken, dass Sie unserer lieben Miss Midway das Leben gerettet haben. Das war eine wahre Heldentat.«

»Ach was, ein Kinderspielchen. Das habe ich gerne getan. Ich kann doch nicht zulassen, dass jemand meiner besten Freundin etwas antut.« Deutlich leiser wandte sie sich an Mia. »Das sind wir doch noch, oder? Beste Freundinnen?«

Statt einer Antwort ging Mia zu Lady Sophie, schlang die Arme um die Adlige und drückte sie fest an sich. »Du schuldest mir zwar noch immer eine Erklärung, aber du hast mir das Leben gerettet. Wenn es drauf ankommt, kann ich mich auf dich verlassen. Und ich mag dich einfach viel zu sehr, um böse auf dich sein zu können.«

»Das freut mich sehr zu hören.«

»Aber auf William bin ich immer noch sauer und das werde ich vermutlich auch bis in alle Ewigkeit bleiben. Ich hoffe, das ist dir klar.«

»Das freut mich zu hören«, rutschte es Inspector Mellony heraus, woraufhin er sofort die Aufmerksamkeit aller drei Damen im Raum hatte. »Verzeihung, das war unangebracht. Ich hatte es nicht laut aussprechen wollen«, entschuldigte er sich schnell.

Süß, wie er errötete.

»Meine Damen, dürfte ich Sie zum Dank für die Lösung des Falls und gewissermaßen zum feierlichen Abschluss zu einem Abendessen einladen?«

»Was, alle drei?«, fragte Lady Sophie ungläubig.

Inspector Mellony nickte. »Alle drei.«

Während Lady Sophie freudig überrascht die Stirn runzelte, blitzten Sergeant Angels Augen vor Freude. Lediglich Mia war ein bisschen enttäuscht. Nach dem letzten Fall hatte er sie allein zum Abendessen eingeladen. Es war schön gewesen und sogar ein bisschen romantisch. Mit Lady Sophie und vor allem Sergeant Angela Angel am Tisch würde das Essen wohl eher in die Kategorie anstrengend fallen. Aber sei es drum. Es war nett gemeint. Und schließlich hätte sie ja nichts davon, mit dem Inspector allein zu sein, oder?

Epilog

Es hatte Lady Sophie einiges an Überredungskunst gekostet, die anderen dazu zu bringen, das gemeinsame Essen im örtlichen Pub einzunehmen, doch das Argument, dass man die lokalen Geschäfte nach Kräften unterstützen musste, hatte schließlich alle überzeugt. Sergeant Angel wäre gerne schick ausgeführt worden und Mia hatte gehofft, sie würden wieder in die Pizzeria gehen, in die sie vom Inspector nach dem ersten Fall eingeladen worden war, doch letztendlich hatten alle zugestimmt.

Inspector Mellony reckte sein Pale Ale in die Höhe. »Meine Damen, es ist mir ein Fest, mit Ihnen heute hier sein zu dürfen. Ich möchte mich noch einmal ganz herzlich für Ihre Mithilfe im Fall Harrison beziehungsweise Fairwell bedanken.«

»Hört hört«, warf Lady Sophie überrascht ein und auch Mia glaubte, ihren Ohren nicht zu trauen, war der Inspector doch normalerweise ganz und gar nicht erfreut über die kriminalistische Einmischung der Damen.

»Doch doch.« Inspector Mellony nickte, um seine Worte zu bestätigen und lächelte Mia und Lady Sophie freundlich zu. »Ich bin zwar bekanntermaßen kein Freund davon, wenn Sie beide sich in unsere Ermittlungen einmischen, das wissen Sie genau. Dabei geht es mir aber keinesfalls um Grundsätze, sondern lediglich darum, dass ich nicht möchte, dass Sie sich in Gefahr bringen. Und das, meine liebe Miss Midway, tun Sie bei jeder Gelegenheit, das müssen Sie zugeben.«

Mia nickte grinsend. »Aber wirklich nicht mit Absicht. Ich habe keine Ahnung, warum mich Mörder magisch anziehen, ehrlich.«

»Ist schon in Ordnung«, bremste Inspector Mellony ihre Verteidigungsversuche aus. »Wie gesagt, ich möchte weiterhin nicht, dass Sie sich mutwillig einmischen. Trotzdem ist mir sehr wohl bewusst, dass wir ohne Sie vermutlich noch immer im Dunkeln tappen würden. Und ich erkenne, wann ich mich bedanken sollte. Daher mein Dank an Sie, Miss Midway, dass Sie den Fall letztendlich gelöst haben. Mein Dank an Sie, Lady Gellam, dass Sie Miss Midway das Leben gerettet und sich ansonsten größtenteils aus den Ermittlungen herausgehalten haben. Ich ahne, welche Überwindung Sie das gekostet haben muss und das weiß ich wirklich zu schätzen. Und zu guter Letzt möchte ich von Herzen Ihnen danken, Sergeant Angel. Sie halten mir durch Ihre hervorragende Arbeit den Rücken für die knifflige Ermittlungsarbeit frei. Ich weiß nicht, was ich ohne Sie tun würde. Vermutlich bliebe die Hälfte aller Kriminalfälle ungelöst, weil ich nur mit dem Tippen von Berichten zugange wäre. Ich weiß zu schätzen, wie hervorragend Sie im Hintergrund arbeiten und das, ohne sich auch nur eine Sekunde lang zu beschweren.«

Sergeant Angels Gesicht war knallrot. Alle außer Mellony selbst wussten, wie verliebt sie in den Inspector war und was solche Worte aus seinem Munde ihr demzufolge bedeuten mussten. Mia gönnte es ihr von Herzen.

»Nun, meine Damen ...«, er erhob erneut sein Glas, »... lassen Sie uns diesen Abend zusammen feiern. Und darauf anstoßen, dass der Fall gelöst ist.«

»Und darauf, dass wir noch viele weitere Fälle gemeinsam lösen werden«, ergänzte Lady Sophie, woraufhin Mellony sofort mit den Augen rollte.

»Ich meine ja nur ...« Lady Sophie lächelte. »Wenn es keine Mordfälle mehr gibt, werden Sie doch arbeitslos, oder Inspectorchen? Hoffen wir also auf viele weitere Morde.«

»Sophie!«, wies Mia sie nun zurecht.

»Ich bin ja schon still. Trinken wir einfach.«

Und das taten sie. Lange und ausgiebig. So ausgiebig, dass sogar Sergeant Angel für einen Abend lang vergaß, dass sie Mia nicht mochte, weil der Inspector sich für sie interessierte.

So lange, dass der Morgen bereits graute, als Sir William auftauchte, um seine betrunkene Mutter abzuholen und Sergeant Angel auf dem Weg noch zu Hause abzuliefern.

So lange, dass das Klingeln von Mias Wecker aus dem kleinen Cottage zu hören war, als Inspector Mellony sich im Vorgarten von ihr verabschiedete.

So lange, dass neue Freundschaften entstanden?

Das wird man vielleicht erfahren bei einem neuen Fall der ermittelnden Bibliothekarinnen.

Danksagung

Ich möchte an dieser Stelle allen Personen danken, ohne die es meine Geschichten so nicht gäbe:

Johanna, mein Schwesterherz, du hast von der ersten Sekunde an an meine Geschichten geglaubt. Ohne deine Unterstützung, deine Kommentare, deine konstruktive Kritik, deine Ermunterung und dein endloses Vertrauen in meine Kreativität wäre ich vielleicht nie so weit gekommen. Danke für dich und alles, was ein eigener Roman wäre, wenn ich es aufschreiben würde.

Denny, du feierst mit mir die Erfolge und bedauerst mit mir die Tiefschläge. Du kritisierst, motivierst, diskutierst, hinterfragst, lachst und liebst – und das alles im richtigen Moment. Ich liebe dich.

Ich danke von Herzen meinen Töchtern Rosalie und Viola. Eines Tages werdet ihr verstehen, wie ihr dazu beigetragen habt, meinen Traum zu verwirklichen. Ich liebe euch.

Ich danke meiner geliebten Mama. Ich weiß, dass die himmlischen Geistesblitze von dir kommen. Ich liebe dich über alle Grenzen hinaus und vermisse dich unendlich.

Herzlichen Dank an meine Lektorin Astrid Rahlfs. Mit dir macht sogar das Überarbeiten Spaß.

Des Weiteren danke ich meiner engagierten Agentin Alisha, sowie dem wunderbaren und immer hoch motivierten Team vom dp Verlag. Tausend Dank für euer Vertrauen in meine Geschichten und die tolle Zusammenarbeit. Es ist mir immer wieder ein Fest.

Zum Schluss möchte ich natürlich von Herzen Ihnen danken, meine lieben Leserinnen und Leser. Jede und jeder von Ihnen ist für mich unglaublich wertvoll. Jede gelesene Seite, jedes Lächeln, Knobeln, Jauchzen und Stirnrunzeln während des Lesens, jeder Kommentar und jede Rezension machen mich unfassbar glücklich. Vielen Dank, dass meine Geschichten in Ihren Händen und Herzen ankommen dürfen.

Allen Menschen, die mich und mein Schreiben unterstützen, danke ich von Herzen.

Ohne euch wäre ich nicht, was ich bin. Danke!

Haltet die Ohren steif und die Seiten geschmeidig,

eure Gisela B. Schmidt